分離

麥可・翁達傑——著
李淑珺——譯

Divisadero

Michael
Ondaatje

CONTENTS　目錄

獻給約翰（John）與貝佛麗（Beverly）

並以此紀念克里安・柯瑞亞（Creon Corea）——我們記憶中的「艾傑利」（Egilly）

當我過來躺在你懷裡時，你有時候會問我，我會希望生活在歷史上哪個時刻。而我會說巴黎，柯蕾特死的那個星期……，巴黎，一九五四年八月三日。幾天後，在她的國葬喪禮上，一千朵百合會被放在她的墳上，而我想在那裡，走在兩旁是溼潤萊姆樹的大道上，直到我站在她位於巴黎皇宮花園的二樓公寓下方。像她這樣的人的過往讓我覺得心底滿滿的。她是個作家，她說過自己唯一的美德就是自我懷疑。（據說柯蕾特死前的一兩天，尚・惹內才去拜訪過她，沒有偷走任何東西。啊，這偉大竊賊的風度……）

「我們擁有藝術，」尼采說：「才不至於被真相摧毀。」因為一件事赤裸裸的真相從來不會結束，庫柏的故事與我姊姊人生的地域，對我而言是無止盡的。它們表示很可能，在午夜過後的深夜時分，當電話鈴聲突然響起時，我會接起電話，聽到暗示是越洋電話的嗶嗶聲和颼颼聲時，而等待著他的聲音，或等待著可蕾發出的深呼吸，然後聽到她表明身分。

因為我已經讓自己脫離跟他們在一起時的我，過去的我。當我的名字叫安娜的時候。

第一部

安娜、可蕾，與庫柏

孤兒

在我們祖父的小屋旁，高聳的山脊上，長滿牛眼樹的一片斜坡對面，可蕾全身裹著一條毯子，坐在她的馬上。她在小屋裡睡了一夜，並在壁爐裡升了火。我們的祖父在一個世代前，在最初來到這個國家時，建造了這幢小小的建築，如隱士或某種動物般生活在這裡。他是個自給自足的單身漢，但最後擁有了他在此放眼所及的所有土地。他在四十歲時意興闌珊地結婚，生了一個兒子，把沛塔魯瑪路上的這座農場留給了他。

可蕾在山脊上緩慢移動，山脊兩旁的山谷滿是晨霧。海岸在她的左手邊。她的右手邊則是往沙加緬度的路，還有如瑞歐維斯塔這類淘金熱時代留下的人口形成的三角洲城鎮。

她勸誘著馬沿著擁擠的樹林，穿過白茫茫的一片。她已經抽菸抽了二十分鐘，並在葛藍．艾倫鎮的外圍，看到鎮上的酒吧燒了起來——當地的縱火犯趁著酒吧裡肯定沒人的時候，早早就動手了。她遠遠的看著，沒有下馬。名叫義勇軍的這匹馬鮮少願意讓人再度騎上去，牠一天只可能被騙一次。動物和騎著動物的人，都不完全信任對方，即使這匹馬已經是我姊姊可蕾最親近的盟友。她會用盡所有書上沒寫的伎倆阻止牠抬腿後仰，企圖把人摔下來。她會隨身帶著裝水的塑膠袋，身體前傾，把袋子砸在牠的頸背上，讓牠以爲那是自己流的血，而稍微冷靜一下。可蕾騎在馬上時，就不再跛腳，而是掌控了全世界，有如一匹人頭馬。有一天她將會遇到一匹人頭馬並嫁給牠。

火燒了一小時才燒完。葛藍・艾倫酒吧向來是打架滋事的地點，即使是此刻她都可以看到有人在街上扭打起來，或許是爲了紀念這個地標。她驅使著馬貼身穿過馬都林樹滑溜溜的紅色枝幹，摘莓果來吃，然後騎馬往鎭上去，經過火災地點。接近酒吧時，她能聽到最後幾根樑柱倒下的雷鳴巨響，便驅著馬遠離那聲響。

回家的路上，她經過葡萄園。園裡古老的熱氣吹風機讓空氣持續流動，以免葡萄藤凍死。十年前，她年少的時候，薰煙盆會燒一整晚，讓空氣保持溫暖。

大部分日子，我們都會一大早摸黑安靜地走進廚房，自己切下厚片乳酪吃。我父親則會喝一杯紅酒。然後我們一起走路去畜欄。庫柏已經在裡頭，忙著鏟出被牲畜糞便弄髒的稻草，我們也開始動手擠牛奶，頭靠在母牛的側腹上。一個父親、他兩個十一歲的女兒，和比我們年長幾歲的雇工庫柏。此時都還沒有人開口說話，只有提桶和柵欄被推開搖晃的聲響。

那時的庫柏話很少，只會以低沉單調的聲音自言自語，彷彿語言是難以捉摸的。基本上他只是在釐清他看到的東西——畜欄裡的燈，要從哪裡跨過迎面而來的柵欄，要攔下並抓住哪隻雞，夾在腋下帶出去。我們會盡可能仔細聽。庫柏在那時候是個開放的靈魂。我們了解他的沉默寡言不是想劃清界線，而是對字句沒有把握。他熟練實物的世界，保護著我們。但在語言的世界，他是我們的學生。

在那時候，我們兩姊妹大多自己照顧自己。我們的父親獨力扶養我們，沒時間在意複雜的細節。只要我們做好該做的雜活他就很滿意，而只要看似找不到我們，他就很容易憤怒。自從我們的母親死後，就只有庫柏聽我們抱怨跟擔心。只要他認爲我們想訴說，就會讓我們暢所欲言。我們的父親對庫柏視而不見。他在訓練他成爲一個農夫，如此而已。但是庫柏讀的書，都是關於加州東北邊的淘金營地跟金礦，關於那些孤注一擲地駐紮在一道河彎的左岸，結果發現大筆財富的人。當然，他處在二十世紀的後半，已經整整遲了一百年，但是他知道在河裡，在成簇的草叢下，或在松林遍布的山脈裡，仍舊會有金礦冒出來。

我在農場的玄關雜物間裡，架子上很高的地方，發現了一本其實只能算是小冊子，有著白色書脊的書。《加州人訪談紀錄：從古早到現代的女性》。因爲其中大多數女人都不會寫字，所以這些來自柏克萊的文史學家帶了錄音機到處旅行，捕捉那些人的生活，和過去的氛圍。這本專書搜羅的紀錄從十九世紀初期一直到當時，從「多娜・尤拉亞口述紀錄」，到「麗蒂亞・曼德茲口述紀錄」。麗蒂亞・曼德茲就是我們的母親。我們是在這本書裡，首次發現在我跟可蕾出生那一週過世的那個女人。我們三人當中，只有庫柏在她在世時認識她。對我跟可蕾而言，她只是個傳言、一個我們父親鮮少提起的鬼魂、一個接受訪問而在這本書留下幾段話的人，以及那張褪色黑白照片裡顯現的身影。

那本書裡的所有人都有種謙卑的感覺，一種認定歷史存在於他們周圍，而非他們身上的意識。

「我們小時候住在洛杉磯東北方的中央平原。我爸爸在那裡的瀝青礦坑工作。我十八歲的時候結婚，那天晚上我們跟著『拉佛吉亞』，跟『艾葛瑞尤』的音樂跳了好多次舞。我先生說他們是這附近最棒的小提琴手跟吉他手。放食物的台架式桌子擺在草地上的大岩石旁。我聽說，我先生的父親是在三十年前來到舊金山，然後就在同一天搭上蒸汽火車來到沛塔魯瑪，建了這棟房子。等我到這裡時，這裡已經養了一千隻蛋雞。但是我先生不想請別人到農場幫忙，所以我們就自己照顧牲畜、種玉米。狐狸都會跑來吃雞，要保護雞隻太麻煩了。山裡還有其他動物，像山貓跟土狼，紅杉樹林裡還有響尾蛇，我有一次還看到一隻美洲獅。但是魔鬼的詛咒還是薊草。我們拚了命地割。但是鄰居一直都沒有處理對，他們家的薊草種子都會飛到我們的土地上來。

「沛塔魯瑪路的路底那邊，有一個人，一個紳士，養了一百隻山羊。有時候他會帶著他的山羊到我們的土地上紮營。那是一種特別的小山羊，會吃薊草，而且消化時會把種子殺死，牠會把種子嚼爛。牛就不會這樣。牛吃了薊草之後，種子會直接又拉出來。如果你討厭薊草，眞的會很愛那個人……。我們家旁邊的農場發生過一件很可怕的暴力事件。一個雇用的幫手用一片木板把庫柏家的夫婦活活打死。一開始沒有人知道是誰做出這種事，但是他們的兒子躲在房子地板下面的管線空間裡，躲了好幾天。他那時候才四歲，最後他終於逃出來，說出是誰做的事。我們收留了這個孩子，讓他留在農場裡工作。」

這是我們擁有的，唯一關於我們母親的描繪。她可能想過、思索過的一切，都留在那沒被詢問到的遠方。她主要講的是她所遭遇的事，所以我們只知道她對那個山羊牧人的感激、她在跳舞時享受的短暫歡樂，以及鄰近農場上發生的謀殺案的細節、和庫柏來到我們家的原因。這裡沒有顯露任何跟她的喜悅、她的智慧，或她的情感有關的事，但這些事必然曾經是我們父親生命中依賴的指引。關於這個在二十三歲時因分娩而過世的「加州人」，書中只有短短的兩頁。

因此，沒有記錄在這本白色小書裡的，是我們父親在她死後的一團混亂中，所做的一件奇怪的事。他非正式地領養了他太太生產的這家醫院裡出生的另一個孩子，一個母親同樣過世的女孩子，將兩個孩子都帶回家，並把另一個孩子取名爲可蕾，當做自己的孩子一樣扶養。所以家裡有了兩個出生在同一週的女孩子，安娜跟可蕾。別人都以爲兩個都是他女兒。這是我們父親因爲麗蒂亞．曼德茲過世而生的善舉。另一個孩子的母親沒有親人，又或者她生前都獨來獨往。也或許他是因爲這樣才能這麼做。那家醫院是在聖塔羅莎郊外的野戰醫院，而說得殘酷一點，他們可說是欠了他一個太太，或至少欠他一點什麼。

偶爾我們的父親也會像所有父親一樣，擁抱我們。但是只有碰到他處於疲憊和入睡之間的模糊地帶，在他似乎不由自主時，這才可能發生。當他坐在那張老舊沙發上時，我會過去坐在旁邊，像條纖瘦的狗一樣，躺在他懷裡，模仿他可能是因爲在太陽下曬了太久，或工作得太辛苦而極度疲累的狀態。

可蕾有時候也在，如果她不想覺得被忽略，或者是如果外面有暴風雨。我則只是希望把臉貼著他的格子襯衫，假裝睡著，彷彿吸進一個成人的肉體氣息是一項罪惡，也是一項光榮，但無論如何都是一種權利。但在大白天做這樣的舉動是絕對不可能的，他肯定會把我們推開。他不是現代的父親，又是根據少數幾條男性規則被扶養長大，加上他已經沒有妻子可以幫忙修正或折衷他的信念。所以你必須把握他在那樣的黃昏時刻，坐在格子花布沙發上，兩邊手臂各擁著一個女兒，放棄控制一切的狀態。我會看著他眼皮下閃過的一絲光芒，那覆蓋一切、流露疲憊的皮膚下，微微的顫抖，彷彿他正在河中央，被一條繩索拉向某個地方。然後我也會睡著，沉入最接近他的那一層。容許你這樣做的父親，應該永遠都會保護你。我認爲。

一百年前，一八四九年的八月，一群男人在沛塔魯瑪北方一百多英里的一座山谷裡落腳。他們在他們稱爲野獾山的一個地方建起小木屋，開始找金子。二十個人站在及膝的冰冷溪水中淘金沙，後來差點就要向冬天的暴風雨投降。但是半年後，在後來被稱爲草地谷的地方，鑲著金子的石英石被挖掘出來。上百間搖搖晃晃的破爛旅館冒了出來，怪異的金礦名字開始遍布在不斷被重印的地圖上——廢紅土、酒精中毒、假雷電、大吵大鬧、墳場、孤獨傑克、有錢地獄、極限頂端、銀叉子、搖擺木馬、蘇丹王妃鎮。許多人被困在山裡沒有糧食，迫於需要而成爲獵人，用獵槍跟手槍打松雞、牛，跟熊。肉店應運而生。蒸汽船開往更內陸的地方，駛到更遠的航程終點——遠及羽毛河。多頭發展的文明出現。賭徒、賣水的企業家、職業槍手、妓女、寫日記的人、酗咖啡的人、威士忌商人、詩人、英勇救人的忠狗、郵購新娘、愛上投機男人的女人、往海邊返家旅途中把金子吞下肚藏起來的老人、坐熱氣球的人、神祕主義者、讓男人神魂顚倒的蘿拉．蒙特茲們、歌劇演唱家——好的、壞的，還有靠著私通在各地暢行無阻的人。放炸藥的人炸出陡峭的斜坡，和你腳底下的土地。愛荷華丘這個小鎮下有十七英里長的隧道。索諾拉燒毀了。韋佛村燒光了。夏斯塔跟哥倫比亞也燒光了。全都被重建起來，又燒掉，又再度重建。沙加緬度淹了大水。

一百年後，在庫柏著迷淘金的這個時代，育巴河與俄羅斯河的沿岸仍舊有五千多個全職淘金人。他們踏遍內華達山脈裡用愛人、狗、小說角色的名字命名的古老城鎮。那些鎮名就像某種時空膠囊，包裹著對新生活的饑渴與慾望。「極限頂端！」在這些地方的地圖上，每一個纖細如絲的小點上，都曾發生過一些事。在這個河岸，兩個兄弟爲了爭執往哪邊走而殺了對方。在這塊空地，一個女人被拿來交換一個淘金地點。彷彿在每個河彎處，都有一部巴爾扎克的中篇小說。

現在懷抱淘金夢的人開著「氣流」露營車深入山脈，拉著用汽油驅動的疏濬機，想吸出河底下剩下的任何一點東西。一世紀以來的洪水和暴雨鬆動了古老河床裡的金子，沖刷到河水裡。穿著潛水衣的淘金人在河裡「狙擊」，拿著巨大如汽鍋的探照燈，潛入黑暗的水底。

關於金子的一切，都與庫柏在我們家農場上的生活完全相反。他必定覺得自己彷彿不知道從哪裡冒出來的，因爲他父母遭遇的恐怖謀殺從來不曾被我們提起。他被交代跟農場生活有關的一切習慣與職責，所以現在他已經可以閉著眼睛騎馬，沿著山脊走到我們祖父的小屋，從微風穿過一棵樹的聲響就能分辨自己面向什麼地方，彷彿身在一處安全的建築裡。我們土地上的大石頭小石頭都已經被清空，我們餐桌的厚木板被擦得如紙頁明亮，而圍籬的柵欄被鏈上，打開，又鏈上，又打開。但是黃金能爲庫柏帶來幸福的感覺與機會，屬於一個不合邏輯的領域，一個包含了謀殺、誤認，或愛情的誇張故事。他會搭兩小時的便車，到西北方的科法克斯—愛荷華山丘路，觀看那些拿著鑿縫工具的人在俄羅斯河的北邊分岔處工作。他十七歲時衝動地以微薄的薪水，自告奮勇要掌管如巨蟒粗大的抽吸水管。他在那週結束時回家來，背彎了。在我們這兩個好奇熱切想聽他說話的小女孩面前，他隻字不提去了哪裡。我們看得出來，不管他去了哪裡，他都有了些改變，他必定參與了某件危險的事。

他從浮台上跳下去，手上握著巨蟒般的水管，潛入河底。一秒鐘後，發電機猛然醒來，他企圖將活生生的水管對準可能困住黃金的大石頭底下，身體卻不斷被甩過來甩過去。有時候，水管脫離了碎石的吸力，衝出水面，衝進空中，而庫柏還攀在上面，直到他摔落到堅硬的河水水面上，再度沉入水中，而頭盔的粗糙的眼鏡、皮面，和鐵皮垂落在他的脖子上，裡頭那纖細的空氣管很不專業而猶豫地，岌岌可危地含在他的嘴巴裡。

庫柏跟我們一起坐在狹小黑暗的農場廚房裡，想說出這些，但他一步都跨不出去，完全無法吐露他容許自己做了多麼荒謬危險的事。所以我們並不知道發生了什麼事。我記得我們坐在那裡，喃喃地唸著：「庫柏不見了一星期，庫柏不見了一星期。他到底去了哪裡？他跟誰在一起？是哪個女人把他累成這個樣子？」

我們農場裡平緩起伏的山丘在冬天不斷的雨中變得蒼翠，而在夏天跟秋天則變成乾枯焦黃。從尼卡西歐開車往北回家時，我們會先爬到山丘頂峰，然後突然轉入農場狹小的泥巴路，持續往下四分之一英里，通到畜欄。車子毫不留情地壓過減速路脊。這些隆起的路脊是用大釘子把牽引機的廢輪胎敲進土地裡而做成。可蕾跟我年紀較大以後，每次去葛藍．艾倫鎮參加派對，半睡半醒又膀胱漲滿地回來時，都會一直詛咒這些隆起。在黑暗中，山腳下，我們不得不停下車子。「輪到我了。」我說，然後穿著我的新棉布洋裝和太緊的鞋子走出車外，把小徑上那些太友善又不睡覺的騾子推開，才能繼續前進。

身爲姊妹，我們互相映照，互相競爭，而我們共同的偶像則是庫柏。到他接近二十歲時，我們才發現他還有其他的生活。他會消失不見，跑到城裡去，出沒在撞球間和舞會裡，在最後一刻趕回來開車載可蕾去尼卡西歐上鋼琴課。她會看著他瘦而黝黑的雙手，看他掌握著離合器，看他乾淨俐落地彷佛穿過水面一般，讓車子一氣呵成地過彎又立即轉回筆直的路上。她愛慕庫柏毫不費力面對周圍一切的姿態。一年後，他到尼卡西歐接了她之後，就移到副駕駛座上，把鑰匙丟給她，從手套箱拿出一本平裝小說，讀了起來。而她驚慌萬狀，什麼都不確定，只能試圖駕馭這輛突然變得好巨大的車子——她覺得自己一邊尖叫，一邊沿著曲折的路開到頂端，然後滑下山坡到農場。他沒有抬起頭來看過一眼，沒有說一個字，或許只在一頭騾子差點被車擦撞，在後視鏡裡引起他的注意時，瞄了一眼。從那之後，可蕾就自己開車去上鋼琴課了，沒有庫柏陪伴。而自信滿滿的庫柏則會把一大捆乾草甩到肩上，一邊走向畜欄，一邊用空著的手點菸。

有時候可蕾跟我會把車燈關掉，在一片漆黑中開車下山。或者我們會從臥室窗戶爬到屋頂外緣，仰躺在白天曬了太陽還有餘溫的平坦大石上，對著夜空唱歌說話。我們會數算水平越過天空的流星雨之間間隔幾秒。當雷聲震撼屋子跟馬廄，我會在閃電的瞬間看到可蕾如緊張的獵犬般直挺挺地坐在她床上，幾乎不敢呼吸地不斷在胸前劃十字。有些日子，她會騎上她的馬消失，我也會鑽進我的書裡消失。但那時候我們還是分享一切。尼卡西歐的酒吧、督伊德教聚會廳、索諾瑪的薩巴斯提安尼電影院，那裡的銀幕像是沛塔魯瑪水庫的水面，每次光線改變就隨之變換，還有上百隻或更多的紅翼鶇總是在暴風雨來之前，停在電話線上叫個不停。二月時有一種紫色的花叫流星。庫柏把一種柳樹的枝條砍下來，綁住我骨折的手腕，然後載我去醫院。我那時候十四歲。他十八歲。盧西安・佛洛伊德說：「一切都是自傳。」我們做出什麼；爲什麼做；我們如何畫一隻狗；我們被誰吸引；我們爲什麼無法忘記。一切都是拼貼，甚至來自基因。我們體內都隱藏著其他人，即使我們只與他們短暫相識。我們一輩子都會包含著他們，不論我們跨過哪個邊境。

庫柏到底是誰？我們從來不知道他父母是什麼樣的人？我們從來不確定他對我們家，對這個收容他、給他另一段人生的家庭，有什麼感覺？他是一場謀殺案劫後餘生的後裔。十幾歲時的他顯得猶豫躊躇，除了別人給的，什麼都不多拿。他會在黎明時，像養在穀倉裡的貓一樣，從某間棚子出現，伸著懶腰，彷彿他已經睡了好幾天，但事實上他三、四個小時前，才在黑暗中搭了四十英里的便車，從舊金山的某間撞球間回到家。即使是那時候，我都不禁懷疑他要如何在未來的世界裡生活或生存。我們看著他喃喃自語，邊說邊想，一邊拆下牽引機的零件，或將廢棄汽車的散熱器焊接到一輛五八年的別克轎車上。一切都是拼貼。

有一本相簿放在某個地方，裡面蒐集了我們父親拍的我跟可蕾的照片，以固定時間間隔記錄我們的成長。從我們一開始滿不在意的姿勢，到抑鬱的或虛榮的眼神，我們臉孔的真正全貌開始顯現。在聖誕節到新年之間——照片都是這時候拍的——我們會在某個十二月的傍晚，被集結到那塊突出的岩石旁（我們的母親埋在這裡），定格在一張黑白照片裡。他堅持要我們打扮莊重，但是隨著我們長大，可蕾會穿著有裂縫的牛仔褲出現，而我會裸露出一邊肩膀，引發一場二十分鐘的爭執。他對這件事很沒有幽默感。這一年一度的活動是他需要的，像是一張小心列明的表，用來釐清過去。

我們會在這些不斷演變的肖像照裡仔細檢視自己。這讓我們暗中競爭。一個人變得比較漂亮，或內向孤僻，而另一個人變得比較不自在，或不受約束。我們的姿勢背叛我們，顯露出眞相。例如，有一年，可蕾低下臉，爲了掩飾一道疤。即使我們曾經無時無刻難以分割，最後仍舊漸行漸遠，緩緩步向不同的自己。然後是最後一張照片，當時我們都是十六歲，赤裸裸地瞪視著前方。一張我不久之後從相簿裡撕掉的照片。

可蕾記得她吹著口哨走進馬廄，伸手去拿馬勒時，聽到黑暗中某處一只水桶被踢倒。水桶不會被留在馬廄裡，所以表示裡面一定有人，或表示有馬跑了出來。她以她不平均的步伐走向前，一手還拿著馬勒。她沒有喊出聲。她來到走道的轉角，四下張望，而看到我的身體動也不動地躺在黑暗寂靜的馬廄的地上。然後，當她向我走近時，那匹馬從黑暗中發出巨響地衝出來，撞向她，把她撞倒在地上。

對這件事，我們兩個人的記憶都有一段空白，到現在都一樣。我們只知道發生了重大的事。可蕾記得她吹著口哨走進馬廄，但對於接下來發生的事、我們試圖拼湊起來的事，她彷彿仍太靠近記憶中的證據，所以只能看到顏色的紋路。可蕾盯著已經被馬撞倒的我，只一瞬間，那同一匹馬已經在黑暗中迴身朝她衝來，而她的意識就此關閉。又或者她跟我一樣，在水泥地上神智不清地無法動彈，而周圍一切都如此活生生有如夢魘，馬蹄撞擊著地板——我覺得我好像可以看到代表那吵雜聲響的光芒和火焰。那匹馬必定是被困在狹小空間裡而發了狂，因爲牠在走道上來回狂奔，在稻草和水泥上不斷失足滑行，撞到木頭牆板上，衝向馬廄的盡頭，再度撞向被阻擋的出口，帶著瘋狂的眼神和心跳。在這當中，她，或者我，是清醒的嗎？還是昏迷的？或者是在靈魂的世界裡，不確定自己是死了還是活著？

可蕾張開眼睛時，我顯然是在距離她不遠的地方，直挺挺地坐著，懶懶地看著她。我沒有力氣站起來，也不確定到底發生了什麼事。我們旁邊到處都是被撞掉下來的木板。沒有人來救我們。這是吃飯時間，我從布滿灰塵的窗戶上的光線，可以看得出來。

可蕾幫她心愛的這匹馬取名爲「義勇軍」。我一直看著她。後來我告訴她，是因爲她臉頰上好多血，雖然她說她只有手受傷。我們那時候都是十五歲，而庫柏終於走進馬廄，在我身邊蹲下來，叫我：「可蕾。」因此可蕾一瞬間也困惑了，不確定自己到底是誰。但她是可蕾，左眼下方有一道細細的疤，像是快要乾掉的淚痕。所有的血都是從那裡流出來的。

在那個馬廄裡，那天傍晚，我們之間，那一團混亂中，發生了某件事。我們突然跨入了廣大而不確定的成人世界裡，現在開始我們必須是明確的安娜與明確的可蕾。希望不再被當成是兩姊妹之一，甚至被當成另一個人，突然變得很重要。從那時起，我們開始試圖把庫柏納入我們當中。接下來幾個月，我們經常會不知不覺地又談起這件「事件」。我們之間現在有了一條界限，那是我們在那一連串手挽著手的照片中，始終無法畫出的。我懷疑，那本相簿仍舊在可蕾那裡，在她的某個書架上。如果她細看，她就能更清楚地分辨出我們是如何變得與對方越來越疏遠。可蕾把大部分頭髮剪掉，變得更加孤僻的那年，我眼神狂野地瞪視前方，心底的一切都是祕密。

爲什麼庫柏從來都不在我們父親的照片裡？他也被拍過幾張照片，但這些照片的重點似乎完全都在質地與光線上。一扇窗戶上有一些他的抽象倒影，草地上或一頭動物的身側也有他的陰影的投射。你可以把自己的影像投射在多少東西上啊？

無論如何，是庫柏在那天傍晚，在馬廄裡發現我們、並認錯我們，是他最終來到我身邊，把我抱在懷裡，說：「可蕾，我的天哪，可蕾……」於是我想，所以我不是安娜了，那麼那邊那個人必定就是安娜。

庫柏搬到祖父的小屋去住。他可以從那邊的高聳山脊上，俯瞰黑色的橡木和牛眼樹，而一條霧氣形成的冰河似乎每天早上都會困在粗糙的枝幹間一個小時左右。他現在十九歲了，過著他希望的獨居生活。他獨自工作，重建那棟小屋。晚上，他會經過農場屋舍，去到尼卡西歐或葛藍．艾倫，去聽音樂。偶爾他會跟別人一起吃飯，但會突然從餐桌旁起身，手上還拿著麵包，然後就離開了，完全沒說離開的原因和去向。兩姊妹知道她們可以跟庫柏相處的時間不多了。他保持禮貌，但不受限制，大部分晚上都不知去向。回來的時候，他會在山丘頂端關掉引擎，滑行下坡，以免被人聽見，然後跟他的陰影一起步行半英里，走回他的小屋。

他只有在兩個女孩子堅持要聽音樂時，才會陪她們去城裡。在尼卡西歐的舞會裡，可蕾和安娜穿著她們到聖拉斐爾城裡時穿的洋裝，坐在吧台幫男人打分數，彷彿坐在她們身邊的庫柏是另一種生物。他保持距離，很少說話，安靜地自己笑著。庫柏到底是誰？她們自問。有一次，她們在他離開一小時後，決定去「尼卡西歐農場」舞廳，結果看到他在那狹小的舞池裡，陷在那混亂當中。女人們被他帶著旋轉，然後被他黝黑的手臂接住。他不是很會跳舞，事實上是跳得很差，但是女孩子們把臉埋在他的脖子裡，漂亮的腳踝緊靠著他沾了牛糞的靴子。「所以，他是個牛仔。」安娜宣布。她們不希望那魔法被打破，於是趁著他還沒在人群中發現她們之前溜走。

但是，因爲他比較年長，他仍舊是她們與她們父親之間，在情感上的溝通傳達者，扮演著一個母親本來會擔任的角色。這與他的個性不合，或許他就是想逃離這一切，才搬進祖父的小屋裡。爲了重建這棟小屋，他需要錢，而他靠著做額外的工作來掙錢。他小時候在農場上的第一份工作是幫這個父親建造那座屹立在田野上，如一座瞭望塔的水塔。那灰色的建物曾經靠著骨骸般的支架，慢慢長高起來，而在水塔還沒完成建好之前，庫柏就經常會在它斜斜的屋頂上漫步，遙望著相鄰的山丘，彷彿它們是一條通往外面的路。如今，十年過後，水塔黑暗的內部某處，出現了一個漏水的裂縫。

庫柏一打開水塔頂的板門，往下看，就立刻驚慌起來。他心裡覺得那看不見的水底可能會有一條蛇，甚至一具屍體。他在陽光下站了最後一分鐘，然後拉起他以前用來爬到屋頂屋簷的梯子，把梯子向下放進水裡。然後他脫掉衣服，將一支細鐵鎚繫在腰間的皮帶上，下到水塔裡。

他一隻手腕上繞著很緊的橡皮筋，而橡皮筋圈住一根根鉛筆形狀的紅杉木枝條。他被差遣去沛塔魯瑪的亞柏登木材廠詢問。他說想跟亞柏登先生講話之後，那裡手臂上黏著木材刨花的老人們禮貌地告訴他，亞柏登其實是木桶工匠業的守護聖人。庫柏認爲等他找到漏水的縫隙，就可以從水塔外面把乾的木片敲進去堵住，但是這些製造及修補酒桶的男人提議他用一頭削尖的紅杉木條或西洋杉木條，並建議他從裡面把木條敲進洞裡，因爲潮溼的木條會膨脹起來堵住縫隙。他們說，紅杉即使是沉在河底，也可以百年不爛。

他手鬆開梯子，游進黑暗裡，直到碰到牆面。漏水處不會在水底下，也不會在水上面、木頭乾燥的地方，而是在兩者接觸的水平面附近。木頭會在邊界處腐爛，弱點就出現在這種地方。他踩著水，手指摸著光滑的木頭表面。他必須以觸摸的方式找出縫隙，不可能目視看出來。他可能要在這令人痲痹的冰水、這令人窒息的水槽裡，花上好幾個小時，或好幾天。即使他的手指發現了他多年前在木頭上刻下的姓名縮寫，他也不覺得受到撫慰。這暗示著命運。他這一輩子，他自己或這家人，得修理這水塔多少次？他們爲自己建造了一座牢獄。

他顫抖著爬出來，穿上褲子跟襯衫，站在令人感激的陽光下。他看到安娜跟可蕾從農場主屋的二樓窗戶揮手。他在身體暖和起來之後，就再度下水。

我們幾乎什麼都不是。年輕的時候，我們認爲自己是宇宙的中心，但我們只是反應，只是意外地走向這個方向或那個方向，因爲運氣而存活或進步，自己毫無選擇或決心。多年後，如果他能夠回顧，庫柏或許會試著辨別或思考他自己，或可蕾、或安娜的個性的某些面，但當他站在午後的陽光下，回應地對她們揮手時，安娜和可蕾是沒有差別的，一個穿著黃上衣，一個穿著綠上衣，而他並無法分出誰穿什麼顏色。當他回到那漆黑的水塔裡，只剩下那兩個女孩留在記憶中的影像，一根樹枝多少遮掩了她們的身分，和她們揮動的手臂。

當他游在水裡時，他再一次用手指撫摸著木頭，尋找任何一絲腐化的痕跡，某個細小的裂痕。庫柏比較喜歡金屬、金屬的氣味、內燃機曲柄軸箱內的油、鍊條上的鐵鏽，這些金屬的生命中各式各樣的變化與樣式。修復一輛車子，同時會帶來新生活的可能，但是這家人幾乎很少離開農場。這個父親有一次冒險越過州界到內華達州去，但至今說起這件事，似乎仍覺得那是件愚蠢、沒有必要，或許甚至危險的事。但是庫柏喜歡冒險，在面臨危險時可以消極順從。他被這個鄰居收容加入這個群體，而幾個月後，他的太太死於分娩。他知道萬事萬物都掌握在機會手中。

他幾乎摸遍了水槽圓周一圈，才找到漏洞。他發出虛假而誇大的大笑，沉浸在回聲中，然後學他看過青蛙慵懶地漂浮在河岸邊的樣子，停留在水中。他塞入紅杉木子彈，在水中用槌子敲進去。他在第一個裂縫附近找到另一個裂縫，也把這個洞補了起來，然後游上去到梯子旁。到了上面，在水塔頂端，陽光也無法讓他溫暖起來。他走進農舍，脫掉衣服，用毯子把自己包起來，然後再回到外頭。

庫柏修好了小屋，並裝上了一扇大窗戶，讓他可以遠眺樹林。然後他開始打造陽台。每天早上七點，其他人就可以聽見他的槌子的聲響一路迴盪到山谷裡。他堅持獨自工作，而在修建小屋的那幾個月裡，唯一陪伴他的是那隻叫阿圖拉斯的貓。牠到處漫遊，從來不在任何人的視線內停留。偶爾那隻貓會在山丘頂端的狹小人造小徑莊重地散步，但這是牠踏進這個世界的唯一幾步。雖然每次庫柏做木工做到一半，抬頭看時，總會看到阿圖拉斯望著他，身體被山丘頂端遮住一半，而此時那隻貓就會低下頭，瞬間從眼前消失。沒有人看過那隻貓睡覺，也沒有人知道牠靠什麼維生。但是當嚴重的暴風雪在之後的冬天侵襲這個地區時，也沒有人認為阿圖拉斯死了。

庫柏用波浪狀的金屬浪板做外牆，把木頭省下來做最後的陽台。他用水泥灌漿做基樁，讓陽台的最外面可以高於斜坡地面十英尺，懸在半空中。他不趕時間地慢慢做，一槌槌地敲著木板，容許自己不時分心去看一隻老鷹，或老鷹的影子，或是如冰河般在樹林斜坡上緩緩移動的雲霧。他覺得自己在這樣的孤獨中不乏陪伴，雖然不久之後發生的事，可能是他好幾個星期沒有看到任何人而導致的結果。他心底有種饑渴，渴望簡單的事，例如與人大笑或一個觸摸。

後來發生的事是罪惡，還是自然？你在這樣高壓的家庭裡生活了夠久，從你還是個小男孩或小女孩時，就依附在你凝望的人身上。或許有些邏輯可以解釋發生在陽台上的事，在那沒有槌子聲的寂靜裡，寂靜到彷彿沒有其他活的生命。

兩人都沒有在對方動作前先動作。感覺就像是同一個心跳在運作。以前總是像個男孩子，或像條狗而蹦蹦跳跳的安娜；弄斷了手腕而讓庫柏用柳枝固定起來，開車送去沛塔魯瑪找外科醫生的安娜；挑釁她姊姊敢不敢矇著眼睛穿過水塔旁的馬路（「我會給你錢，可蕾」），然後當可蕾不敢時，自己去做的安娜；經常都在認眞看書，因此總是皺著眉頭，像是盯著鼻尖一隻蒼蠅的安娜，有一天突然在陽光下，走上東邊山脊，沿著牛隻常走、而阿圖拉斯偶爾也會走的那條彎曲小徑，來到他的小屋。她經過枝枒上低垂著農藥袋的樹木，而牛隻就聚集在下方，躲避成群的蒼蠅和蚊子，然後穿過圓形的畜欄。她想，庫柏現在一定已經吃完午飯了。時間快兩點了。她關上通往畜欄的第二道柵門，而當她把鏈子拉起來繞住柱子，啪噠一聲扣上時，突然下起一陣大雨，讓她身上穿的衣服都變了樣。所有衣物都變重，顏色變深。就在此時，才幾分鐘，雨已經停了。

庫柏坐在陽台的邊緣，遠眺著對面山頭上千棵的樹，全然不覺下了一陣短暫的陣雨。她走過新鋪好的木板時，沒有發出任何嘎吱聲響。風吹過陽台。他轉過頭，她走進他的目光。雨讓他的臉變成一片陰影。

你身體溼了，她開口說。

是嗎……

他漫不經心的聲音不再說什麼，拋棄了她。

一隻鳥要花五分鐘，才能飛過這片空氣回到農場主屋，她想。當然，牠不會這麼規矩地移動，而是會俯衝、迴轉、彎到別的地方，受地面的高低起伏影響。她花了二十五分鐘才走上來這裡。一輛車只要四分鐘就能開到。不疾不徐的馬匹十分鐘可以到。但是此刻，下方的農場主屋像是要旅行好幾天才能到得到了的一個城市。當她回頭去看那段距離，她覺得好像有幾百個布滿迷霧、徹夜旅行才能跋涉過的山谷，庇護著他們，遠離其他人。

生火好嗎，庫柏！

那雨不冷，他低聲對自己說，然後又大聲點，那雨不冷。

但是幫我生個火。我的衣服，都溼了。

好，我來弄。

他脫掉那棉襯衫時，感覺像是海草，而他很驚訝它能完整無缺地褪下。她臉孔火熱，低頭看著自己在灰色光線下的白皙。雨點在她小小的身軀上形成的雀斑。輪到我了，她說。

一片寂靜，只有從噴水孔出來的水沿著鏈子爬下。其他一切都靜默。雲、不被看見的猶豫的山丘。她看到自己跟庫柏在這陣雨停歇、太陽出來的時刻。這忽晴忽雨的天氣，她父親常說，俗話叫狐狸的婚禮。

在她後來的記憶中，在她永難忘懷的那天，她覺得自己似乎同時身在四面八方。彷彿她跟可蕾一起在農場主屋的爐子前，說：「喔，我被雨淋到了。」然後可蕾上前來幫她，（再一次）褪去衣服。「不用了，沒關係，我可以自己來。」或者她又在小峽谷對面彎曲樹蔭的遮蔽下，看著他們倆在陽台上，沒有保護的脆弱身軀。安娜與庫柏。太陽在短暫陣雨後出現，因此當他的手指在她肚子上來回移動，彷彿正心不在焉又全神貫注地，拖著他的手指跋涉過河時，她的身上真的有影子。她看著他在這光線下黝黑的手臂、狂野的頭髮，然後轉過頭去，看到他放在陽台邊緣、已經溼掉的手捲香菸，還在燒著。

她覺得，在她身邊、在她上面，雙手壓住她的肩膀，把她壓在木板上壓得太緊，讓她想擺脫的他，已經不再是庫柏。安娜，他終於說，彷彿那個字赤裸裸地在他的喉嚨裡，是那麼強烈的承認。然後他放開了把她壓在陽台上的手掌，而他的胸膛此刻在她身上，她已經看不見他，只有他的頭髮散在她的眼睛和臉上，在這變幻的光線裡。

他們側躺著，面對著對方。「狐狸的婚禮。」他說，分享他在他們的家裡聽過的這熟悉的辭句，但這句話此時讓她困窘，她不想要任何證據顯示他們之間熟悉的關連，她想要無言。彷彿……彷彿……如果他們什麼都沒說，這一切肉體的舉動就不會存在，不能在任何地方成為確實的證據。

☆

有些日子，她會上來小屋，只是看著他工作。她會提議要跟他一起釘木板，但是他不想。有時候她會帶著一本圖書館借來的書，坐在浪板屋頂突出的屋簷陰影下讀書，直到他使用鋸子和槌子的聲音消失，而她到了另一個國度，跟著《花豹》來到義大利，或跟著三劍客來到法國。有些日子，他們幾乎不碰對方，而試著用講話排除這樣的慾望，但也有些日子，她會帶著書來，但是在家徒四壁、毫無色彩的小屋裡，他們沒有看書，也沒有說話。一天下午，她帶來她在農場主屋找到的一台留聲機，還有一些七十八轉唱片。他們像推動一台老爺車一樣地上緊留聲機的發條，然後隨著〈比津舞曲響起〉的音樂跳舞，接著再上一次，再跳一次。音樂讓他們屬於另一個時代，不再屬於這個家庭或這個地方。

安娜坐在陽台上，把他的黑色T恤抱在懷裡，看著他。她俯身，打開她的小包包，拿出一串她從一本郵購目錄訂購的佛教旗幟。她套上他的T恤，看著門旁撐起屋簷的柱子。「庫柏，你可以幫我嗎？我要上去上面。我們可以把這個釘在門上面的簷槽。」她手上已經拿了他的槌子跟一根釘子。他蹲下來，讓她坐到他的肩膀上。「現在該照顧心靈跟頭腦了。」她唱道。「你需要風的祝福！」他可以感覺到她在他頸背上的潮溼，而她拉長了手臂，將一串旗子的一端釘住，讓彎曲垂墜的尾端遠離地面，自由飄動。

總共有五面旗子，她解釋。黃色代表土，綠色代表水，紅色是火——是我們要避免的——而白色是雲，藍色是天空，是無垠的空間或心靈。庫柏，我不知道該怎麼辦。她在他的肩膀上，在半空中，望著前方。

你想可蕾知道嗎？

可蕾每天晚上都跟我聊天，我完全不提你，她一定奇怪爲什麼我從來不提你。

所以可蕾知道了。

有些午後，她會用很認眞的小女生的樣子，跟他講法文，彷彿她不是跟他一起長大，幾乎像他的妹妹的那個人。或者她會走遠，躲開他的慾望，唸一個城市的描述給他聽。有時候她會依偎在他裼色的肩膀裡，並在做愛後突然哭起來。有時候她需要他也哭出來，不論他是男孩子或男人，顯示他了解他們之間發生的事有多極端。當他在她裡面，快要到達高潮，往下看著她時，他被動順從的臉會忧然拉開，但他仍舊無語。對他而言比較容易。他不用每天晚上陪著她下去主屋，跟她爸爸和姊姊一起吃飯，和玩惠斯特牌戲，而在玩牌當中，她會突然抬起頭來，看到可蕾盯著她，想鑽進她的隱私裡。這些漫長、枯燥、令人抓狂的光靠機會的牌戲，玩法是不斷計算和設法收集對子或同花順，而她父親則執著地記著點數（而且庫柏還是他們當中唯一擅長玩牌的。安娜記得，他們以前還會一起坐下來玩牌，他則會嘲笑他們的無能）。最糟的是，她還得跟可蕾並肩躺下來，彼此沉默地入睡。

所以可蕾知道了。

庫柏愛過別人嗎？你愛過別人嗎？她問。他一開始很害羞。然後他說：「在土拉爾的一個女人。」「說說看她是什麼樣的人？」「不。」「說嘛——」「不。」「我跟她比起來呢？」「我只跟她睡過一個晚上。」「喔，好，你跟她睡過。」她在他不確定的臉上親了一下，然後穿上衣服，單獨走下山坡。走回家的半路上，她的眼淚差點奪眶而出，但她不讓眼淚流出來。她試著想像跟其他任何人睡覺。永遠不會有人像庫柏一樣了解她。也不會有人像她一樣了解庫柏。她覺得這給了她一些力量，在她走回自己另一個生活的路上。她十六歲。幾乎什麼也不是。

安娜走進沛塔魯瑪的瑞克斯五金行，買了一罐藍色油漆，正好搭配五色旗中那面藍旗子的藍色，然後連拖帶拉地拿上山到小屋去。庫柏把他的桌子搬到陽台上。她打開罐子的蓋子，攪拌油漆。那天的天氣很奇怪，熱氣中夾雜著一陣陣強風，而他們看著旗子被拉扯，幾乎就要鬆掉。安娜記得每個細節。她把留聲機轉緊，要聽音樂。他們等著做愛。她一邊用砂紙把木頭磨光，一邊大聲唸著法文動詞的變化式，並開始油漆桌子。小屋裡充斥的沒有上色的木頭，快把她逼瘋，所以這藍色是給庫柏的禮物。風突然停止，一片寂靜，而她抬頭看。天空是深綠色，雲朵如油般翻滾騷動。

他們躺在陽台上時，雷聲爆炸開來。他們抱著對方，彷彿雷是透過一個漏斗傾瀉在他們赤裸的身體上。他們不敢放開對方。安娜覺得，彷彿不論他們各自的身體裡原來有什麼，都已經跳到對方的身體裡。彷彿她的心已經跟庫柏的心交換。她什麼都聽不到，隆隆的雷聲還在她耳朵裡。她在他懷裡發抖。然後她看到不知道從哪裡伸過來一隻手，抓住了庫柏的頭髮，將他的頭往後扳，將他拉離她，於是她看到天空一下子，然後看到她父親的臉俯瞰著她。

他騎馬上來小屋，來警告這個男孩子有暴風雨要來，可能還有龍捲風。馬匹在雷聲下驚懼退縮，因此他只騎了四分之一哩就下了他的夸特馬，走到小屋後面，到陽台上來。在那一刻淹沒他的不是困窘，而是一種恐懼。他抓住如嬰兒般赤裸的女兒的肩膀，把她推下陽台，跌到潮溼泥土的土坡上。庫柏站在那裡動也不動。她的父親走向他，拿著一把三腳凳子，朝著他的臉揮過去。那男孩往後倒，撞破玻璃牆，摔進小屋裡。然後他慢慢站起來，轉頭看著這個養大他的男人，這個現在再度朝他而來的男人。他沒有動。打在他胸口的另一擊讓他往後倒下。安娜開始尖叫。她看到庫柏怪異地順從，看到她父親攻擊庫柏俊美強壯的臉，彷彿那是原因所在，彷彿這樣他就能消除已經發生的事。然後他父親在庫柏旁邊跪下來，再度伸手去抓那把凳子，然後砸下來，直到那身軀完全靜止。

安娜從驚嚇中醒過來，明白她父親不會住手，要到殺了庫柏爲止，於是她跑上陽台，想把父親拉開。但是她無法將他們拉開。庫柏看來已經不醒人事，動也不動。那把凳子再度重重落在他的胸膛，而血從他嘴裡流出來。她再度抱住她父親，試圖將他拉離那具軀體，但是她跟他的力氣比起來根本微不足道。她於是轉開，拾起一片大片的玻璃碎片，刺進他的肩膀，穿透他的格子襯衫，深深地將玻璃片刺進他的肉裡。他發出像公牛一般的聲音，轉過身用一隻手臂打了她，但手臂的力量只剩下一半。他往後看，看到那三角形的玻璃還插在他身上。安娜躲開他，直到她赤裸的身體擋在他跟庫柏中間。她的愛人。她父親再度一把將她推開。她再度擋在她父親跟庫柏的身體中間。他強壯的左手臂緩緩往下，然後勒住她的脖子，開始掐住她的氣管。接著一切開始變暗，她跪到地上，身體軟癱。她很靠近庫柏，於是她把臉靠在他旁邊，在自己慌亂的呼吸聲下，傾聽他的呼吸聲，而終於聽到了游絲耳語般的聲音。他是如此沉靜。她推了他一下，但沒有任何反應。他的一隻眼睛被血覆蓋，闔得很緊。她待在他身邊，雙臂環抱著自己的胸膛，彷彿在保護安全包在她身體裡的庫柏的心臟。

她父親向下瞪著他們。然後他緩緩走到床邊，拿起一張羊皮，接著走回來，用羊皮蓋住她。他不理會庫柏的身體。他抱起他女兒，走過破碎的玻璃，直到遠離小屋，才把她放下來，放回地面。接著他拉住她的手，在走下坡回主屋的二十分鐘路程中，始終不放手，那匹夸特馬在他們旁邊點著頭，而安娜尖叫著他的名字。

他什麼也看不見，他坐起來，看不到土地與天空的分界。暴風雨已經充滿山谷。先是雨，然後是帶著雪的雨。冰雹劈劈啪啪地打著浪板屋頂。他發現自己在房間正中央，盡可能地遠離將狂風吸進來的破窗。外頭，安娜幾個星期前釘上的那五面旗幟平行著地面飛揚。藍色、紅色、綠色，只剩一點的黃色，以及現在看不到的白色。

只有他臉上的傷口感覺尖銳而活躍。他其餘的身體都麻木而冰冷。他會死在這裡。他會死在這裡，或走下山丘。現在有誰在主屋裡？他慢慢站起來。他周圍的噪音如此大，他走過房間時根本聽不到自己的腳步聲，彷彿他並不存在。他在漆了一半的桌子旁坐下來，拿起一本安娜的書。書摸起來好冷。

他醒來的時候，發現自己在桌上睡著了。之前似乎有短暫的停歇，但此時風又迴轉回來，小屋再度被暴風雪隔絕。只有旗子劈啪作響。他將手伸出破掉的窗戶，感受天氣的狀況。安娜在主屋裡嗎？過去許多時候，她從陽台上起身時，總是緊張地笑著，以至於一開始他覺得她是在笑他，或更糟糕的，是在笑他們倆。但她比他以為的更脆弱。她曾經指著二十碼以外的地方說：「我希望，以後有一天，那裡會有個浴缸。」彷彿在否認他們之間發生的一切。

一小時後，他跪在地上，在光禿禿的山丘上，害怕自己可能會走出小徑之外，永遠迷失在完全看不見的山裡。他用觸覺確認自己走在狹窄的小路上，將雪撥開，找尋碎石或泥土，而不是草地。走出小屋之後，他撞進一團鐵絲網，劃傷了臉頰，也割裂了他單薄的外套。他在當時回頭。當他回到小屋時，手臂撞到用浪板做的牆，便沿著牆走，找到階梯，他的臉擦過旗子，於是他抓住旗子，繞在手腕上，將它們扯下來。跟我走，安娜。然後他轉身走下山坡。

天空因爲暴風雪來襲而轉暗，他可以感覺到葉片在他周圍的狂風裡打轉。但是幾乎所有東西都消失不見。死掉的那隻眼睛疼痛不堪。如果你是佛教徒，你會超越這一切。那真是不錯，不是嗎？他繼續前進。一陣大水的推力從側面沖向他。他一定是走到了人行便橋上，而水閘的水淹過了橋，於是他在水裡跌跌撞撞地走下山坡，衣服裡突然充滿了水跟石頭。他的背撞到一棵樹，那穩住了他。他腦袋裡有一股怒氣，但他不容許自己失控。他不放掉樹幹，站在那裡，直到摸到最低的水平的枝幹，然後沿著下面走。他的臉毫無保護地面對風雪，但是他一直抓著枝幹，再往前走，然後他的手指碰到了掛在樹上的殺蟲袋，於是他知道他在哪裡了。他知道如果他朝著枝幹指的方向，繼續往前走，就會碰到就在柵門上方的圍籬。當他開始爬上山丘的山脊時，他緊抓著那一絲方向。他的身體碰到了圍牆，而他答應自己，等他到了圍籬另一邊，就要坐下來一會兒，永遠地休息。但是當他攀過圍籬，他又繼續走，一隻手抓著圍籬的鐵絲，往他們主屋的方向。距離應該只有一百多碼。他不知道誰會在那裡。鐵絲燒灼他的手，但他不放開，但接下來他不得不放手，才能穿過那三十碼的空地，走到屋子。

十分鐘後，他迷路了，在黑暗中徘徊。他碰到一個桶子，踢了一下發出聲響。他又往前走了一步，而一輛車擋住了他的去路。剛開始他很生氣。但他發現了車門，用手去拉。門動也不動，但接著鬆了一點，所以門並沒有鎖上，只是結了一層冰。他用盡全身力氣推它，然後再度拉把手。這一次門開了。他僵硬地把自己塞進去，關上門。裡面比較安靜。他可以聽到自己的呼吸。他轉開車內燈。他用一隻麻木的手去摸車頂的內裡，而看到自己手上黑色的血。如果上面放了鑰匙，他就能打開暖氣，但上面沒有鑰匙。他按喇叭按了很久不肯停止。否則他可能會死在這裡。他在聽她的聲音，黃色是土地，綠色是水，紅色是火，白色是雲，藍色是天空，無垠的空間，心靈。然後他昏了過去。

你跟她不一樣，你不想死。你下來這裡了。

她想死嗎？

她想。是，我想她真的想。

誰在講話？有個人在壓他僵硬彎起的膝蓋。他在一個爐子前的地板上，手腳伸展開來，包裹在毯子裡。一點火花跳過他上方。很快他就聞到了木頭燃燒的味道。很好聞的味道。像食物。他喜歡。

不要丟掉我的衣服。

爲什麼？

我要……那個。

什麼？

那個……那個……

旗子，她說。旗子是安娜給你的？

是。它們不應該碰到地上的。

你跟她不一樣，你不想死，你把自己弄下來這裡了。

是可蕾在說話。

她在哪裡？

他們之前在這裡。他帶她過來。她一個字都不肯說，連對我都不肯。他們進來屋子時，她一直在尖叫。她想死。他把安娜放到卡車裡，就開車帶她走了。他身上有血。他們只在這裡待了十分鐘。

他沒說話。他不知道可蕾知道什麼。

庫柏，他身上到處都是血。衣服上都是。我以爲受傷的是他。

她不知道暴風雪來的這段時間，庫柏都在小屋裡；她父親開車帶走安娜之前，說庫柏在別的地方。後來可蕾覺得好像聽到車喇叭的聲音，於是打開門，面對著風雪形成的厚重簾幕。但是外面什麼也沒有。過了一會兒她又聽到了，於是她再度走到門廊上，向外看。暴風雪稍微小了一點，於是她看到一盞微弱的橘色燈光，但是當她仔細凝望黑暗中，那光線又消失了。如果晚了一分鐘，她可能就會完全錯過。一盞車內燈。屋子上方雷聲大作。她靜靜站了一會兒，然後解開一捆繩子，將一端綁在門廊的柱子上，另一端綁在自己腰上，朝著她剛看到燈光的方向，走進風雪中。

她透過擋風玻璃看到他時，以爲他已經死了。但接著他的手在她黃褐色的手電筒燈光下抽動了一下。雷聲再度在她頭頂隆隆炸開。可蕾幾乎抬不動他，但她還是設法把他拉出車子，拖著他穿過前院堅硬的殘梗，到了屋子前，再拖上台階。她解開救命的繩索，用一條毯子把他包起來，然後讓他在空盪黑暗的屋子裡的爐火前躺下。

第二天早上，出現了微弱的陽光。她醒過來，記起了所有事，發生在他們所有人身上的事。在馬廄裡，可蕾將馬勒舉高，那匹馬便低下頭，讓耳朵穿過上方的轡繩。她把毯子跟馬鞍放到馬背上，束起繫帶，暫時不拉緊。她傾身向前，去聞他的頸項，那味道總有些特別之處。

車道兩旁的柏樹靜止不動，而她覺得在風雪過後出來騎馬，似乎會讓所有感官都活躍起來。馬慢慢爬上山丘，而可蕾的視線掠過每一座山脊，尋找看起來像一捆麻布或一塊岩石的，任何一團生物，那可能是一隻小牛或其他任何動物。尋找失落的東西就像禱告一樣不確定。山坡上到處散落著樹枝和圍籬柱子。一只汽油桶在前一晚從某個農場滾了過來。整片山野都變了樣。她騎馬穿過他們的河流，河水被可能從來沒浮上來過的泥土染成漆黑。到了第一個山頂，她回頭看，看到水塔已經壓垮了脆弱的支架而變形。

庫柏離開了。迫不及待地離開。而安娜在哪裡，她父親在哪裡，她都不知道。她單獨一個人，十六歲，騎著一匹在充滿隆隆雷聲的馬廄待了一晚的焦躁憤怒的馬。她靜靜地說話，不斷對他說話，但這動物渴望拔腿狂奔，想宣洩可蕾抑制住的精力。

在庫柏小屋的對面山丘，有一片牛眼樹倒了下來。她下了馬，走到陽台上。陽台上到處是玻璃。透過破掉的窗戶，她看到那隻貓，阿圖拉斯，手腳伸展地躺在床上。可蕾從沒見過這隻貓在屋裡。牠的頭甚至躺在枕頭上，沒預料會有任何人來。連這傢伙也被混亂的天氣改變了。她在打盹的貓還沒完全醒來之前，將牠放進一只枕頭套裡，讓牠的頭懸空在外頭，然後站在庫柏冰冷的小屋裡。許多年前，當這裡只有一張簡單的床跟一座壁爐時，她很喜歡獨自在這裡過夜。在那些日子裡，這裡曾經是她的鷹巢。在這裡變成庫柏與安娜的窩巢之前。現在，在暴風雪的摧毀下，它再度顯得謙卑了。她在想像，她可以怎麼處置這裡。她想像自己騎回去，然後回頭看見這棟建築在熊熊烈焰中，化爲空中一團如羽毛的黑煙。但是這小屋是過去，是他們的青春時代，唯一留下的。

庫柏再也不會回來了。可蕾知道。她知道他們倆的事。好幾個星期以來，她都活在半空中。她目睹安娜回來，有時候甚至晚到黃昏才回到主屋，眼神狂野，臉上毫無保留，充滿了新的篤定與知識，以及對一切的恐懼。安娜一刻都停不下來。她在他們狹小黑暗的廚房裡繞來繞去，用不著坦承任何事情。

可蕾當時就應該把小屋燒掉。

她走出去，到陽光下。她解開韁繩，懷裡抱著那隻貓，上到馬背上，對著馬跟貓說話。

紅與黑

「蠢蛋」，或「嬉皮」，將是庫柏到太浩之後能找到的，唯一眞正的盟友。而「嬉皮」特別的一點是，他似乎是賭場裡最健康的人。他是那種社會中堅分子的嬉皮，運動涼鞋上沾著牛糞的嬉皮。從庫柏頭一次聽到關於他的傳言，到他看到他跟「教友」一起坐在牌桌上的最後一晚，他的衣著都沒有任何改變。他總是穿著沒有熨的夏威夷衫，留著長髮，戴著隨他移動而吵雜碰撞的珠子，喉頭還有看來很不舒服的貝殼做的項鍊。庫柏是坐在餐廳的長椅上時，第一次無意中聽到別人談論他。

你那個朋友，那個嬉皮……

唐恩不是嬉皮。你不可能又賭博，又是嬉皮。

那傢伙是嬉皮。他很久以前就是了。跟他在「死之華」的演唱會認識的那個語言治療師住在一起。那就是嬉皮。

駝背卻健壯的唐恩是從內華達山脈裡下來的，最沉著自制的賭徒。他有個理論說，只要每天打兩小時的手球，就可以抵消掉漫漫長夜的喝酒、抽古柯鹼，以及跟老煙槍坐在一起。

你是那個「嬉皮」嗎？庫柏問。他們倆都在旁觀一場賭局。

有可能。

有一句台詞說——「嬉皮是活生生的證據，證明牛仔還是會幹水牛。」

這句話我不知道聽過多少次了。

庫柏到了之後，幾乎沒有跟任何人說過話。現在，才三十秒，他發現他已經侮辱了太浩最聰明、最無法無天的賭徒，而且據說他曾經在一場賭局裡，兩次痛宰大衛．馬密。他剛認識的這個人把一隻手放到他肩膀上。

抱歉。得跟人碰面。我叫愛德華．唐恩。跟那個詩人一樣。

那個嬉皮離開，而庫柏跟著他到外面，看著他上了一輛腳踏車，消失在街道盡頭。

庫柏初次來到太浩，加入唐恩跟他的同夥時，是二十三歲。他在海岸城鎮的酒吧跟賭場旁觀並下場打撞球時，已經開始了他的賭博事業。他仔細研究過那些快速老去的賭徒如何在撞球桌旁鬼鬼祟祟，如何苦笑一聲就輕易原諒自己，以及如何愛上球桿而無法自拔。他也分辨得出哪些人太尖酸刻薄，或太野心勃勃，以及哪些人能夠隱藏自己大部分的天分。在此之前，庫柏對人幾乎一無所知。但是撞球必定是僞裝的遊戲，你必須設法哄騙你的標靶上桌。而後來，當他開始玩牌之後，他發現了自己有種技術上的才能，也看出在打撲克牌時，你不需要隱藏自己的天分。沒有人會因爲你可能比表面上厲害，而拒絕跟你賭一局。這包括了激烈的數學計算、你心裡的大石、運氣，還有最後一張牌——「河牌」——的機率，這張牌將會讓你一瞥自己最終的命運。

他發現自己處在這樣的混亂與風險中十分自在。每次他看到醉鬼不確定地穿梭在太浩的牌桌間，彷彿在躲避漩渦，就會看到過去他和其他被愚弄的年輕人，被誘騙去在俄羅斯河上的水面浮台上控制大蟒蛇抽吸水管時，臉上有的同樣表情。

以唐恩爲中心的團體把庫柏納入旗下。包括了唐恩、麥奇尼，和「皇太子」——他有一次被人看到在看一本歐洲小說，所以才有這個綽號。他們走進賭場大廳時，就像來自懷俄明的貴族——除了唐恩以外。他穿著涼鞋，戴著串珠，就像是凍結在六〇年代的相片裡。賭徒很少會記得美國總統的名字，但是唐恩懷著近乎執迷的厭惡，密切追蹤政治消息。他厭惡像龐斯．奧崔那樣的重生基督徒。奧崔被稱爲「教友團」的那個團體會在夾層樓中先圍成一個祈禱圈子，然後才下來牌桌。唐恩對奧崔避之唯恐不及。奧崔在太浩跟拉斯維加斯兩地來回，但唐恩跟他的同夥視拉斯維加斯爲世界末日。他們偏好以太浩爲基地。偶爾他們會開車去雷諾，當做週末度假，並一路不停爭執什麼是最好的毒品、最糟的毒品、最好的狗的品種，誰是他們遇過最厲害的老千、最棒的按摩師，以及最棒和最爛的演員。對他們所有人而言，毫無疑問的，狄帕瑪的《憤怒》是有史以來最爛的電影，這是無庸置疑的。而討論到某個時候，麥奇尼就會開始堅持卡爾．麥登是最棒的演員。

幾乎他的所有電影——《崖上風雲》、《慾望街車》、《懺情記》。

還有《獨眼龍》……

那三個字是我要說的。他跟凱特．茱拉多——那才叫一部完整的電影。

他也有演《辛辛那提小子》，對吧？他在裡頭演那個「技師」對吧？剛剛才還在熱身的麥奇尼，猶豫了一下。你知道，卡爾演過許多他媽的了不起的電影，但是《辛辛那提小子》有問題。你記得他們在玩賭注無上限的梭哈。我記得史提夫・麥昆手上有兩張A跟兩張十。而愛德華・羅賓森——他也是個偉大的藝術家，如果他是下西洋棋的，他們一定會幫他立一尊雕像——他手上有三張牌，沒有對子。你看，遇到這種情況時，你絕對不可能讓他有機會抽牌。反正無論如何都不能讓他有機會再抽牌。沒有第二句話。但是這個愛耍帥的麥昆只下了鼻屎大的一丁點賭注，讓愛德華繼續留在牌桌上，又抽了一張牌——他絕對不應該被容許拿到那張牌的。你應該把所有身家財產都賭上去，你的老婆、你的鸚鵡，無論如何都要防止他再抽牌，你要把賭注弄到太高……，你知道以你現在的狀況，你已經拿到最棒的牌。你就會把所有錢都賭下去。

結果呢？我忘記後來的結果了。

愛德華攤開他剛做成的同花順，讓他輸個精光。

庫柏不知道他們談論的電影。其他人都是三、四十歲，他是他們當中的年輕人。他們關照他，知道他是會不自由主地冒險的人，連對自己都會造成危險。但是令他們所有人驚訝的是，他可以模仿他們每個人打牌的方式，彷彿扮演不同的人。在牌局變得瘋狂時，也正是必須保持冷靜時，庫柏可能會令人吃驚，但也可能極度愚蠢。有一天或許他會繼承他們的衣缽，但現在他們覺得他還在赤手空拳地搏鬥，大多是跟他自己。

但是對唐恩的朋友而言，賭博是一種生活方式。他們會連打十二小時，從喝威士忌到抽古柯鹼；在游泳池畔或有冷氣的車子後座，看艾德尼斯，或菲利普．狄克的書；在超大聲的「發現」頻道背景聲音中，幹全身穿得閃亮亮的女人；或在下降的電梯中注射毒品。這些庫柏從不參與，他是百毒不侵的。他永遠保持清醒，除了在牌桌上以外。有一種叫「祕魯薄片」的古柯鹼，可以讓其他人不覺得疲憊。睡著了就不可能贏。這是唯一重要的邏輯。幾年後，在聖塔瑪麗亞，當一個叫布麗姬的女人要給庫柏一些時，他用雙手捧著她的臉，說：「我知道妳不會相信我，但是有一天，妳會在一個火柴夾的背面寫上四百個字，然後以爲自己寫了一篇傑作。妳會相信自己是無敵的。」她對他微笑：「你才是無敵的，庫柏。」

一天晚上，在一間熟食店，他們這群人講到不尋常的賭局彩金。唐恩提到一個叫「異教徒」的玩家在一場牌局中，用一對九贏到他後來的老婆。

到處都是陷阱、竊盜，跟毒品。兩個男人請唐恩建議一個可靠的做牌技師，他提到菲德力歐。「名字眞好聽，」他們說：「他是哪國人？」「菲律賓人。」唐恩說。「不，謝了，」那兩個賭徒說：「我們需要一個亞利安人種的。」庫柏覺得驚愕，但是唐恩說：「這也有道理，他們想要一個不被注意的莊家。」在這個世界裡，你需要很快原諒別人。你會發現跟你喝酒的人可能是個職業殺手或海洛因毒販，上星期才用一顆八號黑球殺了一個人。周圍到處都是過得飛快的生命在消失。他們這群人的憂慮是他們當中誰會最早完蛋。是皇太子還是麥奇尼。他們覺得皇太子身上的災難證據比較少，雖然他固定吃安眠酮，但他存活的機率比較大。而且他似乎一心專注於教導他的朋友認識偉大古典鋼琴家的錄音和技巧，以及正確的穿著打扮，並忙著咒罵套上即可的懶人鞋、刺青、男性古龍水，跟溫莎式領結。他可以連續好幾個小時講述正確的袖子長度，和正確的衣領高度。皇太子認為，就衣著方面而言，最偉大的著作要屬《源氏物語》，而在漫長的旅途車程中，他會唸「紫式部女士」的段落，讓其他乘客聽著入睡。他之前就跟他們講述過日本的黑社會與過去年代的女性宿命。「你還沒碰到過她們，」他告訴庫柏：「但是你一定會遇到的。她們會帶著弱點來到你面前。對男人而言，最大的誘惑莫過於遭遇不幸的女人。她們就像牧師一樣，你絕對不能因此讓她占上風。」

但是古柯鹼讓皇太子變得愚蠢，而在古柯鹼的影響下，他被兩個浸信會教徒引誘去賭了一局「二－七低牌組撲克」，輸掉了一切。幾天後，心臟病發作讓他倒下。他把最後的賭注押在他在術前準備時正在播映的一場足球賽上，然後在一星期後過世。唐恩去認屍時，工作人員把床單拉開，而他們看到他的小腿上刺了紅心傑克的刺青，他年輕時錯誤品味留下的印記。

麥奇尼因此成為贏家。（他繼續跟女人朝生暮死的關係，並且後來出乎所有人意料，在愛荷華州成為戒毒輔導人。）皇太子死後第二天早上，他們聚集在麥奇尼的公寓。彩色電視開著，轉到靜音。電視上報導著波斯灣戰爭醞釀中的消息，麥奇尼便轉到不同的頻道，直到看到一個節目上有個穿短褲的女人在擺弄蛇。他們沉默地看著她，想起關於皇太子的許多小事，然後鑽進車裡，沿著湖繞了一圈。他們身處在高於海平面六千呎的地方，要喝醉很容易。

他們照人數不足時的玩法打著撲克，學一些新玩法，然後均分利潤。唐恩的首要原則一直是（就像那首歌一樣），你要跟著「頭髮留到這裡，錢又多的那個」。在皇太子死後的停滯時光裡，庫柏決定讓他們看看他可以是多厲害的做牌技師。他打開一副全新的牌，丟掉備用牌跟鬼牌，然後在第二十六張切牌，並做了一連串的完美洗牌，而且一分鐘內做了八次，讓整副牌最後恢復到跟剛開始一模一樣的順序。他對他們坦承一切，以獲得他們的信任，即使他絕對不會在牌局裡用這種技巧。「看仔細。」他一開始就說。「你的手指摸牌，就像虔誠的天主教徒摸他的念珠一樣熟。」麥奇尼說。「你為什麼會這個？」

從古至今有許多人都在他們人生的某個關鍵時刻，拿到了不該拿的書。幾年前，庫柏在舊金山的碼頭上，在猜牌遊戲中被人誆了。他去賭牌專門店，想要知道他是怎麼被騙的，結果卻找到一本遠在一九〇二年印刷的《牌桌高手》。這本書除了解釋三張牌的騙局以外，還變成他的潘朵拉的盒子。他發現了一個地下世界。

庫柏說，我以為我會發現別人可能拿來對付我的任何東西，卻找到一本「操縱撲克牌的科學與藝術」的專業論文。

那你以後該去見見「異教徒」，跟他學點東西。他是洗牌老手。或許我可以幫你寫一封簡單的介紹信。

皇太子的喪禮過後幾天，他們四散各地。唐恩回去他在內華達市的家，他的多年女友露絲在那裡當語言治療師。他邀請庫柏同行，於是他們開車穿過兩旁都是松樹的蜿蜒道路，離開山區前還遭遇一場大雪。唐恩在他們進入KVMR電台的播放範圍時，將收音機轉到這個頻道。結果唐恩居然是這個社區的中流砥柱，活躍於當地的公共電台，還在協助將一座舊鐵工廠改造成社區中心。但他同時仍執著於陰謀論，認爲它們就像牌局一樣，有僞裝的結構，只能在註腳中和匆匆一瞥間流露眞相。在與拉斯維加斯的「教友」、那些重生基督徒交手時，讓他最感挫折的是他至今仍未破解他們的密碼，仍然摸不透他們。他覺得他們偷換了他的牌。他不確定奧崔只是個不喜歡輸的厲害玩家，還是他旁邊總有一個做牌技師在幫忙，在每副牌中做牌或放假消息。在戰爭一觸即發的氣氛中，他無法不看到他們領子上的國旗徽章。庫柏對他們頑固而自以爲是的政治主張極度厭惡，想跟他們正面對決。

不可能。

我覺得我可以。

好吧，如果你想槓上奧崔那批人，先去找「異教徒」。他會教你。他已經變成平民老百姓了，但是他厭惡任何跟拉斯維加斯有關的東西。而且，他跟別人的女朋友私奔了。

他打牌贏到的那個？

對。

那我怎麼去找他？

首先，你不能叫他「異教徒」。他叫阿瑟。搭巴士到貝克斯菲德，然後雇輛車載你，往沙漠裡開七十英里。

☆

已經不再使用的傑瑞丘軍事基地是阿瑟與那個女人最後落腳的地方。他們住在焊接固定在一根電線杆上的、一九八〇年的「氣流」露營車裡。他們建議庫柏睡在距離他們銀色住所不遠的一頂勘查員的舊帳篷裡。麗娜也帶他去看了他們洗澡的井。她說，水裡面還有金沙的痕跡。他們每一餐都在戶外煮，每到早餐跟晚餐時間，一個丙烷桶就嘶嘶作響。到了晚上，庫柏可以看到這廢棄基地的遠處有其他燈光。屬於麗娜的兩匹馬在營地附近遊蕩。

他對異教徒提起唐恩，打破了僵局。

天哪，我跟他媽媽熟到差點都當了他爸了。

他是我們當中最聰明的，庫柏客氣地說。

異教徒想了一下，然後喃喃自語：但聽說他現在是個嬉皮。

看來是這樣。

庫柏看著麗娜走過去，一躍上馬，柔軟得如一條絲巾，而他突然想起可蕾。想到她騎在動物上時總是顯得那麼寧靜。異教徒說，有人懸賞要麗娜的命，她的第一任丈夫至今還無法原諒她逃離他的魔掌。不幸的女人……庫柏想起。白天裡，他們有臺地、馬行小徑跟古老金礦可以探查。麗娜很驚訝庫柏懂馬。「嘿，會騎馬的賭徒！」因此他們倆會騎著馬到沙漠裡去。反正庫柏必須等到晚上——阿瑟堅持天黑後才能把牌拿出來。這時他會把庫柏帶到氣流露營車的巢穴裡，關上門。他們會在三、四小時後出來，然後庫柏走回他的帳篷，倒下便睡。

有時候，他會在下午獨自穿過空無一人的咖啡廳跟廢棄的軍事基地營房，感覺像是月球上的郊區。他誰也沒遇到過，但有時候他會在晚上聽到發電機的聲音，或看到火光。他唯一講話的對象只有麗娜跟阿瑟。他們像在模仿大師對門徒的訓練指引，唯一差別在於異教徒有聲嘶力竭的性生活——他甚至爲聲音太大道歉過，而且他的嘶吼聽起來經常像是在求救的尖叫聲。他們的性愛都發生在下午，而不久之後，他們就會像謙卑的睡鼠似的出現。在四十碼以外的帳篷裡的庫柏，會在眼睛上綁上一條薄棉布，以便在下午三點的大太陽下午睡，但是要對拖車傳來的投降或狂喜的吼叫聲聽而不聞，實在很困難。

一個星期後，異教徒將打牌的時間加倍。現在打牌時間至少持續六個小時。他們會在午夜時暫停一下，阿瑟會進去廚房，帶著威士忌跟兩個杯子回來，然後他們再開始。「小心『假結束』。」他說，彷彿之前幾個小時不過是預演。

異教徒把他們理論上的輸贏金額寫在一張表上。到現在庫柏似乎已經欠他三萬美金了。「輸的人要負責騎馬去密尼維買雜貨。」異教徒宣布，「我可不會爬到馬或騾子背上去。」一天晚上，他提高了賭注。「如果你贏了，就可以跟麗娜睡。試試看從一副牌中間開始發牌。今天晚上什麼都可以試。如果我抓到你作弊，賭注就取消。如果你贏了，你就可以大方地表現出你對她的感覺，我都看得出來。」庫柏很困窘。「有些人說我是在一場牌局裡贏到麗娜，」異教徒繼續說：「但事實上，是她在那場牌局裡贏到了我。但是當然發牌的人是我。中央情報局相信你可以突破任何人的心防，讓任何人變節，只要你知道他們的弱點。大部分人的弱點是性，這是第一名，然後是錢，或權力。偶爾會是自尊或虛榮。你呢？」

他們一邊玩，威士忌杯子就顫巍巍地擺在窗框上。「在大牌桌上做牌比較容易，所以我們故意只在小桌子上練。而且拉斯維加斯會有很多讓人分心的東西。我們沒有。所以你們可以仔細看著我。」

於是第二個星期更不正當的教育就此展開。如何成爲不被發現的老千。「人平常不會這樣。」阿瑟喃喃地說：「不會技巧高超又姿態優雅地做一件事，同時又要設法看起來像什麼事都沒有。你必須製造出什麼事都沒有的幻覺。發牌要慢，事實上，最好看起來很遜的樣子。你就能擊垮他們。好，給我看你怎麼在牌上做記號。」庫柏很清楚，阿瑟認爲拉斯維加斯最好被埋在沙底下。「我看著這個軍事基地，眞希望有一天拉斯維加斯也會變成這樣，那些歌手和諧星都被埋在墓碑底下。一千年後，我們會挖起韋恩·紐頓的墓，而他就可以再度成爲神。」阿瑟總是講話講個不停。庫柏不禁想到有些搭便車的人鑽進車裡後，就開始喋喋不休地唸誦聖經上的句子，引經據典地說出哪一章哪一節，證明世界末日會在週末前到來。異教徒叨唸著禮貌、風度，跟專注的重要性。「我聽說托爾斯泰，」他說：

「走進一小群人聚集的房間裡十五分鐘後就可以了解他們每個人的一切。房間裡他唯一無法了解的，是他自己。這就是優秀的專業人士該有的樣子。」

異教徒快速而憤怒地洗牌發牌，一一列出他離開的那個世界裡，他所愛的東西——濃縮咖啡、唐納・韋斯雷克的小說劇情、墨西哥辣椒的滋味——而庫柏眼睛直盯著牌。如果他指控異教徒作弊，結果弄錯，就要被罰款一千元。「一千元而已。」阿瑟說。「我們一旦被冤枉，通常是拿起手槍，把你的肩膀轟掉。而且別忘了，如果你今晚贏了，麗娜就在門外。我會睡在帳篷裡。說不定會像隻忌妒的狼在外面鬼哭神號。但是約定了就不能反悔。對了，我已經告訴她了，她也同意這個賭注。我在福克納的一個故事裡，也看過類似的賭注。」「不要讓我分心。」庫柏說。「我就是要讓你分心。在我說托爾斯泰的故事時，你已經錯過兩次作弊的洗牌。你在注意聽，因爲裡面有內容，裡面有像迷宮一樣的想法。你必須忘記內容，只想著『輪子』……」

凌晨兩點。庫柏起身，在釘在烤漆門上的表格，寫下他輸的金額。他覺得極度挫敗。他以爲自己技巧高超。「你知道最棒的一句電影台詞是什麼嗎？」異教徒問，他還坐在椅子上。

「你可以明天再告訴我，」庫柏說：「晚安。」在另一個房間裡，麗娜問：「你輸了，是嗎？」他不確定她是不是眞的知道阿瑟提的那個荒謬的賭注。她握起他的手。「很棒的手。阿瑟跟我說的。晚安。」庫柏在黑暗中大步前進，走進帳篷，立刻就睡著了。幾分鐘後，他在他們的大笑聲中醒來。

一天晚上，他們倆暫時脫離撲克牌，跟麗娜沿著一道乾涸的河床走了好幾個小時。他們爬到比較高的地上，那裡甚至更黑，天空中幾乎看不到月亮，而庫柏覺得好像離開了地面。麗娜走到他身邊，牽起他的手，兩個人便十指交扣。對已經孤獨許久的庫柏而言，這是充滿親密感的祕密的動作。她在黑暗中轉頭，看著他的側影，然後說：「啊，是你。」便立刻走到他碰不到的距離之外。「抱歉，我弄錯了。」他聽到她說，在她離開他身邊的時候。

她一直讓他想到可蕾。這個被阿瑟拯救、脫離人生錯誤選擇的女人。她農村女孩的臉孔總流露出一種活力。當庫柏幾天後離開，要搭巴士到貝克斯菲德時，她害羞地跟他道別。他親了一下她脖子旁的格子襯衫，然後是她的髮鬢旁。而在這裡這段時間裡，幾乎從來不曾碰他的阿瑟，則給了他一個熊抱。

總之，他已經學會了他來這裡想學的一切。他只贏了異教徒幾次，但是即使他的老師不說，庫柏也知道他現在已經可以在最高法院裡發做好的牌，也不會被抓到。

在客運夜車的昏暗燈光下，他細看自己的手，翻來覆去地看。異教徒的手像女孩子的手，一個公主的手。正要去拉斯維加斯與唐恩和其他人會合的庫柏，突然覺得自己還沒準備好。他想到自己這段時間的生活，都在跟一個可能是瘋子的傢伙說一些複雜私密的話，對著一盞小燈，窩在一輛氣流露營車裡的一張小牌桌上。他對自己跟別人都會帶來風險。當巴士接近拉斯維加斯時，他抬頭看，這沙漠城市上的天空像是著了火。

☆

波斯灣戰爭在一九九一年一月十七日凌晨兩點三十五分爆發。但在內華達州的賭場裡，這只是一個尋常的傍晚。懸掛在半空中，通常都在重播賽馬或足球賽的電視機正放映動畫模擬的美軍攻擊畫面。對於在「馬蹄」賭場裡吸著管線送進來的氧氣的三千個賭客來說，這場戰爭已經是發生在虛構星球上的電動遊戲。電視畫面被鎖定在靜音。四周有歌舞秀、電話隨傳隨到的妓女、工作中的按摩師，和籌碼喀啦啦的聲響，任何事物都不會打斷賭場的現實，而「天眼」也無時無刻監視著在綠色毛氈上打出的每一手牌。在此同時，在另一個沙漠的夜裡，橘色白色摻雜的爆炸與火球照亮了地平線。到凌晨兩點三十八分，美軍的直升機跟隱形轟炸機已經開始發射飛彈，並在城市裡丟下滲透炸彈。接下來四天裡，一場現代高科技大屠殺進行著。眼鏡蛇直升機、疣豬坦克攻擊機、幽靈轟炸機，跟它的雙生子鬼異轟炸機，徘徊在空無一人的公路和撤退中的伊拉克軍隊上方，倒下高度易燃的燃料、揮發性氣體，跟磨成細粉的炸藥，燒盡所有氧氣，讓下面的屍體內爆，往內壓碎。

唐恩、他的女友露絲、麥奇尼、庫柏。他們四人在「河流咖啡」裡聊天。這天早上跟許多個早上一樣。麥奇尼又想跟教友面對面賭一局。「我信不過你。」唐恩說：「你很會演戲，但是有時候又像半透明一樣完全被人看透。我們需要皇太子，他看起來最清白，但是他不在了。所以只能由我出面。」唐恩決定當家作主。

那我負責開車嗎？麥奇尼說。

不，露絲開車。你最好跟庫柏兩個人坐下來，花幾天研究牌面、時機點、動作等等。

所以，語言治療師開車。而我像半透明，所以我根本不能下場……

你不能下場，他們會察覺有個團隊。事實上，你那天晚上最好到別的地方，到別家賭場去。你挖出奧崔多少底細了？他有做牌技師幫忙嗎？

他的跟班老是跟他一起下場，所以很難分辨到底是哪一個做牌。我猜是每幾手就會換一個人出老千。

庫柏插嘴。那我建議我把他們一次全部整垮。

那你在這裡就混不下去了。如果他們會動手腳，就可以看得出來別人動手腳。你之所以要去找異教徒，就是要讓你做的事神不知鬼不覺。

我不在乎。

我在乎，露絲說。這是我們的世界。我們在這裡工作。

唐恩跟庫柏跨出電梯，走進樓中樓層，然後走下階梯，來到成堆的牌桌當中。教友習慣坐在擺撲克牌桌的主要樓面旁的一個小房間，在一條藍色繩索隔起來的地方，裡頭只有一張牌桌。這裡雖然受到天眼的嚴密監視，但是這裡人工發牌的牌局有種古老法洛牌戲的危險氣氛。沒有人能完全免於人性的弱點，但是他們也都得到過教訓。唐恩穿著鮮黃色的夏威夷衫，啜飲著一杯威士忌，看著教友獵殺一個老百姓。奧崔揮手歡迎他們加入牌局。唐恩跟庫柏猶豫不前。這是他們應該有的反應，他們通常都遠遠避開這些重生基督徒。他們示意要再喝一杯，並表示可能會回來，然後繼續在賭場裡散步。一小時後，當他們真的跨過那條藍色繩索，在牌桌旁坐下來，面對奧崔跟他旁邊一左一右的兩個賊時，很快地所有人就明白這是一場私人的賭局，不需要賭場人員作莊發牌了。而他們玩的是德州撲克。「教友」都是這麼玩。

第一手牌，唐恩贏了一千。這是意料之中教友會撒下的誘餌，而唐恩表現得很節制。他上身往前靠，披著沒洗的長髮，露出大大的微笑。奧崔開始自言自語地發表高論，評論世界局勢、這片沙漠，跟另一片紛擾的沙漠。牌來來去去，持續了一個多小時，好牌跟爛牌互相抵消，慣常的起起伏伏。每次輪到庫柏，他都規矩地切牌。所有玩家都盯著每一雙手的動作，找尋著深藏的習慣。庫柏注意到他右手邊的玩家習慣在哪裡切牌，大概每一次都是同樣的地方。牌桌上的談話持續不斷，充滿有趣的故事與資料，但是庫柏只想著「輪子」。他知道很快就會有人動作。「殺雞別用牛刀。」麥奇尼跟他說過。「等賭注墊高再出手。」因此庫柏等著。

根據計畫，他要做的是找個時機做出雙重好牌，也就是趁著洗牌時做出兩手好牌——一手給奧崔，還有一手更好的給他自己。他會把洗牌做好的一串牌放在一張有做記號的牌下，也就是他右手邊的玩家通常切牌的下面。如果他切在那張做記號的牌上，庫柏就不需要偷偷換牌或跳牌。他們就可以把一切都賭在他們已經知道的一連串牌上。等他準備好，就要示意唐恩掩護，讓其他人分心。

牌局在正午開始，而現在已經是七點鐘。奧崔右手邊的賊繼續當德州撲克的發牌者。不久之後唐恩建議提高盲注的金額，讓賭注加倍。還有兩手才輪到庫柏發牌。他跟唐恩都有輸有贏，但都還勉強支撐著。眞正針對他們的攻擊還沒有展開。

唐恩此刻正描述著他看到的一些關於那片「紛擾的沙漠」的新聞片段——美軍飛機每分鐘投下一萬顆子彈，轟炸擠在高速公路上逃命的士兵。「那是昨天的新聞。」他喃喃說。「我們丟下五百噸的反坦克集束炸彈，這些炸彈會以每秒鐘四千呎的速度，在空中吐出銳利的鋼片。我們像神一樣，從天空中燒掉數以萬計的屍體。他們說那條公路，就像春假時的佛羅里達海灘。」「別說了！」奧崔突然爆發，但是唐恩沒有停。「那天是復活節……，聽說那裡的所有東西幾乎都燒成黑炭了。」庫柏完成了洗牌程序，塞進了做好的牌，在整副牌的下層。牌桌旁一片沉默。唐恩又說了更多美軍攻擊伊拉克共和國衛隊的細節，直到奧崔舉起一隻手，要求他安靜。庫柏拿回那疊牌，顯得全神貫注地聽著奧崔回憶他目睹過的一次皈依，說那個六歲的女孩子背誦出一頁又一頁的舊約內容。

庫柏發出第一輪牌——每個玩家兩張蓋牌。桌上的牌如下：

唐恩	X	奧崔	Y	庫柏
黑桃K	方塊6	梅花A	梅花5	方塊7
黑桃10	梅花2	黑桃A	黑桃Q	黑桃7

庫柏請奧崔繼續講他的故事，讓他分心，不去特別注意自己拿到了一手出奇的好牌。唐恩下注，奧崔加碼。庫柏跟，而另外兩個小賊退出。庫柏此刻往後靠，放輕鬆。所有發牌的順序在洗牌時就已經決定了。他只需要把這手玩完就好了。他按照規定丟棄下一張牌，再發出三張公共牌，牌面朝上。

唐恩	奧崔	庫柏
黑桃K	梅花A	方塊7
黑桃10	黑桃A	梅花7
公共牌		
紅心A，黑桃7，梅花4		

唐恩的牌面很低，只能跟注，而奧崔已經有三張A，便決定加碼。庫柏開始靜靜地唱起來：「你將跑去找石頭躲，但沒有石頭可躲……」並跟奧崔的賭注。唐恩蓋牌。牌局變慢了下來。

庫柏丟棄下一張牌，再發第四張。這是一張不重要的牌——方塊八——不會影響兩手牌的強弱，只是引發又一輪下注的機會。

有家人嗎？奧崔問庫柏。他一直在試圖透視這個年輕人的本性。

沒有家人，庫柏安靜地說。

有女朋友？

沒有女朋友。先生。庫柏彈了一下舌頭。您已婚？

是。

奧崔又下了更大的賭注。庫柏思索著，翻弄他的籌碼。又思索了一會兒，然後跟注。現在已經大約九點半，牌桌上有將近十萬美金的賭注，還有接近同樣多的籌碼在剩下的兩個玩家面前。現在連奧崔都安靜下來了。庫柏發出了最後一張牌——「河牌」——他一邊翻牌，一邊在心裡低聲說這個字。

他要用這張謙遜的紅心七，將奧崔燒毀，將他狠狠羞辱。

奧崔	庫柏
梅花A	方塊7
黑桃A	梅花7
公共牌	
紅心A，黑桃7，梅花4，方塊8，紅心7	

奧崔手中的牌，跟在牌桌中掀開的公共牌加起來，現在有了一手大滿貫：三張A跟兩張七。他決定全下，把剩下的所有籌碼都移到彩池中。庫柏跟。他們攤牌，庫柏攤開他的兩張七。請看，他說。

奧崔認出了他這隻極盡嘲弄之能的惡龍。庫柏將大約三十萬美金聚攏過來，緩緩站起來。

小子，坐下，奧崔低聲說，更低沉的聲音。

坐下，唐恩呼應。

庫柏繼續站著，收攏籌碼。他抬頭看著他知道一直盯著他們的天眼，他知道它絕對沒捕捉到他剛剛做的事，然後對它揮揮手。

「你這個他媽的蠢蛋，你還只是個毛頭小子。」唐恩說。庫柏發現他真的帶著怒意，看了他一下。然後他走到窗口，把籌碼全部兌現，在眾目睽睽之下。麥奇尼靠在樓中樓的欄杆，向下望。

庫柏用力一敲電梯的按鈕，升到十一樓，走出去，然後走樓梯到停車場，搜尋唐恩的車。車頭燈靜靜閃了一下，於是他走向那輛車。露絲移到副手座。「都順利？」「嗯。」他們駛出黑暗的停車場，進入沙漠裡搖擺交錯的電力構成的世界。二十分鐘後，他們已經出了城。

整晚收音機都在播戰爭的消息。露絲靠在副手座的車門上，看著他。言行通常很節制的庫柏已經開始對自己的過分表現感到愚蠢。她用手指輕敲他的肩膀，他專注在馬路上的眼神才醒過來。

你知道《蘇菲的選擇》嗎？露絲說。那本書。有一次，我在收音機上聽到寫那本書的傢伙講話。他們問他現在在寫什麼，但是他不肯說。後來講到他爲什麼不肯說自己在寫什麼時，他說：「你知道，我覺得我已經寫出了我這輩子所可能寫的，最親密、最深刻的書。我想我再也不可能寫到那種程度了。從現在開始，我想嘗試喜劇。喜劇並不容易，我知道。但至少那是不同的路。」我喜歡他這點，這個作家說的話。後來我讀了他全部的作品，但是當然他永遠不會寫出喜劇。而且你當然永遠不能再回去那裡。

我知道，庫柏靜靜地說，她幾乎聽不到。

之後露絲就睡了，她知道她得在破曉前把車開回拉斯維加斯。庫柏轉動收音機轉鈕，尋找更多關於戰爭的消息，但是消息很片段破碎。他明白他已經因爲贏得如此明目張膽，如此聲勢壯大，而親手結束了自己在拉斯維加斯、甚至太浩的事業。異教徒第一堂課裡就警告過他不要張揚浮誇，表現起伏。阿瑟是屬於自然學派的老千，總是希望在表面上顯得不留痕跡，平靜無事。而發生在「教友」身上的事顯然不是運氣問題。唐恩或許今晚還得留在賭場裡，表現得對庫柏很憤怒，以免火蔓延到自己身上。露絲則會在破曉前把車子開進停車場裡，以免受到「教友」懷疑。

他們在路旁一間酒吧停下來喝東西。一回到車子，庫柏就把錢均分成四疊，把他自己的放進一只西北航空的舊袋子裡。然後他們再度上路，在最後一段路，車窗搖了下來，路上的風從側面吹著他。

到了一個地方，他把車慢下來停住，她說：「那是什麼？」路上有一隻貓頭鷹，顯然不願意離開公路上的熱氣，於是庫柏繞過牠，繼續往前。當他們到了托納帕的公車總站，他又坐了一會兒，雙手放在方向盤上，彷彿還有很遠的路要開。他們下了車，露絲繞到駕駛座旁，於是他們擁抱。庫柏即將消失。他將再也不會看到這些朋友。他拉出西北航空的袋子，從車旁走開。露絲發動引擎，不一會兒就開車超過了他——她輕按一聲喇叭，一隻手伸出窗外——但他對第二次的道別沒有反應。他已經變成了陌生人。

第二天早上七點三十分，唐恩跟麥奇尼到「河流咖啡」吃早餐時，露絲單獨坐在有點混亂的餐館裡。四個女服務生穿著橡膠雨靴跋涉在氾濫成災的人造河流裡，在巨大的岩石下尋找在夜裡壞掉的抽水機塞子。「哀悼的河流。」麥奇尼說。他們都知道庫柏、他們的「繼承人」，已經永遠被驅逐了，至少被驅逐在所有大賭場門外了。他們也知道他們三個人多少都會永遠跟他連結在一起。但是他們沒有談論這件事，反而看著此刻一邊濺起水花，一邊笑鬧起來的女服務生們。

吉普賽人

她正循著一條種滿金雀花的小徑走，頭頂高聳的橡樹樹枝篩下的陽光灑落在她的臉和金色頭髮上。她快速地往前走，因爲四天前她碰到四個帶著槍跟狗的男人。當時他們站在森林裡的一小塊空地上，互相吼叫著。當她走近時，那些男人用法文對她丟出一些帶著性暗示的話。她雖然明白意思，卻假裝聽不懂。那威脅的氣氛讓她膽怯。但儘管發生這件事，安娜仍拒絕放棄每天下午的散步。她會沿著那條森林步道，走到那塊空地，然後循著河邊走到距離德慕村半英里的馬路上。這是一次近乎小跑步的散步。她在德慕買了雜物，放進背包裡，然後回家。照那樣的速度，她一個半小時就會到家了。那棟房子是一棟大宅，她是在這裡暫居的房客。她本來以爲這裡可能會是一座城堡，但結果並非如此。她從來沒有住過法國的大城堡，就像她從來沒見過獵犬，直到那天下午遇到那幾個火爆爭執的男人。

大部分日子，安娜都待在家裡，在廚房桌子上讀路辛．賽古拉的手稿與手寫日記。這棟大宅曾經是這位作家的家，而她發現自己彷彿與他跳著審愼的對位舞。所以當她工作到一半而抬起頭來，總是要過一會兒才能認出跟先前一樣的門口跟她周圍的房間，因爲在此之前，她一直在鑽入這個法國作家作品的表層底下，埋頭挖掘和交叉比對他人生中的一個細節。她一位同事說過的話正可以描述她此刻做的事，她是在「清理翻譯者的家」。她知道，如果她走上那段石頭階梯，然後左轉，就會進入他的臥室，可以從那裡俯瞰那棵巨大橡樹的枝葉，就像那個法國人在好幾個世代前，一邊穿衣服時，一邊所做的一樣。

Q太太每週會跟她先生來一次。她沉默地打掃房子，而Q先生則巡視花園，撿拾樹枝，並清理花圃。他也是村子裡的郵差。他們會待一早上，然後離開。沒有人住在這房子裡時，這對夫妻則比較常來，像是全職負責照顧這棟房子。而此時，他們則是每週一次從那輛藍色的雷諾轎車出來，帶來關於外界、關於政治人物，跟關於各個戰爭的消息。Q先生會巡視一片田地，然後決定他可以等到下星期再來整理，而Q太太則試圖教安娜燉煮兔肉的基本技巧，以便弄出一大鍋食物，讓她可以三天不用煮午飯。

做丈夫的會抽著煙斗，沿著有圍牆的花園外圍走一圈，檢視樹木修剪得好不好。最後他會繞回房子，到通往後面草地的後門前。後門總是開著，而他可以從開敞的門看到安娜伏身在桌上寫著，或讀著某本巨大的書，從來不會抬起頭來，從來不會意識到他就在距離她幾碼的門外，而他會搖搖頭悄悄離開。這個女人是從美國來的，他太太告訴過他。她站起來的時候跟他一樣高，淡金色的頭髮留到脖子。她顯得健康強壯。她用她來自美洲新世界的法文問過他，哪裡有適合散步的地方，而他畫了一張地圖，指出蜿蜒穿過其他土地、跨過河流的最棒的一些步道。他提醒她要記得關上所有柵門。這屋子的屋主每次一來就會迫不及待地開車出去——去一家產雅邑白蘭地的酒廠買跟葡萄汁混合的福樂克酒或辦其他瑣事。但是這個客人不一樣。她並不想花時間在鎮上。她很滿足於待在這裡。他們每週來一次時，她可能會花半小時跟他們說話，但是之後就會立刻回到桌子旁，看她的書。他知道她偶爾會走到村子裡。身爲一個郵差，他一天到晚都在外面奔波，這已經是流在他血液裡的習慣。整天都待在房子裡似乎很不自然。因此當她邀請他進大宅的後室，請他一起穿過狹窄的走廊，來到廚房，讓他看到通往草地的開敞的門，也就是他前一週站在那裡看她工作的門口，並給了他一張紙時，他畫了一張清晰而且按比例縮小的地圖——他的工作讓他知道準確的距離公里數，以及每片土地的邊界和河床的位置。他畫出代表房子的長方形，並迅速畫出代表香草花圃的橢圓形，然後重新創造外頭的世界，繪圖結束在遠處的矮樹叢和住著鹿的森林，其中並排除了她應該避開的那些遊客常去的地方。照安娜的說法，這是一張「有收藏價值」的地圖，而她將來或許會把它裱框起來，掛在她位於舊金山「分隔街」的房子客廳裡，成爲一段回憶的私密核心。在她心底某處，她覺得，萬一事情糟到不能再糟，至少她還能逃回這裡。

安娜散步時，都把地圖帶在身上。自從那天遇到那四個獵人之後，她就不再穿裙子，而改穿牛仔褲，並且將九十分鐘的散步縮減了十分鐘。但是她此刻所在的地方，兩旁種滿金雀花樹籬的這段小徑崎嶇不平，有些地方堆滿了石頭，因此她不得不慢下來。當她想離開小徑時，杜松子樹散發出香氣，讓她停下了腳步。陽光從樹林間灑落，而當她停下來抬頭看那散裂開來的美麗光線時，她聽到了音樂。

她聽到的是一個女人在唱歌。如果她認爲會有男人在，她就不會走向那聲音。但那聲音很誘人。一個女人的聲音，一段彷彿沒有骨架的曲調，似乎太漫不經心而不可能好聽，卻又聲音清澈，如水一般。安娜在原地多站了一會兒。她看到一隻麻雀從一根樹枝跳到另一根，很笨拙，完全不熟練的樣子。她慢慢走向那片空地，中間停了一次或兩次，試著聽出那曲調。

她來到那開闊的田野，那裡有一個女人，還有一個男人坐在一張直背椅上，用看來像是吉他的樂器幫她伴奏。他們一開始沒看到她，但是必定感覺到了什麼——或許是她頭頂的樹突然安靜下來——因爲那個女人轉過身，一看到安娜，便停止唱歌，並大步走開，留下那個男人單獨在開闊的田野裡。

在此之前，法國對安娜而言始終代表一段安靜而無名的時光。除了Q先生和Q太太的造訪以外，她不會見到任何人。而這個作家的屋子裡，也沒有任何東西讓她想到北美洲。她在逃離她職業生活中的各個層面——交際應酬、截稿日期，幫書寫序的邀請等等——在她的眞實世界裡，這些都會是必要的職責。到目前爲止，在她待在法國熱爾省的這段時間裡，唯一眞正撼動她的，只有在那個交叉路口上的，那群帶著狗、在她經過時嘲弄地伸出舌頭、在空中揮舞拳頭的男人。她在那樸素的屋子裡覺得很自在，她的好奇心幾乎沒有特定目標，彷彿她正在開始一段新的生命。她享受著用片段字句甚至圖畫填滿一本筆記本的過程，這跟她的研究截然不同。如果她聽到旁邊的門口傳來一隻鳥的叫聲，她就會試著用拼音把那聲音描繪下來。當安娜翻閱著自己這些執迷的筆記時，會發現一連串鳥鳴的樂譜，或她對一株薊草，或Q家雷諾車的素描。

那個拿著吉他的男人已經轉過頭看著她。安娜覺得她必須有些舉動，以免顯得無禮，因此走向前，想說些什麼。她走向他時，他看著她穿越的起伏不定的草。

哈囉，抱歉。

彷彿她是特地來這裡打擾他，告訴他她很抱歉！

但有一點很特別，她覺得非常安全。不是因爲他顯然拿著吉他，而不是武器，而是因爲他的表情，彷彿他剛剛離開庇護所，而她此刻在堅持要他回到人世裡。當她走到距離他只有幾碼時，她突然明白她走進那片空地時，必定也聽到了他彈奏的聲音，一種潛意識的低吟與漫彈，一種節奏與旋律——所以那個女人的歌聲中都不需要這些。是那個女人在幫他伴奏。所以她剛聽到的一切此時都在她的記憶中重新演奏一遍，以不同的樣貌被記起。吸引她來到空地的，是他。

那是一把傷痕累累的吉他。她靠近之後，可以看到他的手被蟲咬傷留下的許多疤。他的衣服雖然從遠處看來很正式，但沒有熨燙，袖口沾了泥巴，背心也沒有了釦子。但是眞的歷經風霜、使用過度的，是他的手。

她看著那個女人走開的方向，而看到陰影裡、樹林間，有一輛有篷馬車。

這是一個多星期前，安娜抵達德慕後第二天晚上，跟她朋友布蘭卡曾經站過的同一塊空地。當時的草地感覺像是一片平坦的容器，一片月光下的草原。她當時穿著一件無袖洋裝，翻了個大側翻跟斗，並舀起一把在那光線下彷彿沒有色彩的、金色的金雀花。她當時完全沒有察覺附近有一輛大馬車或任何人，除了她自己跟開車載她從巴黎下來的布蘭卡。布蘭卡，一個建築師，只在這裡待一天。是布蘭卡透過她公司裡的一個人牽線，幫忙安娜租下那位作家的房子。她們那時正要走回大宅，而七手八腳地爬過低矮的樹叢，找尋月光下很清楚的樹籬間的空隙。

如果安娜再走近那個抱著吉他的男人，就會侵入他的領域。如果她保持在距離他四步以外的地方，則會表示她恐懼，即使她毫不恐懼。他似乎是個沉著自制的男人，一隻手臂抱著他的吉他，彷彿那是他最愛的一隻獵犬。

抱歉打擾了你。但是音樂很美。

說實話，她之前並不這麼覺得。她只聽到奇怪的音樂穿過樹林，傳到她之前站的地方。那是意料之外的聲音。所以或許很美。她並不算眞的說謊。那音樂的和弦讓一切都平靜下來，甚至昆蟲都停下了牠們吵鬧的針線活。她望向安靜的樹林。

我不知道你住在這裡。我來過這裡一次，某一天晚上。

他右手的手指撥過琴弦，六個音符如一把扇子向她展開。他對她短暫地微笑了一下，然後墜入一段旋律裡，彷佛同時彈奏著各種樂器——吊鐘、鼓、缺少了的人聲。

他後來告訴她，他小時候，曾坐在這片田野，隨著他母親的歌唱彈奏。他不會看著琴弦，而是會看著他母親的臉，以捕捉她快速轉變的旋律。沒有任何線索可以透露她聲音俯衝的方向，除了在她的眼睛裡——有如一隻星椋鳥，或一隻黃褐森鶇——而當她俯衝在路上時，他仍會在她身旁，撿拾音符，就像數算路上標示公里的石頭。小時候他總覺得他的音樂課像是一張網，是要捕捉他身邊的一切——田野裡的昆蟲，或樹林間變化的天氣——以便他能把這些收集成一樣禮物，像一隻手捧著清涼的水，送給一個朋友。

彈完時，他說，妳沒有唱。妳沒有加入我。

沒有。我會是多餘的輪子。

音樂有許多輪子，所以才好玩。

那個歌手……

安娜不知道該說什麼，不知道該不該詢問。

她從村子裡來上課。我每週教她一次。妳住在那間有鴿舍的大房子？

她點頭。

一隻蜜蜂降落在這個男人的吉他的頸部，於是他噘起嘴唇，將牠吹走。當牠很快地在空中繞了一圈，又回來時，他用中指將牠彈開，而牠受了傷，落在草地上。

我叫拉斐爾，如果妳想知道。

喔，是，對了，我聽說過你，大宅的屋主說過。他說你可能會來這裡。她朝身後瞄了一眼。我想，我應該走了。

他說他要陪她回去。但是他沒有走直接通往屋子的路。他引導著她，跨過樹叢。他們幾乎必須彎身才能穿過低垂的樹枝。他無視右邊幾碼以外一條清晰的小徑，彷彿他的頭腦像一頭牛，或一隻飛翔在空中的烏鴉，而能察覺更自然的路徑。但走這條路似乎沒什麼好處，反而要更久才走得到那間房子。她在那空曠田地時感覺到的自在舒服，已經被刮傷取代，還有對他的一些惱怒。

到了廚房門邊，她問他口不口渴，然後扭開水龍頭，接了兩杯水，邀他在桌子旁坐下。桌上擺滿了書跟紙張。他用右手臂稍微推開其中部分，給自己多一點空間，但他沒有去看那些是什麼東西。他的眼神反而四下搜尋房間各處，像小偷可能會有的舉動。你不會像這樣邀請陌生人進屋喝東西，但是安娜已經好幾天沒有跟任何人說話。他看著家具跟畫，完全看盡，就像他先前看著她時一樣，帶著好奇或樂趣。他此刻也是這樣看著他手中握著的紅色搪瓷杯子。

他說，有些人認爲我父親是賊，彷彿他讀到她的心思，知道她如何看待他這樣環視房間四周。但是他從來不會偷邀請他進去作客的房子。

那很有禮貌，她設法快速回應，以便顯得對這項訊息感到自在。

我也這麼覺得。不過，他的技能還是讓他學會判斷他不可能擁有的東西的價值，我也同樣從他身上學會這點。例如，在我看來，這間房間裡最有價值的東西是這張藍色的桌子。但是我知道它並不眞的有價值。

他住在這附近嗎？你父親？

他的家鄉不在法國。但是戰後他沒有回家，而是遇到了我母親。他在戰爭中受了傷。他後來組織了一個小團體，進入沒有邀請他們的屋子竊取——是這樣說嗎？——竊取財物。戰爭的時候很艱難，所以我想他覺得每個打過仗的人，都應該得到更多。

所以他是個「竊賊」。一個古老的詞。你剛剛說你的名字是？

拉斐爾。

那你父親呢？

……他從來不希望我當小偷。

那你母親呢？她也是小偷嗎？他對她咧嘴而笑。他們是在搶劫時認識的嗎？

差不多。是在監獄裡。她在一間派出所做兼職工作。我相信他令她著迷，雖然他年紀比較大。可以再給我一點水嗎？

喔，當然。她拿著紅色杯子走到洗手台邊。我先前在這邊，在森林裡，遇到幾個奇怪的獵人，她說。

到處都有可怕的人。像我。

她笑了出來。

這裡有座很大的菜園，是吧？我想看看。我可以幫妳煮點東西。

從那扇門出去就是了。隨便你摘……

安娜站在有斑點的鏡子前，洗了臉跟手臂，然後用一條浸溼的清涼毛巾擦拭雙腿。之後，當她走進菜園時，她看到他抽著菸，望著一排排的蔬菜。

那些獵人是誰？是從村裡來的嗎？

這我幫不上忙。我們不太與人來往。

那我想，就算你知道，你也不會告訴我吧……。說實話，我那時候很怕。

她這樣一說，他便從他外套裡面的口袋拉出一條綠色的布。出去散步時，把這綁在手臂上，你就會平安無事。

她接過那條布，雙手握著。

你父親，他是英國人嗎？你的英文說得很——

我父親英文說得很流利。

他會來這裡嗎？

他很久沒來了。

如果他再來，我一定會邀他進來。

拉斐爾蹲下來，開始劈劈啪啪摘下豆子，遞給她，放進她手上打開的那條綠色布巾裡。

妳有一點牛肉嗎？

我把這些拿進去，她說，然後切幾片夠我們兩個人吃的肉。

他在幾分鐘後漫步進來，從口袋掏出迷迭香跟四顆無花果。他開始做沙拉，將大蒜切片丟進裡面。

那，你是怎麼逃離犯罪的生活——還有你迷人的父親？

安娜跟他說話的樣子，彷彿這個身形粗厚的男人是她從小就認識的老朋友。他彈奏音樂的手現在切著番茄丁。他在房間裡四處張望的眼睛現在自然地看著她。他對於身在這屋子裡，似乎一點都不覺尷尬或緊張。他在她身邊的一舉一動似乎都毫不費力。因此，在這頓午餐的幾天後，當她第一次跟他上床時，他的猶豫令人意外。他沒有抽身離開，但也沒有往前靠上來。隔著餐桌時的熟悉，變成了羞怯，或許甚至是無能，彷彿他過去曾被某種東西燒傷。他們什麼都沒做，只是抱著彼此。他此時只要有她的氣息在他的肩膀，有她上臂的那顆痣，就已經滿足。他會想著那小小的黑點墜入夢鄉。

他絕對不虛榮，他自在地面對自己寬大的腰圍，和不完美的健康狀況。在他們終於令人滿意地做愛之後（至少她認為兩人應該都滿意），他站起來，赤裸著跳下床，測試小腿的力量，然後漫步到窗邊，打開窗戶，在那裡抽著菸，望著窗外，完全不在乎他在陽光照耀下的姿勢是什麼樣子。他後來提起，他一點都不在意自己的「剪影」。安娜從來沒遇過像他這樣的人。他身上似乎沒有任何黑暗。雖然他後來告訴她，曾有一段感情讓他變得完全沉默，幾乎無法走出來。事實上，跟她在一起，是他第一次從那私密孤單中走出來。全世界必定到處都有像我們這樣的人，安娜在那時說，因爲墜入愛河而受傷——即使墜入愛河是看似如此自然的舉動。

他告訴她，他已經不再表演的一首歌，就跟這一切有關。那首歌是關於一個女人，半夜從他們的床上爬起來，離開他。他聽到有人說在北方的村子看到她，但是當她行蹤的傳言傳到他耳中，她已經又消失無蹤。一首無止盡尋找的歌，由這個之前鮮少揭露自己的男人唱著。他粗壯的手指會在吉他上撥出他的心。他會對那些多年來聽著他的音樂長大的人唱這首歌，那些知道他善於逃避鎂光燈的人。他知道自己有孤僻與狡詐的名聲，但是此刻他將傷痕累累的自己坦露在朋友面前。「如果你們有誰在旅途中看到她——請大聲喊我，吹口哨……」他唱道，而觀眾變得習慣在他唱出這些歌詞時吼叫並吹口哨。在這樣敞開所有門窗的歌裡，他無處躲藏，因此他能笨拙地走出去，讓觀眾輪流吼叫的聲音跟他混合在一起，彷彿他已經不在舞台上。

在安娜跟他上床之前的幾天，他不曾預期她會對他有興趣。他們共進的午餐似乎不帶有任何追求的意味。而他們在樓上房間的第一個下午也是同樣的親切友好，兩人都還沒有愛上對方，所以當他們在彼此的懷裡醒來，面對面，只相隔一個呼吸的距離時，也沒有任何致命的、或命定的感覺。在他們之間的微小空間裡，飄著香菜的氣味。他很愛香菜，而幾個小時前才捏碎一小把，加在他們的沙拉裡。他的口袋裡總是裝著幾種香草，羅勒或薄荷，以便不論他身在何處，都能隨時撕下一塊麵包，做出一頓飯。

第一天，當安娜上樓去盥洗時，他在外面待了一會兒，在菜園一排排的綠色中半夢半醒地走著，然後走進了地上一個很深的洞，那是一世紀前蓄水給牲畜喝的池塘。他站在那裡，在頭頂上高聳巨大橡樹的陰影下，變成一片黑影。不久他四肢伸展地躺在草地上，因此當安娜從窗戶看出去時，他彷彿消失了。

她對拉斐爾最初的印象是，他似乎覺得身邊的一切都不可能被他完全擁有——他的手指輕鬆地移除植物上的葉片，就像三天後，他黝黑的手指環繞住她的手腕時一樣，彷彿只輕輕碰到她的皮膚，因此她的脈搏還能在他寬鬆的掌握中繼續一起一伏。她低頭看著他指關節上的一道疤，一直看著，似乎不打算回應他的舉動，但俘虜的脈搏無疑地加速了。她在想著在這樣傷痕累累的手中流洩出的和弦。她沒有把臉埋入他的胸膛，埋入他襯衫口袋裡珍藏的羅勒中，直到他鬆開她。跟我來，她這時說。小心腳下。他們走上可容納三匹馬的寬大石頭階梯，循著走廊，走進她狹小的房間，然後她彎下身打開電暖器，等著它的三條紅色金屬棒亮起來。

當他相當拘謹地關上身後的門，她笑了起來。他聳聳肩。

這是你們所謂的「高盧人的體貼」嗎？

大蒜？他把高盧誤聽成發音接近的大蒜。

高盧！你知道這個措詞吧？

「措詞？」又是一個聳肩。我們在一間很大的屋子裡最小的房間，他說。有什麼原因嗎？

你不喜歡這裡嗎？

不，他說，我們應該盡量占據最小的空間。但是不能太小。

其他房間太大，我覺得不好意思。

拉斐爾坐在床上，看著她強健、高大、筆直的身軀褪去衣服。深色牛仔褲、藍色襯衫，一邊捲起來的袖子露出她褐色的手臂。他注意到牆上一面位置很低的鏡子，一個很低的洗手台。

這是一間小孩的房間。

☆

最小的空間，是安娜現在希望身處的地方。她生命的眞相只有在這樣的地方才會顯現出來。有時候，她需要躲在陌生人的地域，才能回顧她騷動不安的青春，她擋在父親跟庫柏之間，沾滿血的赤裸身體裡的未消滅的暴力，那讓她、讓他們所有人變形扭曲的暴力時刻。安娜跟所有顯露憤怒或暴力的人都保持距離，因爲她仍害怕眞正的親密。她對所有人隱瞞她的過去。她從來不曾在她的愛人或朋友談到家人時（她總是詢問他們關於家人的事），向他們吐露心事、談論自己的童年。庫柏被打到半死，她把玻璃當做武器，刺進她父親的肩膀，想殺死他。即使到現在，她都無法安全地進入那個下午的那件事。黑色的光構成的一面牆讓她遠離那裡。但是她知道這件事傷害了他們所有人，包括可蕾。她可以想像她姊姊騎著馬在內華達山脈中，手腕上戴著珠鍊，警告野生動物她來了，隨時意識到各種可能的危險。就像她自己在檔案裡工作，發掘所有過去，就是不發掘自己的過去，一次又一次，因爲它永遠都在那裡。

她跟拉斐爾保持著一種拘謹的態度，讓他們對彼此小心翼翼。他們跨入這段友誼，就像中世紀時孤獨的人可能會在夜晚暫時窩在一起，然後邁向婚姻或戰爭的目的地。所以安娜不會意識到她在拉斐爾身上看到的自在與他的本性並不相符（除了幾天前，她看到他在她面前，彈掉吉他上那隻蜜蜂，顯現了強烈的保護領土的本性）。而他對她也幾乎一無所知。她是誰？這個女人帶他走進一間藥櫃般窄小的房間，而她絕大部分的財產都在這裡——書、筆記、護照、一張仔細折好的地圖、檔案錄音帶，甚至是她從她的另一個世界帶來的香皂。彷彿這收拾整齊的一堆東西就代表了她。我們就這樣與幽魂墜入愛河。

安娜剛到德慕不久時，會看著三隻禿鷹在田野上飛得很低，身影大半被白霧掩蓋，正在狩獵求生。她注意到白楊木上有歌鶇跟黑鸝，還有漆樹沿著屋子的牆邊長起來。有一天，穿過田野時，她經過一個鄰居攤在草地上晾乾的床單旁邊，而看到一輛一定是載著溼衣服來這裡的手推車。後來她在廚房桌上打盹時，一隻綠蜥蜴跑過她的手掌。她在古老的手稿裡讀過這個地區的吟遊詩人以擅長模仿鳥鳴而聞名，而且可能因此改變了鳥兒遷徙的習性。Q太太告訴過她，冬天來臨的跡象一出現，她丈夫就會用稻草跟粗麻布把抽水機包起來，也會同樣地把前院地壇的杏仁樹的樹幹跟枝椏包起來。

這些細節都有助於建構起一個作家生命的部分背景。她知道在歐洲這裡，每件事物都會多少碰觸到歷史或文學。柏桑松變得有名，是因爲小說《紅與黑》中的主角朱利安．索瑞爾在這裡的神學院唸書。那粗糙的石牆建築還存在，環繞著它的薄暮中漂浮著附近果園傳來的濃濃萊姆香氣。此外還有許多巴爾扎克一頁又一頁刻劃出來的城鎮與村莊。昂古萊姆。聖藍吉。玉璽市。「我出生在巴爾扎克裡——他是我的搖籃、我的森林、我的旅行……他發明了一切。」柯蕾特在回顧她的青春時寫道。就像她後來創造了她自己在聖—索沃爾—昂—皮賽的生活地域。而在卡斯康尼這裡，小說中虛構的達太安出生的地方，路辛．賽古拉則在此生活，寫作他奇特的詩跟小說，然後消失無蹤。

安娜意識到一朵橘色百合花中的花粉跟一隻盤桓的蜜蜂，而把臉縮回來。牠的祖先必定也做過同樣的事，在一五六一年的某一天，在這裡或在遠處的教堂旁邊，盤桓在一棵菊苣的梗上發著微光。她曾經注意過教堂守門人騎著腳踏車經過，去打開教堂的門鎖。這裡必定一直都有一隻蜜蜂，可以聽到天主教彌撒的音樂，目睹持權杖者的到來。歷史永遠都是經由微小的東西傳承到現代。因此一朵百合會因爲永恆的重量而低頭。獅心王理查在十字軍東征的途中，可能就踩到過同樣的這朵花，並像安娜一樣吸進它存在的芬芳，然後繼續往南前進到呂貝弘去。

她認識拉斐爾才幾天，就發現他對這附近每片田野都瞭若指掌。通往墓地的那排椴樹——他從小就知道它們的高度，因爲他曾經走在它們當中，覺得它們有如巨人一般。就像他帶她回去他們初次見面的那片草地的中央，然後說：「那個老作家就是在這裡溺死的。這裡曾經有一個小湖。」

小時候，拉斐爾會在破曉前爬出他父母的馬車篷，站在一輛馬車上，看著田野上旅人的燈光。跟安娜睡覺的頭一個晚上，他從她床上起身，離開那最小的房間，在黑暗中走下樓梯，穿過夜晚的田野。在什麼都看不見的吵雜草地上，他循著一棵樹的窸窣聲響，一直線地朝向拖車走去。

你都去哪裡？她後來問。回你家？

對。

我可以跟你去。

妳在狹窄的小床上一定睡不好。

那就在外面。

可以，以後吧。

夜晚給予拉斐爾的，是一種無形狀的狀態，裡頭的每件事物都有存在的目的。彷彿黑暗有種隱藏的音樂語言。有些晚上，他甚至懶得點起掛在他拖車門口的油燈。他伸手拿了吉他，然後走下三層階梯，來到田野裡，另一隻手拿著一張椅子。「我不工作，我出現。」——他想起強哥．萊恩哈特的一句歌詞，而想像著這個偉大的人莊嚴地從黑暗中出現，隨即迅速消失到他的技藝裡。另一個跟大部分音樂家一樣的出現方式，是像十八世紀的國王進入城市時，先有山丘上燃起的火堆表示他已經越過邊境，然後是鐘聲大作。但拉斐爾甚至不出現。他或許只是融入現場而隱身其中，耳邊還隱約聽到夜晚的蟲鳴和那條河流。他張開的手掌刷出一個回應的和弦，只是回應。他還沒有跨步向前。這是他人生的夏末，遇到安娜的這一年，他完全不知道他是否還能回到過往，用圍欄圈住一切的藝術工作，能找到他需要的一切，創造出一首簡單的歌。融入到黑暗中已經足夠，暫時如此。或彈奏記憶中一位大師的一首古老的歌，他母親曾經深愛的，或他陪著父親散步時，父親吹口哨哼出的歌，因爲他父親總是喃喃哼著或用口哨吹著一首特定的歌。過去，拉斐爾曾經從一個村莊旅行到另一個村莊，爲薪水討價還價，發明旋律，竊取和弦，將一首老歌斷手斷腳，只用它的軀體——但現在他最喜愛的，莫過於在沒有人在場時彈奏音樂。你有可能因爲把生命花費在一項天賦上，而浪費生命嗎？又如果你不利用你的天賦，那是一種背叛嗎？

那天稍早，安娜來到他身後，輕柔地把接著ＣＤ播放機的一副耳機放到他耳朵上。他記得他當時正在去掉腎臟的外皮，而那音樂幾乎只有骨架，是一張毫無修飾的清單，一幅素描。他知道那是誰的音樂，但不知道是哪一首。「巴哈。」她說：「晚期的巴哈。」他聽著，看著刀片的動作變慢，現在正將內臟切片，然後是蘑菇，一隻夢遊中的刀子，他的手在鍋子裡灑下白蘭地和乾的蘑菇，而他一邊身在這片光禿禿的音樂叢林裡。彷彿這音樂家只說了一半的姿態與情緒，是一隻環頸林鴿的散漫低語。

此刻他用他手掌上的繭撥動他吉他上的弦，讓它活過來，然後傾聽那是什麼。接近音樂的就是音樂。夜晚的空氣包裹住一切，並壓向他的外套和他的臉。

告訴我你父親的事，安娜說。

喔……

他是你人生中一個很大的陰影？你是不是說過，他是在搶劫一間警察局時，認識你母親的？

他不是要搶劫警察局，而是要從關在那裡的一個男人身上，拿走一樣東西。這比較困難。

他想搶劫一個人犯？所以那個人犯不是他的朋友。

那個人犯有一樣對我父親的朋友而言，很重要的東西。我不知道爲什麼。

他的這個朋友在哪裡？爲什麼他不自己去做？

那個朋友是個女人。她也是人犯，在同一所監獄裡。監獄通常是關男人。

當然。

有時候那裡的女人比男人多。但那時候不是。

而你母親在那間警察局工作？

嗯，她在獄卒去吃午餐時，過來一兩個鐘頭。她不應該到靠近囚犯的地方，但她有鑰匙，以免萬一發生火災。那是靠近比利時邊境的一個小鎮。那裡關的都不是重犯。我父親只是需要搶其中一個人。但是這肯定會很困難。

所以呢？

他走進警察局，穿了一身裝束──事實上是他自己發明的制服──身後掛了一根水管跟水槽，說他抱歉遲到了。「我本來應該早點到。」他說。「我得動作快點，我今天還有三座監獄要去。」我母親坐在辦公桌前，完全不知道他在說什麼。沒有人跟她說過他會來。他說：「等我弄完，妳得幫我簽名。」他拿出一些表格，中間夾了複寫紙。這是戰後不久，不管做什麼都得經過官僚作業。「全部都是男人吧？」他問，然後被告知有一個女人，於是他假裝擔心。「那妳可能得幫忙。」

他告訴她，他得到所有牢房噴殺蟲劑，把房間整個噴一遍，也對所有囚犯噴一遍，所以他們必須把他們的物品跟衣服推出牢房，才不會全都浸溼。「浸溼？」她問他那是什麼意思。「潮溼。潮溼。溼掉。像淹水一樣。」「啊，我懂了。」

我懂了，安娜用法文說，她躺在床上，他的身邊。

於是我父親跟男囚犯解釋，而我未來的母親則跟那個女人解釋。這些男人必須脫得精光，把他們的衣服穿過欄杆推到外面。我父親（那時還沒當父親）則把衣服拿到前面辦公室去，然後過去噴灑殺蟲劑，基本上是要殺死蝨子跟壁蝨——他跟他們說，最近這地區爆發了蝨子大流行，另一座監獄的兩個囚犯甚至因此死掉。噴完已經沒有床單跟書跟紙張的牢房之後，他再噴了這些男人的身體，前面和後面。接著他叫他們站著不動十分鐘，再把衣服穿上。

同時我母親必須叫那個女囚犯脫下衣服，把衣服拿到前面辦公室——因爲我父親要檢查看看上面有沒有蝨子跟壁蝨，然後在上面撒上殺蟲粉。這個女人不需要噴殺蟲劑，因爲我父親說，很奇怪的是，這些生物從來不會寄生在女人身上——我母親覺得這點很怪，但是既然這個男人確定，那一定就沒錯。於是我父親把衣服挑出來，從那個男囚犯的口袋裡拿了那張重要的文件，或不管是什麼東西，然後放進那個女囚犯的鞋子裡，於是所有人都再度在自己的牢房裡安頓下來。他謝謝所有囚犯，並告訴那個女人，她的衣服裡有三隻壁蝨，接著他跟我母親握了手，便離開了。

他要我母親簽文件。在文件上，她顯然得寫下她的年紀、她的其他職業，以及她住在哪裡。她是個「旅人」，她在當時告訴他，這是他們對吉普賽人的稱呼。她是個「吉普賽人」。當然警察局的獄卒並不知道，否則她不可能被容許在這裡工作。她沒有確切的地址，只指出了大概方向，在小鎮西南邊緣的一個地點。她的家人住在篷車裡。我父親就這樣認識了如謎一般的愛瑞亞。

沒有人意識到發生了什麼事。獄卒回來時捏住鼻子，覺得好像聞到消毒劑的味道。或許二十四小時後，其中一個獄卒發出了抱怨的叫聲。但是這時候我父親已經回來找「愛瑞亞」，要追求她。他是從她填的表裡知道這個名字。他在戰爭結束後從義大利一路北上，而來到比利時，因爲那裡比較容易以他過去熟悉的方式賺到錢。他受過傷，但現在似乎已經能重操舊業，從事他的犯罪活動。

所以他跟她在一起，跟她結了婚？

他們從來沒結婚，但她是他的妻子沒錯。他留下來，跟她一起住在篷車裡。我母親跟我說過，他在戰前曾有另一個妻子，但她只提過這件事一次。戰爭對大多數人而言都是一個巨大的裂縫。之前有一個人生，之後又有另一個人生。許多人決定不回去原來的地方。

那是個好藉口，戰爭。

是。在這個例子裡，是因爲我父親爲我母親著迷。她比他年輕很多。他從來不是善妒的人——畢竟身爲一個賊，他相信所有財產都是「共有的」——但是他放棄了自己原來的一切，以她想要的方式跟她一起生活。她的族群有一套嚴格的道德標準。

所以愛瑞亞……

是。愛瑞亞。還有我父親。

轉過來看著我……，這都是眞的嗎？

或許有點年代了。但是我父親，殺蟲檢查人員，就是這樣認識她的。

我想他一定還有很多故事。

喔，是。有一整個月，警察很懷疑那個吉普賽車隊，他於是裝扮成女人。那段時間他一直都是個女人，直到警察放棄爲止。他年輕時待過監獄，他再也不想回去。

這你也不能怪他。

是不能。但是他害怕進監獄的眞正原因是他開始忌妒其他男人對我母親感興趣。雖然據我所知，她一直都很忠實，但是誰曉得……

愛瑞亞，她又說了一次。彷彿那是她舌尖的一個味道。

那次消毒完時，他父親發現獄卒大概還要過十五分鐘才會回來，於是在這個年輕女子對面坐下來，自言自語地說著不知道他們會不會、能不能再見面。她低頭看著一些牌。他看著她的手把牌這樣那樣地翻來翻去。她不發一語地在他面前的桌上，把塔羅牌攤成一個弧形。他切了牌，從中抽出一張，讓它躺在原地。他對這些牌代表什麼意思一無所知，只是看著她把其他牌擺到這張牌的四周。她又叫他選一張。他瞄了一眼她美麗的頭上的時鐘。「我不想沒禮貌，但我得走了。」她沒說話，繼續把牌像證物一般，從一邊移到另一邊，只在他打開門溜出去時略微點頭道別。

她知道她會再見到他，而她面前桌上的東西，比抬頭再看一次他的臉或他奇特黝黑的手，更加重要許多。他經過窗戶時，瞄向裡面，看到她的側面更加靠近桌子，仔細研究著牌。

第二天晚上，他到她的篷車來找她。她上下打量他，確定這是她想要的。她在他的未來看到他可能很忌妒，或許戰爭讓他渴望太多安全感。

所以當他拋棄妻子，為了愛瑞亞而背叛妻子時，他也開始堅持愛瑞亞不能背叛。就像在獄卒的辦公桌前一樣，她仍舊不發一語，不對這樣的堅持讓步。她拒絕用永恆的合約來否認機遇與命運的存在，因為根本沒有永恆的合約這回事，而他自己也非道德的表率，有權力這樣協商。在他們共度的許多年裡，她都拒絕承諾永遠忠實，拒絕給予這個男人他需要的安慰，只因他突然意識到財產的神聖不可侵犯。

拉斐爾沒有告訴安娜全部的故事。即使在只有七歲時，他躺在母親身邊，就能意識到愛瑞亞是最重要的存在。他的手臂環抱著她，就像一個男孩子抱著一隻狗，覺得自己擁有對牠的一切權力。到他二十歲時，他還會脫掉衣服，跟她一起在河裡游泳。所以裸裎相見對他而言是很自然的，就像安娜看著他站在北面的窗戶，只專心看著自己香菸的煙霧，聽著在屋子損壞牆面上找到避風港的鴿子的聲響。如果她問他，他或許會，也或許不會解釋他母親如何保衛關於她的忠貞的謎，就像一條沒有人能安心渡過的壕溝——她身上總是混雜了小心翼翼和坦然的慾望。她會在他耳裡悄悄說些什麼，然後親吻他的耳朵，將祕密封藏在裡面，讓他永遠不能說給別人聽。

你好幸運有個母親，這樣一個母親。

我知道。

拉斐爾覺得他好像剛剛才把幾年前仍靠在愛瑞亞身上的臉轉過來，靠在安娜的溫暖裡。

☆

安娜早上很早就會醒來，開始翻譯她擺在書桌上的、路辛．賽古拉的一些散落稀少的文字。除了這個男人是個詩人，後來寫了一部關於世界大戰的悲哀故事以外，他大部分的人生都不爲人所知。而自從他過世之後，關於他的故事也陷入了這個地區的脈絡與土壤中，因此他幾乎被他的同胞遺忘。安娜很愛這樣在歷史中默默無聞的人，對她而言，他們就跟地下河流一樣重要。她在路辛．賽古拉生前住過的最後一棟房子裡醒來，獨自一人在床上，然後煮咖啡，八點就開始工作。在下午剛開始，拉斐爾一邊穿過田野，一邊盤算要做什麼午餐之前，他完全不在她的腦海裡。他是她「怪異而善於操弄的陌生人」，又或許她才是。到了下午，他們會一起窩在她的小臥房裡，之後，衣衫不整，仍對屋子內部感到好奇的他，則會走進其他房間，瞄一眼牆上的畫，打開過去放床單的櫥櫃，並從樓上的窗戶俯瞰那條林蔭道。

在其中一次勘查中，他在走廊上聽到像小溪潺潺的低語。他發現聲音來自上方，屋頂上一處封閉的部分。他走出去，拿著一架梯子回來，然後往上爬，經由一扇活門來到充滿鳥的熱氣的污濁空氣裡。他赤裸上身滾進去時，羽毛沾滿了他的背。拉斐爾小時候就知道這間屋子附加了一間鴿舍。但是分隔鴿舍和閣樓的牆面必定因年久失修而有些部分坍塌了，因此現在鴿子會俯衝進來，聚集在裡頭，在出口停留一會兒，再飛出去。這個空間因爲不斷的進出而忙碌。他從來不曾希望成爲一隻鴿子，但是許多次他曾期盼自己是一隻鳥，可以飛越土地，滑翔飛過一片灌木林，而人類看不見的灌木林高處的祕密入口，會在最後一刻顯露出進入森林的一條通道。你會在高空中體驗到土地上生物的渺小，漂蕩不定的人聲、馬車的嘎吱聲響、一把槍在杏仁樹間的反擊與煙，有點像是安娜在廚房裡放給他聽過的音樂，只有生命最基本的音符，會穿越那樣遙遠的空間，傳到你的耳裡。

拉斐爾安靜地站在房間中央。他知道他可以從入口看到什麼，從那麵包盒大小的開口。他可以望向德慕以東，瑪瑟勒的森林，許多年前，他母親安靜的喪禮舉行的地方……。他跟他父親挖著，其他四個人看著，然後，在他母親最後終於歸於塵土時，所有人都從墳墓旁走開，走向不同的方向，彷彿推車車輪四射的輻，每個人都帶著自己所有的愛瑞亞的某種樣子，沒有人願意分享，願意它被稀釋在一群人當中。他被叫去外面玩耍，但他沒去。他以後再玩，等到她比較定居在他心裡、等她生活在他裡面之後。然後他就可以代表她，就像他知道他父親會在心裡納入過去他或許曾潛意識地抵抗的，愛瑞亞的特質。這樣她才會繼續跟他們在一起。他幾乎可以看到他們那天早上帶她去的、森林裡的那片空地。他們在三小時內就讓她沉入地面，讓她在土地上經歷最短的死亡，彷彿土地是一艘不得不快速啓航的船。他們把她帶回到她最喜歡的地方。這是大約早上五點鐘，四周的鳥兒正活躍著，就像他母親離開時。

拉斐爾轉身，沿著閣樓的桁架走。他好像聽到安娜在叫他。她把梯子拿走了，全身赤裸地站在那裡，在他的頭從那個長方形出現時，對著他大笑。他把腿從空洞中伸下來，用兩手抓住邊緣支撐著。她看到他不打算拜託她把梯子拿過來，趕緊手忙腳亂地要拿來梯子，但他已經跳下來，落到距離十五呎的地板上。

她呆呆地站在那裡，像是突然被人發現赤身裸體地站在舞台上，雙手還抓著一把梯子。他緩緩地繞著她打轉，越來越靠近……

你身上有羽毛。

我有羽毛，那至少我身上有東西。

我們去洗澡。我去放洗澡水。

不。去河裡。就這樣去。不會有人在那裡。妳只要穿過草坪，就會進到樹林裡了。

他長繭的手再度抓住她的手腕。於是她跟著他穿過廚房，到了屋後。

下次別把梯子移走了。

喔，我一定會移走。

那只是一條小溪，因此他們仰躺在河底的鵝卵石上，才能整個人浸在水裡。她看到一股水流雕刻著他的頭髮和肩膀，彷彿他整個人脫胎換骨。這是頭一次，她想。然後她想到，這許多對他而言也是第一次，她赤裸著在走廊上跑來跑去，她手腕上到此時還鬆鬆地被他握著，他近乎昏睡般的性慾，在那裡頭，熱情與好奇，與親密，似乎沒有疆界，不像她早先的任何愛人，狂熱但自私。

然而除此之外的他，他仍不讓她得知。彷彿他希望自己在某方面仍是陌生人。他是個在其他方面都如此慷慨的男人……。爲什麼會這樣？這些搞藝術的男人，就像十九世紀的植物學家，雖然聰穎且執迷，卻聲稱對周遭的世界只有專業上的熱情。

但是第二天，他站在草地上，邀請安娜去參觀他的拖車，而她猶豫了，想到這提議表示他的承諾，即使只是試探性的承諾。這表示她可能對另一人知道太多——他的家可能濃縮了過去，也可能顯現未來。她遲遲不打破彼此之間的拘謹，被拉斐爾詮釋爲是因爲她害羞，或謙遜，或不希望讓關係更進一步。從某方面來說，這樣對安娜的詮釋也不算錯。因爲她也一直過著陌生人的人生。她身上有許多層強迫性的神祕。她知道有一「群」的安娜，而在拉斐爾這條不知名的河流旁的安娜，並不是在柏克萊主持研討會，討論大仲馬的一位合作者和情節研究者的安娜，也不是在舊金山走進著名的托斯卡餐廳，或加州街上的塔第許燒烤吃飯的安娜。

她站在草地中央，看著拉斐爾。爲什麼她不想去探訪她愛人的家？畢竟她很好奇。但是她知道這段戀愛只是一段戀愛，絕對不是邁向永恆的同意，即使她心裡有很大一部分想要看到他的側影在曾經屬於神祕的愛瑞亞的，行李箱般的家裡走動。她想爬上他窄小的床，到他身邊，讓她的手臂靠著窗戶的窗台，向下望著他歷經風霜的臉，並緩緩將頭移向他身上聞起來有羅勒味道的那塊地方，他的心臟旁。

安娜最寶貝的財產之一是一張老地圖——「愛情國地圖」——甜美的名字，描繪出融入在法國形狀裡的種種情感。那是在充斥著男性冒險與地圖繪製的前一世紀裡，由女人製作的一張獨特地圖。但這張充滿渴望的地圖卻彬彬有禮地避開了肉慾之愛，只在北方蝕刻得很深，充滿灌木林的地方，標示著「未知地域」。但是時代會變。等到她賺到也存到足夠的錢，可以支付在法國唸大學的學費，一個學院院長卻告訴她，學法文最好的方法就是找個法國愛人。

儘管在沛塔魯瑪的農場上的那兩個月裡，庫柏和安娜之間發生了那許多事，他們對彼此仍舊很神祕。他們其實是在發現自己，讓自己可以融入這個世界。但是多年來，她從來不曾結婚，從來不曾為了跟人維持長遠關係而和對方生活在一起。也因此她仍會側身避開愛人，彷彿她還在庫柏的陽台上，因為發現自己的祕密，而散發著光芒。所以在她與其他人之間，過去一直，或許未來也永遠都會存在未標示的許多路構成的迷宮。直到現在，她在法國的愛情地圖也仍舊如此，充滿潛文本、社會複雜性、不可言喻的權力平衡。你還是必須小心翼翼地、滿懷猶豫地，在裡頭游移。

她坐在他的小床上，那把神聖的吉他旁邊。

就是這樣。

對。

沒有書。

沒有。

沒有照片。

他拿出一張愛瑞亞的照片。安娜尋找著她聽了他的故事後，在心裡過濾出來的那個人。她母親的臉上帶著一種奇妙的神情，是安娜沒有預料到的。

那你父親呢？你有他的照片嗎？

他一開始沒有反應。

我應該有一張他在裡面的照片，但是看不清楚他的樣子。他不喜歡拍照。他說，你會被放進他們的書裡，再也出不來。如果他需要護照，他會用別人的。用跟他差不多年紀，差不多髮色的人。反正大家看起來都不像自己護照上的照片。妳呢？妳有姊妹嗎？如果有需要的話，妳可能也可以用妳姊妹的護照。

我沒有姊妹。

沒有嗎？我以爲有。

她搖搖頭。

她再度對愛人說謊。她有一個姊妹。有一段過去。但她不會告訴他。或許以後吧，如果她夠勇敢。關於她父親像一把戰斧般撲向庫柏；她在他身邊祈求聽到他的呼吸，或他胸膛一點微微的起伏；

她的生命在那一刻瓦解粉碎；她變成了有數百種天性和聲音，還有個新名字的生物。她羨慕在她身旁的這個男人，他跟她的親近，就像庫柏跟她在那小屋地板上時一樣。這個人的人生似乎很純眞。她羨慕他父親跟愛瑞亞愉快的冒險。或許她需要這樣一個自在的男人，才能說出她的過去。

告訴我，拉斐爾——你所有的故事裡，難道沒有什麼恐怖的事嗎？

喔，很多。很多事改變了我。跟一個女人的戀愛讓我變得沉默，還有住在你現在住的屋子裡的那個作家，還有那些驢子……

對，我就是指這些！

拉斐爾與女孩子的最初接觸，是在他十七歲時。一個週五傍晚，他要走幾英里路進城，去跟她在橋邊野餐，然後去看電影。他仔細地摘了一些金盞花，之後因爲他快遲到了，便決定搭便車。他覺得這個晚上只能有一種結果，就是他絕對不能在異性面前丟臉。如果一件小事出錯，他就註定要孤獨終老了。他可以舉出將近一百種可能的危險，因爲十七歲時的我們都是完美主義者。

他走在林蔭道上，每次聽到引擎聲，就伸出一隻手臂，但是沒有人停下來。最後終於有一輛雪鐵龍的小廂型車停下來，前座坐了兩個男人跟一個女人。他走到廂型車後面，打開後車門，穿著白襯衫跟熨燙過的長褲，跨進完全的黑暗中。當車子開動，他開始覺得被三個模糊的影子推擠，而發現那是三隻驢子。那是他這輩子最漫長的旅途，而安娜堅持他爲她再重新經歷那旅途的每一秒鐘，和之後的約會。

他說，Le rendez-vous, n'a pas eu lieu（那次約會，根本不曾發生）。廂型車在鎮上噴水池旁把他放下來時，那女孩看了他一眼。他搖搖晃晃地走出來，襯衫鬆垮，鞋子溼答答地沾了驢子糞便，還企圖表現出風度地雙手握著原本是花朵的七株左右的殘花敗柳。他在雪鐵龍車上的時間大多花在企圖挽救這束花，把花高高舉起，以至於他顧不得自己的外形遭到這些動物蹂躪。牠們從在蒙特考上路後，就一直被鎖在廂型車裡。

所以整件事中最糟的是什麼？安娜問。

最糟的是，等我到家時，那個女孩子說：「我爸爸生病了，我得走了。」之後，我便在噴水池旁洗乾淨手臂、脖子，跟我鞋子上的糞便，然後獨自一個人去電影院，看了一部尚．嘉寶演的電影，然後在好明亮的夜空下，沿著黑暗的路走回家，而且開始覺得好多了——我因爲餓了，買了一些麵包跟香草，而我帶著這些食物走路時，有一種奇異的喜悅的感覺，就像是脫逃成功一樣——但最糟的是，等我到家時，德慕村裡的所有人都已經知道了。即使到現在，如果你問他們「驢子男孩」，或「雪鐵龍的故事」，他們還是知道你指的是誰。

在那之後的許多年裡，拉斐爾爲這件創傷事件增添了一層隨性的反諷。他說，我在看《人面獸心》的時候，曾試著想像我沾了驢子味道的手撫摸她赤裸的腰，或她十六歲的肩膀。我變得習慣在走進教室時，聽到驢叫聲。一個月後在考期末考時，突然傳來一聲很眞實的馬嘶聲，結果全部學生都爆笑起來，甚至大聲叫好，老師也會心一笑。

接下來四年，我再也沒有跟女孩子「約會」過——但之後，我知道既然最糟的情況已經發生過了，便變得泰然自若，毫不在乎地跟女生碰面，而成爲我那個年紀最放鬆的追求者。但是在那四年裡，我被流放在外，於是我專注在吉他上。我的事業都要歸功於一束金盞花跟三頭驢子。

於是拉斐爾發現了音樂的私密、它隱藏的和弦，和所有被掩藏的故事。從那時開始，矛盾就將一直存在他的藝術裡。而在親近的父母的包圍下，他必須設法保護他的藝術。他仍是那個好玩又備受寵愛的兒子，但他母親發現他可以輕易地從他們在拖車中的對話抽身。他已經找到自己著迷的事物，他已經有了他自己的「緊急避難所」了。他有了逃離這個世界的避風港。彷彿他坐的椅子是一匹馬，可以帶他馳騁奔向未知的遙遠地方。

誰教他這個祕密的？有一次，他還是年輕音樂家的時候，他曾見到一對舞者，在還沒有任何人拿起樂器時，就伴著鋼琴演奏的錄音，自顧自排練了起來，彷彿他們拉起了一道簾幕，將他們跟其他在場的所有人分隔開來。在他們親密的準備過程中，他們已經與世隔絕。他也想起另一件事——因爲安娜問過他，他是否認識那個作家——他想起他小時候住在這個作家的房子附近，因此曾經跟作家在花園裡度過許多漫長的午後。老人會坐在曾經是池塘的凹洞裡的他的桌子旁，面前放著一本筆記本、一支筆，跟墨水，但是不會寫東西。於是拉斐爾找到另一張椅子，走下凹洞，坐在他旁邊。他記得總會有鳥鳴從樹梢落下。作家問外頭的田野正發生什麼事，而拉斐爾會說——有人生了營火，有人在耕種，或有人在屠殺烏鴉，並解釋說，他父親曾用木頭雕了一隻很大的烏鴉，把它放在圍籬上，然後發出令人血液結凍的恐怖叫聲，用刀子兇狠地攻擊它。他宣稱這樣可以讓烏鴉遠離他們的菜園。原來如此，坐在桌前的那個男人說，一邊看著那座湖之外，可能發生這些活動的地方。拉斐爾經常去探望他，他總是坐在那張藍色桌子前，巨大的橡樹樹蔭下。

我寫作時，是我唯一思考的時候。我會拿著筆記本跟筆坐下來，陷進一個故事裡。這個看似平靜的老作家會這樣隨性地對拉斐爾透露他可能會走上什麼樣的人生道路，並教導他如何能孤單而自得，阻絕他所熟知的一切、甚至他所愛的人，並且以這種奇異的方式，而完全了解他們。在某方面來說，這是很可怕的建議，他告訴他如何保持神祕，在遠離人生的許多時間裡可以做些什麼，而因此能莫名地導向與人的親密。這個男人就是以身作則的榜樣。他在他忙碌而擁擠的創作世界裡，完全孤獨。這是那個作家告訴他的最後幾件事之一。

☆

時間是凌晨三點。拉斐爾將鉤子上的油燈拿下來，到外頭去。草地上有兩張椅子，於是他把油燈放在其中一張上，點燃燈芯，然後將他自己的椅子移開，移出散落的光線之外。他坐在那裡，雙手捲曲放在大腿上。

他來到外面之前，一直在聽安娜在黑暗拖車中的呼吸聲。她在半夜把一隻手臂往後伸展，全身放鬆地占據了整張床。她比他瘦，但是習慣了美國人的空間。睡著時，安娜就消失到她的世界裡去，連她自己在裡面都是陌生人，於是拉斐爾發現自己又孤單一個人了。這是他的夜晚時光，他完全清醒，可以感覺到環繞這片田野的樹林的生命，和黯淡的月光。但他是孤單的。拉斐爾最後一次看到他父親，是在那個早晨，他看到他從愛瑞亞的墳墓旁走開。在接下來那幾個月，拉斐爾需要父親勸誘他回到這個世界。但是沒有任何消息或證據顯示他父親究竟在哪裡。如迷宮般的眾多小鎮，甚至城市，都是他可能去的地方。拉斐爾變成無父無母。彷彿他的父母少了對方就都無法存在。拉斐爾同時失去了兩邊保護的羽翼。

安娜靜靜走到他身後，將雙手放在他肩上。

你又走掉了。

沒有，我還在這裡。

好，我想跟你說件事。

跟我們有關……

不是跟我們，她說。是跟我有關的事。

接下來安娜突然停止了思考，她的猶豫消失。在他們前面，一隻野兔從黑暗的邊緣隱約出現。她等著牠跳入光線中。好奇、勇氣，這是他們倆在狂跳的心臟下，都暗自期望的。

來自過去

有好幾年，可蕾過著兩種截然區分的生活。在週間，她在舊金山的公設辯護人辦公室，幫一個名叫韋亞的資深辯護人工作。工作內容大多是費力的研究，而韋亞帶著可蕾學會這項技能，熟悉作業流程，並注意到這個女人有種近乎強迫的仔細，幾哩外就能嗅出哪個角落事有蹊蹺。然後，到了週末，可蕾就會消失不見。她會開車出城，到沛塔魯瑪南邊的農場。在週五晚上，陪伴父親一、兩個小時。

他們面對面坐著吃晚餐。她注意到他看起來老了好多。她發現衣服穿在他身上顯得寬鬆，即使他仍舊像個嚴格的男人，他移動的樣子，跟他對著餐桌講話的樣子，都像某種工具一般精準。他在二十多歲時自己開墾了大部分的土地，每天長時間工作，擊退聽說跟狼獾一樣兇狠的土狼和獾。她跟安娜都聽說他曾經跟兩隻布魯泰克獵犬追一隻美洲獅追了好幾天，最後把牠從樹梢上擊落。兩個女孩子曾央求他把這類事加油添醋，說成像是他年輕時代的偉大冒險。但是他拒絕，始終沉默寡言，不多說自己的過去。即使是現在，他跟可蕾也隻字不提，不談導致安娜消失在他們生命中的事件。彷彿失去安娜這件事已經將他吞噬並消耗殆盡，直到他以某種方式終結了自己的情緒，就像他在妻子死後，在他的女兒們還太小而不可能知道時，做過的一樣。而且即使他的痛苦，和他對安娜狂暴的愛，仍舊存在某處、在他鬆垮的皮膚下，但他跟他剩下的女兒現在都對此保持沉默。上次可蕾提起安娜，她父親立刻舉起手，嚴厲地要求她住口。他與可蕾之間已經再沒有任何親近可言。任何可能曾經存在的親密，一直都是由安娜促成。

可蕾第二天早上還會見到父親一會兒，然後她便騎馬到山裡去，掛在馬側的馱籃裡裝著一件雨衣，跟接下來三十六個小時吃喝的水與食物。她跟馬兒會爬進山裡去，而她心底有一部分始終相信山裡才是她眞正的家。在這裡，她不會被家庭生活打擾，可以讓自己陷入危險，可以感覺被地面霧氣包圍後，在夜晚來到露營地點的刺激，那半是迷路，半是困惑，卻又隱約察覺某處營火傳來的裊裊煙霧，那神奇的狀態。

她在外頭做各種危險的事，在月光下快速馳騁在狹窄小路上，在湍急的河水急流中游泳，或在無扶手的橋上放開韁繩，展開雙臂，讓馬小跑步。她的同事會很難認出這是同一個人。連她父親恐怕都不會認得，即使他在她小時候就看過她對脫逃的熱愛（她則發現他始終是個沉靜的男人，鮮少開車或騎馬）。可蕾猜想她這個抱來的孩子的祖先當中，可能有馴馬的人。她跛著的腳一跨上馬鐙，立刻就擺脫了跛腳。她就是以這個方式，而能在她人生中發現更廣闊的路途。

可蕾第一次參加越野耐力賽馬時，就被她的馬摔下來，沿著一條石頭遍布的斜坡滾下去。她忍著一邊肩膀脫臼的劇痛設法爬上來時，那頭動物就站在原地，在一團紅色塵土中耐心地等著。她又繼續騎了兩英里才終於放棄，並發揮理智和求生慾望所激發的，冷靜的智力，掉頭循著黃色的記號，回到在羅賓遜的營地。那匹馬在走下一座峽谷時一度畏縮不前，而她已經原諒了牠。馬也會突然失去理智。有人捲了一根大麻菸給她，她先抽完，才打電話給她父親。

他在一小時後開著一輛載馬的卡車出現。他走向她，看到她的眼神猶如一隻跑得太遠太野，不知道自己能承受多少或完成多少的狗。她告訴他沒什麼事，但到了農場之後，她爬下卡車，發現自己幾乎無法走路，於是他將她抱進屋裡。他上次碰到她的身體已經是一年前。他把她放在廚房的長桌上，用一條熱毛巾壓在她的肩上，然後用膝蓋壓住她的背，將她的肩膀扭上來，讓她頓時噴出眼淚。當他再做一次時，她昏了過去。

可蕾醒來時，還躺在他之前把她放下的地方。她的頭底下有個枕頭。她看到他坐在那張舊格子呢沙發上，看著她，確保她沒事。她試著翻到右邊，然後翻到左邊。然後她鑽進她的車裡，開車四十分鐘到舊金山，因為她第二天還要上班。

公設辯護人辦公室為沒錢的人提供法律辯護，可蕾已經在這裡工作了五年。公設辯護人安道．韋亞有兩個研究助理，她是其中之一。韋亞跟可蕾與珊恩每週一早上在葛瑞街上的一間咖啡廳開會，一邊吃早餐一邊討論手上的案子。他很擅長自由運用各種可能性，設想規畫各種辯護的角度。在九點半之前，他們就會分別去打電話，找被告過去人生中的各個人談話——同學、愛人、員工。然後他們會去調查受害者。受害者的過去人生裡或許有些暴力的線索，可以讓整個案子逆轉。他們帶著一本顯而易見的筆記本，跟一支隱藏的麥克風。他們比警察還厲害，韋亞說。而且他們是一家人。可蕾知道關於珊恩的一切，還有韋亞跟他家人的一切。韋亞的太太生病時，可蕾會去學校接他的孩子放學，然後帶著他們一起去進行監視工作。珊恩打破沉默，透露她越來越受女人吸引時，可蕾跟韋亞和她吃晚飯，幫她擬定追求策略。

可蕾每週一上班時，總是穿著粉彩色的洋裝。那樸素的形象跟毫無防備的感覺很重要，韋亞說，但是她懷疑他也喜歡她這樣。她戴的戒指可以視她訪談的對象，而換戴在不同的手指上。對男人來說，她的洋裝暗示著溫和有禮，她也不會露出當家作主的樣子。如果有人跟她搭訕，她的戒指就會明顯地露出來，她還會輕柔地說她懷孕了（有一次一個看來很危險的傢伙狐疑地回應說：「懷了孩子？」她低下頭以便隱藏微笑。現在她會被當成像聖母瑪利亞一樣了）。她應該充滿同理心，不表露任何道德立場，只顯得隨和同情。她知道讓人開口講話的最好時機。跟女人講話，最好是用電話，因為她們可以一邊做別的事。在進行監視任務時，如果有好奇的鄰居敲她的車窗，問她在幹什麼，她會模糊地指向一棟房子。她會說：「我男朋友在裡面，他喝醉了，我不得不出來。我在等他酒醒。」「要不要我陪妳去哪裡？」他們會問。「不用了，謝謝。」她渴望喝咖啡，但是這樣她就得上廁所。在監視時，你必須處於高度知覺的狀態裡，一天下來必定筋疲力盡。

大部分時候，可蕾調查的都是保險金詐領案的緣由或性騷擾案。公設辯護人的工作基本上就是辯護任何被以刑事罪名起訴的窮人。在吉迪恩對溫萊特的指標性案件前，只有有錢人才請得起律師。公設辯護人辦公室必須在罪行發生後，應付警方和沒日沒夜的蒐證工作。警方相信一件案子如果三天內沒偵破，就永遠不會破案了。他們很少給一件案子超過三天的時間，也因此不想要任何錯綜複雜的牽連或細節。公設辯護人只有到第三天後才能看到證據，而且必須盡快找到證人和瑕疵，證明他們的當事人無罪，或罪不致死。後者適用於量刑階段，這也是辯方唯一可能影響結果的階段。有一次，可蕾調查本來可能被判死刑的男人的過去，而發現他二十歲時曾犯下一件暴力攻擊案件。她發現他當時攻擊一個人，是因爲對方毒打自己的狗。賓果！這個細節結果讓他被判處無期徒刑，而免於接受毒針注射。就像韋亞當時說的，就算發現他讀過梅爾維爾的所有作品，也不會帶來任何影響，但是那隻雜種狗卻回來救了他。

下班之後，可蕾有時候會跟韋亞在霧都酒吧喝一杯酒，看著他杯中的伏特加馬丁尼表面上的一層油膜危險地波動。安道．韋亞是可蕾認識的最有原則的男人，而他教會她如何在這充滿罪行報復的行業裡生存，如何接受原因與結果之間充滿缺陷的阻礙，如何看出現在持續改變著過去，就像過去是個怪異的傳承，會像相機裡的影像一樣，上下顛倒地落入一個人的生活裡。唯一持續不變的只有一個原則。「如果妳不相信這個人，只要相信這個原則。」韋亞會說：「妳會遇到禽獸般的傢伙，卻必須幫他們辯護。妳只能相信你的原則是要充分伸張正義。當一個殺人犯在對抗死刑時，要求被赦免的人不是他。他沒有要求的權力，我們才是要求的人。」韋亞十七歲到十九歲時，曾待在越南。他看過什麼叫禽獸。他知道禽獸可能降臨在你身上。

他們會在一天結束時，在霧都喝這杯酒，而她會阻止他再多喝一杯。如果他喝超過一杯，她就會離開。如果他不多喝，她就會留下來聽他說話。他每天都需要放鬆，每天。他會講起越南。他會講起讓他煩惱的案件，但事實上他還是在講越南。有一天，她開始告訴他許多年前，她父親跟庫柏之間發生的事，以及她妹妹從此失蹤。「那不算是禽獸。」他說，兩手一揮，像在揮走一根睫毛。「每個人的童年都會累積一些傷害。」可蕾只跟韋亞說過她來自什麼地方。「她跟妳連絡過嗎？」「沒有。」「那她的人生裡還有悲傷。妳忌妒妳妹妹嗎？」「不會。只有一次。」如果有任何人曾讓可蕾平靜下來，緩和她的過去，那個人就是韋亞。她不曉得她的父親、庫柏，跟安娜，在像他這樣的人眼中是否顯得很古怪。

如果她太晚到霧都，而他已經喝醉，她不會坐在旁邊陪他。她會把他口袋裡的車鑰匙拿出來，然後一直等到他蹣跚走出狹窄的座椅隔間，付了帳。他們會找到他的車，然後她會開車載他回家，並打電話給他太太，讓她知道。到了他家車道，她就把鑰匙放回他的口袋，走去她先叫好的計程車。她會對站在門口的韋亞的太太揮手，而他太太會在她鑽進計程車時喊：「愛你，可蕾。」越南話。

可蕾覺得韋亞在她心裡植入了一個人生目標，一個指導原則，讓她知道她的人生可以做什麼，因此她願意爲他做任何事。他接近她時，一定是以同志的角色，帶著他對工作的使命感，雖然天曉得他隱藏了什麼樣黑暗的情感。她認識韋亞的太太，知道她對他瞭若指掌。她會帶可蕾一起參加慈善音樂會跟芭蕾表演，這些韋亞坐不下去的場合。芭蕾表演的語言太少，讓他難以保持清醒。他所能接受的最正式的休閒，是爵士鋼琴手瑟隆尼斯．孟克的音樂。他說在孟克被忽視的唱片中，那音樂就像被囚禁的鳥的歌唱。可蕾每次去韋亞家吃晚餐，他就會架設起他的自製音響系統，而這最後總是讓他們討論起市場上最新的竊聽設備。「有一種雷射儀器，」他會說：「可以測量對街窗戶的玻璃震動，然後把震動轉譯成聲音。這跟直接聽到那房間裡的對話，只有一步之遙。而輸掉戰爭的居然是我們……」

☆

可蕾突然醒來。她在太浩一間飯店的房間裡。她前一天下午從舊金山一路開過來，需要睡幾個小時。幾天前，她跟韋亞在討論一個學區教育委員會的案子，他叫她去一趟太浩。她起床，從窗戶望向在太浩湖邊的小鎮時，看到賭場燈火通明，向她招手。但是她下樓時，櫃台人員卻建議她去一間叫史丹荷的俱樂部，說那裡可能會比賭場能提供的任何娛樂都有趣。

在史丹荷的這個晚上，有人在某個時候給了可蕾一顆藥丸。「這是什麼？」她問她旁邊的人，他喃喃地說了什麼，但她聽不到。她把藥丸折成兩半，快速地將其中一半吞下去，決定吃較小的那半。

史丹荷是個提供不同氣氛的小城市。有些房間很安靜，有些有震天價響的音樂，有些房間可以喝果汁，有些可以吃新鮮蔬菜，或按摩，或看電影，這些電影有些是跟植物有關，或是跟某個星球有關，例如《巴拉卡》，或《失衡生活》，或是用慢動作播放一部驚悚電影中的一小段，讓在打包行李箱的一隻女人的臂膀像定時攝影下呈現的蛹的變化，一樣發人深省。可蕾被《驚魂記》中的一段短暫的場景迷住，安東尼·柏金斯正端著盛著牛奶跟三明治的托盤，一臉無辜地走向珍娜·李。可蕾看著這部影片時，才剛吞下那顆藥丸，因此她始終無法確定這四十五秒的場景變得這麼長，變成十分鐘的連續鏡頭，要歸功於藥丸還是藝術家的天分。但無論如何，現在她知道了那場景之後會發生什麼事，因此能解讀兩人之間來回的無辜表情。她看完影片，轉身離開時，看到陌生人都小心翼翼地避開她，還有一個男人極度緩慢地走向她，手上端著一個托盤，盛著一杯牛奶，那牛奶白到裡頭必定有一顆燈泡亮著。

她找到一間舞廳，在裡面待了一兩個小時。有時候她單獨一人，有時候她被好幾個身軀擠著一起移動，彷彿是一道波浪的組成分子。她來太浩是有事要辦，但是她已經記不起是什麼事。她有一件要做的事，但她無法分辨這件事是否還在她的記憶裡。她要去那個安靜的房間，那幾扇厚厚的氣密門後，在那裡想一想。到時候來太浩的原因就會像一顆彈珠一樣，滾到她面前。

幾小時後她醒過來，從俱樂部走回她住的飯店。早晨雲很多，一陣陣的雨下在湖上。下坡的狹窄街道通往小鎮中心。她回頭去看某個噪音是什麼東西，而看到一個人踩著滑板正要經過她。他與她四目相接，並很快地做出決定，伸手把她拉上滑板，讓她站在他前面。他只是輕輕扶住她，而她沒有抓住任何東西，只是站在他雙手環繞的圓裡，眼睛睜得很大。他們對抗著陣陣雨水，劈哩啪啦地飛快滑過人行道，幾乎看不到任何面孔，一切都是顏色跟雨。她開始放鬆，就在此時他把她舉起來，放在路上，然後飛速往她的前方離開。可蕾回頭看他們滑過的這段路，突然在這許多貼著護牆板的房屋前，靜止不動地站在原地。她需要找到她的飯店，躺下來。

她夢遊般走著，在某處走進了一間小餐館，在一個隔間座位坐下。她點了礦泉水、三個蛋、香腸跟蘑菇。有綠番茄嗎？有。那給我兩份。女服務生拿來了她的食物，她開始吃，戳著食物，覺得很笨拙、疲憊、無法控制她的刀叉。就在這時候，她看到一個像庫柏的人走進餐廳。

庫柏？

她沒有喊出來，因爲她不確定是否是自己將他從黑暗中召喚出來。她只是站在她的隔間裡。他從另一頭望過來，尋找座位，看到了她。然後他臉上出現一個驚訝的微笑。她走向他，擁抱他。眞的是他。她不肯放開他，因爲她在啜泣。是因爲她很疲憊，或者是那顆藥丸留下的幻想痕跡。她沒有預料到會見到他，而看到庫柏的情緒侵入她體內。

他在她對面坐下來。兩個人都沉默無語。他一直四下張望。他轉頭去看他後面，又轉回來面對可蕾。

所以妳住在這裡？

不。在舊金山。我不住在這裡。

庫柏沒說話，只是等著她。

我幫一個辯護人工作。我負責研究、調查。我的老闆是安道．韋亞。你知道他嗎？

他調查賭博案嗎？

那是檢察官的事。我們是辯護人。

她突然意識到自己的穿著。

我之前去了一間俱樂部。我很少這樣。她目光閃爍。興奮與疲憊同時朝她襲來。

聽我說，庫柏，我想說話，也想聽你說，但是我得……

我們走，他說。他知道她的飯店在哪裡，而建議走路回去，呼吸新鮮空氣。一到外面他就告訴她，他靠賭博爲生，並且再問一次她做的是什麼工作。他一直側著走，才能看著她。妳在這裡調查什麼事嗎？

只是很短的時間。我在幫我老闆查一個案件……。你走路好像流氓，庫柏。

我是個賭徒。

喔。

我住在洛杉磯北邊幾小時車程的地方。一個叫聖塔瑪麗亞的小鎮。我在那裡住好幾年了。我是來太浩找一個人。

你有房子嗎？我是說，在聖塔瑪麗亞？

我住在旅館裡。

天哪。

他招手攔下一輛計程車。

你在幹什麼？

妳累了。我想妳走不到富勒飯店。

她進了飯店的房間，他問了她什麼時候離開太浩，然後站在門口。

坐下來，喝個東西，庫柏。我至少可以待到再跟你見一次面，如果你有時間。她往後倒在一張沙發上，踢掉鞋子，看著他。

庫柏走到窗邊，看著太浩仍舊閃爍的燈光。

幾天之後，那邊有一場很大的賭局。我得想辦法脫身。我得找人幫忙，找一個老朋友。庫柏轉身，看到可蕾已經滑到沙發一側，睡著了。他走過去，站著看著她。

他把她拉起來，讓她靠著他的背，臉靠著他的脖子。他可以聞到香水的餘味。他從來沒想過可蕾會是擦香水的人。她是他教會釣魚、騎馬、開車的那個小女孩。近看時，他可以在她臉上看到同樣的溫暖，而他發現自己對著她微笑。距離他上次看到她已經好幾年了。「來吧，妳需要床。」她半清醒過來，雙手推開他，「沒事的，庫柏，是我啊，我只是要幫你。」

☆

接下來兩天，可蕾處理著教育委員會的案子，同時等庫柏打電話。她試過打他留給她的電話，但是始終沒有人接。或許他還是離開鎮上了。她到幾間賭場去找，但是她一向打牌的人探聽庫柏，他們就轉身離開或置之不理。

隱姓埋名似乎是這個世界的禮節。她說不定是某個拋家棄子的賭徒的太太。她沒有任何線索，沒有他的地址，只有他潦草寫下的電話號碼。在這麼多年後，她居然再度失去了他。

她打電話給韋亞，說她要再多待一段時間，並問他能否幫她用一個電話號碼追蹤到地址。是她很熟的人，等於親戚。她開始覺得出了什麼事。前提是，如果他一開始眞的存在。或許是她吞下的那半顆藥丸創造出他，是她在結束那極度漫長一夜時得到的小禮物。

庫柏待在距離洛杉磯西北方幾小時車程、聖塔瑪麗亞山中小城的那幾年，通常賭博到深夜，然後在凌晨三點或四點回到他在旅館的房間。他獨自生活，城裡幾乎沒有人認識他。一個世代前，聖塔芭芭拉郡大多住著移民勞工，墨西哥人、哥倫比亞人、越南人、義大利裔美國人，在公路四周蔓延出去的農場和蔬菜田裡工作。有錢人住在山丘裡，而誤入歧途沉迷賭博的敗家子總是在這裡被找到。民主制度因此才能在這些山谷裡立足。有時候庫柏會開車往南，冒險參與海岸線上較大的業餘賭局，但是他大多時候都滿足於待在這個公路旁的小鎮裡。自從在拉斯維加斯的賭局裡騙了教友之後，他還是躲起來比較安全。他在下午去看電影、看法律驚悚小說，在需要的時候花錢找妓女，然後在晚上坐到牌桌上。他會在白天醒來，然後出去跑步，擺脫前一晚留下的腐朽味道。這樣貧乏的生活需要一種平衡，這就是他的訣竅。他再也不去拉斯維加斯或太浩。對於跟他玩牌的人而言，他是個無名的陌生人。他完全不渴望跨回他的過去。

傍晚，庫柏會開車到塔夫特路上的一間牛排館，站在吧台喝一杯難喝的瑪格麗塔，然後自己一個人在一張桌子坐下。他通常在主要的晚餐人潮進來前，就已經離開賈克餐廳。他偏好獨自吃飯。晚一點，到了夜晚，他會在牌桌上被喜好交際的牌友圍繞，但在這裡他只想沉默地看著其他幾個用餐的人，跟男女之間的互動。他後來開始迷上一個每週一和週五，跟一個蓄鬍子的男人一起來的女人。賈克牛排館一向不以服務快速聞名，所以庫柏一邊等，便一邊想像那個男人的職業。是探勘員？或在機場開著昆蟲般的卡車到飛機旁的駕駛員？那個女人穿著黑白格子的毛料裙子，一雙長腿似乎塞不進桌子底下，身高大約有六呎高，至少跟庫柏一樣高，而且渾身充滿精力。她會跳起來跟餐廳員工講話，或看看釘在牆上的某張海報上的一個名字或一個日期，然後把訊息帶回給她的同伴。

她經常帶著書，放在桌上。《化學》，有一次他好像看到這個書名。她應該是三十出頭或三十幾歲。她似乎總是跟那個男人在同樣的時間出現。或許那是她的教授。或她的哥哥。他們從來不會碰觸對方，但總是一邊吃飯一邊不斷講話。他們跟庫柏一樣，老是坐在同一張桌子。有時候他先到，有時候他們先到。偶爾那個女人會望向他，對他點頭示意──其中一次，是她正爲某件事大笑時，而十分迷人，因此他也對她微笑。所以他們之間有這些微小的片段，讓他仔細收藏起來。此外，有時候在吃飯當中，她會把她的長腿伸出來舒展一下。她不適合也不屬於這間有木板高背隔間的餐廳，這裡的燈光大多用來打亮年老賭徒皺巴巴的脖子跟他們每季更換的同伴。他想，不論賈克餐廳有什麼樣的燈光，那光線都應該被裝起來，跟著她去旅行，其唯一存在的目的就是一生追隨著這個女人，直到她的喪禮結束才與她道別。

他只是想看著那張他完全無法解讀的臉。那張臉，那金色的頭髮。吸引他的不是那美貌，而是那變化多端。或許在維也納，這個女人不會受人注意，但是在聖塔瑪麗亞，在這個類似郊區的加州小鎮裡，她就像一頭豹，在每週一跟週五走進來，設法坐進椅子跟桌子之間，面對一個可能是業餘魔術師的男人，這個人可能會在路上某個變態的酒吧裡，把她鋸成兩半。她傾身向前，對著她的朋友、或不知道是她的誰，說悄悄話。

庫柏回到他在聖塔瑪麗亞旅館的房間，好奇地想著她對什麼感興趣。他必須對自己承認，他對她一無所知。他甚至不曾聽過她的聲音是什麼音色。他只是固定在八點鐘來吃晚餐，然後開車去打牌。而他吃的是燒烤肋排，在賈克餐廳後方用游泳池那麼大的烤肉架烤出來的。那是彷彿中世紀的場景，穿著相同T恤的員工用巨大的鉗子移動著那些肉塊。然後他打牌到凌晨三點，讓那十二盎斯的牛排在肚子裡慢慢消化。

一天晚上，他抬起頭，而她在那裡，獨自一個人坐著。當他抬起頭時，她轉向他，而他不假思索地舉起手打招呼。她點頭致意，於是他坐在那裡不知道該怎麼辦。如果是平常，他會不時瞄這對男女一眼，看著他們如此全神貫注在自己的對話中，根本不會察覺他的存在。她把叉子挪來挪去，從餐墊上拿起來又放下。餐墊上印著這間餐廳的歷史。庫柏的眼神掃過他自己的餐墊。故事開始於一八八六年，當時艾莫瑞．納茲開了一間小酒館。在他的八個兒子當中，有一個叫「賈克」納茲，他太太則是這個地區最早的電話接線生。他們的小孩叫普奇、吉西、努尼，跟畢格。他們在禁酒時期有私釀酒，在整個四〇年代都擁有吃角子老虎，還有一間玩撲克的玩牌間。「據說常有人不遠千里而來，只想一訪賈克餐廳。」餐墊上寫著。「有好幾年時間，吧台裡還有一隻猴子……」

那——我可以跟你坐嗎？她站著，順了一下自己的裙子。她在他對面坐下來時，他沒說一句話。

妳朋友呢？他問。

喔，誰曉得。他可能不會來。她還在位子上挪動安頓。她清澈的聲音距離他只有幾吋。她身上少了香水味。這是很奇怪的第一反應，但是在大部分賭場裡，女人全身都裹著一層香水，男人則裹著他們的爽身粉跟體香劑。

她對著自己唸著什麼，一段禱告或者一段經文。他後來會發現這是一種習慣。但是此刻，這第一次，他疑惑地傾身向前，以爲自己錯過了她想說的什麼話。「當我爬過山丘……，我看到媚比琳在一輛凱迪拉克裡。」

妳說什麼？

查克．貝瑞。

當她說出她唱的歌詞的作者，庫柏告訴她，我跟他打過一次牌。

他贏了你嗎？

沒有。他停了一下，謹慎地告訴她事實。沒有，他輸得一塌糊塗。他對打牌不太行。

還有其他人嗎？

其他有名的人？

她點頭。

喔，不知道。沒有其他人了。他沒有在賭場遇到過其他跟「媚比琳」的歌手與作者一樣重要的人物。就他所知，他從沒有跟鋼琴家阿佛瑞．布藍德爾打過牌。

他們斷斷續續地說話，找不到可以帶來比較大對話範圍的話題。她完全沒有講到她跟平常的晚餐同伴的關係，雖然她提到他開了一間五金行。她會讀關於科學的書，但是已經與大學沒有任何關連。她經常旅行。她父親曾待在軍隊，但是她已經不跟他連絡了。「我要燒烤肋排。」她告訴服務生。要一杯酒嗎？她搖搖頭，她不喝酒。庫柏之前已經注意到這點。他們隔著桌子互相丟出一些線索，直到大約九點半時，他說他得走了。

喔。

在西邊的瓜達魯沛沙丘國家公園，跟幾個考古學家有場牌局。

喔。

當她坐在其他桌子，不是跟他面對面時，他比較能清楚地觀察她。但在這麼近的地方，他必須顧著接話，並在說出答案前先想一想。在這麼近的地方，太多其他的事物存在於他們之間。

我還會見到你嗎？

週一跟週五，他說。他站起來去付帳，而她繼續坐著。

布麗姬，她在他離開時，突然丟出她的名字。

他點頭。嗨，布麗姬。

如果布麗姬不是個吸毒或販毒的人，如果她不是生活似乎跟別人牽連在一起的人，如果這些特質都不在庫柏第一次認識她時本能察覺的線索中，他或許就會避開她，就不會在接下來的週五再跟她在賈克餐廳吃飯，或散步回到她的公寓。就像，如果是在前一個世紀，他就不會撿起那刻意掉落的手套，還給那個散步的女士。他認定的這些資訊讓他覺得安全。如果布麗姬會用一根管子吸進奶白色的煙霧，或用一根針刺進自己的動脈，如果她覺得這比戀愛更有樂趣，那就表示他對她而言不會很重要。他頂多只會在她的一週裡占據很小的片段。他想，或許幾個月後，她甚至不會記得他。身爲一個能幹的賭徒，他的直覺告訴他，她不會對他造成危險。

他們走到她的公寓。他跟著她走進寬大的廚房——那空間之大讓他意外——然後看她煮海洛因。之後她坐在地毯上，格子花紋的裙子捲到她的大腿上。而他一直只想到她看起來好健康。彷彿健康不可能是這個人人生中的一部分。她主動要給他一點時，他搖了搖頭，儘管她只是表示禮貌而已——就像你用鹽罐之前，先問別人要不要用一樣——她從小受軍事化教育。她已經很饑渴，而他基本上等於消失了。然後她回來，遠離他。她的視線凝結，停留在遠方一棵樹上，已經不在這個世界。他想著，她身上這樣過度的歡愉，就像他永遠不會懂的某種難以觸及的美，超越他能從牌桌上贏到的任何金錢。她的肩膀和頭依靠在壁爐上。而她的眼神回到了這個房間。「過來，握住我的手。」她靜靜地說。她沒有叫他的名字。

她躺下來，膝蓋彎起來，然後引導著他的頭橫過她的白色襯衫，下到她的腹部，她的裙子。她的一隻手臂要推開他，但又把他拉向她，彷彿他是一根木頭，或是某個她想要擺脫，然後又想占爲己有的東西。他沒想到她有這樣大的力氣或精力。他本來想像的是慵懶的引誘。她爬到他身上，說，庫柏，彷彿她終於找到他的名字，而此刻正高舉著，像舉著一把從湖水中拉出的劍，彷彿她必須用她包圍一切的力量，用她靠在他身上的白襯衫與金色雙腿裡包裹的力量，讓仰躺著而疲憊的他復活過來。

她只有在吸毒而神智不清時，在她到達巔峰、又從那昏暗不明處回來後，才讓他上她。每個星期兩、三個下午，幾乎一定是下午，在她公寓的陽光和飛揚塵埃中。有時候她會叫他抱著她——因爲她冷——當她對著水槽嘔吐時。有時候當他凌晨三、四點工作回來時，會發現她睡在聖塔瑪麗亞旅館的大廳裡，一張皮沙發椅上。她會在櫃台留口信給他，因爲這是個布置散漫、令人困惑的大廳，有好幾個凹進去的空間——其中一個擺了紙牌跟字謎遊戲，一個放了台鋼琴，還有一個掛了古老的照片——所以很容易錯過在等你的人。他會拉著她站起來。他會很疲累，而她會要給他藥丸，但是他從來不接受。

在庫柏還覺得很清醒的夜晚，他們會鑽進他的車裡，到二十四小時營業的加油站加滿油，然後一路開到接近內華達州，車窗開著，「衝擊」樂團的音樂像大頭釘般落到他們身後的公路上。布麗姬扭亮車內的燈光，他們就變成一個亮著的泡泡，滑過這片長滿灌木的荒地。她打開長橢圓形的白色海洛因小包，然後把海洛因跟氫氧化鈉一起搖晃，直到變成奶白色，然後加入乙醚。接著她關掉車內燈，只靠著雙手的觸覺繼續在黑暗中進行。他能藉由儀表板的燈光模糊地看到她把盤子上的結晶體拿起來，丟進一根管子裡，還能聽到管子因爲結晶體燃燒發出絲絲聲響，然後聽到她吸進那煙霧，直到她被強大的幸福感擊倒，靠著開著的窗戶坐著。

車裡的黑暗將他們連結在一起。他覺得是布麗姬的身體引導著他們輕鬆自如地穿越鄧肯跟艾瑞卡等城鎮，不論有什麼樣的毒品在她體內冒泡或抽吸著。她把赤裸的腳抵在儀表板上，引導著車子，她的頭靠在開敞的車窗的窗框上，而貝斯低沉的撞擊聲從她脖子旁的車門鋼板傳出。他們停下來，讓車門敞開，讓音樂充滿幾呎方圓內的沙漠夜晚，而她彎腰靠著克萊斯勒的引擎蓋，引擎的熱氣衝上她的T恤。她肩膀上都是汗，讓他幾乎要抓不住她，而即使在這樣粗率大意的時刻，他也記得不要去碰她手臂上的瘀青。

她曾是那個帶著一本化學書走進餐廳的女人。在這飛逝一般的一個月之前，她顯露的神祕與無拘無束就已經將他吸引。「她的頭髮如此黃，酒如此紅……」剛開始他以爲她留給他的記憶就會是如此，一個歌裡的女人。她背對著他睡覺，保守著她年輕的祕密，而不斷對她揮手的藥物讓她的感官感受加倍強烈，因此他無法回去看他們背後有些什麼。她的世界只存在於此時此地。他無法讓她重述或多談來自過去、或來自其他地方的任何一個故事。當她喃喃思索時——當她陷入嗑藥亢奮的洪水或河流中時——她的喃喃絮語都是關於毒品的力量、慾望的力量，大到無法控制，所以才不合法。有時候他在破曉前醒來，看到她彎著背跪在地毯上，對著一叢明滅不定的藍色火焰。有一次，他睜開眼睛，看到她只距離他幾吋，盯著他看，他突然害怕她看起來好像安娜。他不知道她是讓過去聚焦的鏡片，還是讓過去消失的雲霧。

「我愛唱歌。以前我小的時候，我爸總會邊開車邊唱歌。」布麗姫看著庫柏的身後。他覺得好像一扇小門的鉤子被鬆開了。她正在交給他什麼東西。即使她沒有直視著他，感覺卻很親密。父親哼唱的曲調傳到她小時候單獨坐著的車子後座。庫柏沒有把眼神從她回憶的臉上移開。她金黃色的頭髮滑落在她的臉頰，光的影子在她的襯衫下。他吞下這些片刻和紋路，彷彿在爲終將來臨的乾旱準備。她平靜的聲音詮釋著她身邊所有微小事物的來去。重要的事物就存在這裡，在她在手中翻來覆去的小小穹蒼裡，還有她以甜美，以及，沒錯，平靜的聲音，快速說著密語般的跨境毒品的名字——「小鸚哥」、「公雞」、「山羊」裡。

有時一輛滿載樂手的車會來接布麗姬。她會去一整個晚上，到清晨才回來，大約是庫柏打完牌回來時。「要不要跟我們去？」她問他。「唱歌是我的嗜好。」

他猶豫，他習慣只在密閉的空間跟她在一起。看到她跟別人在一起的樣子，會讓他脫離他所知道、所慾望的。她是他順從且勤奮的愛人，即使在她注射毒品、解開手臂上的土黃色的橡皮管時。對他而言，她平常的習慣就已經相當多變。有時她會跟他一起去跑步，跟他有同樣的體力，然後回家之後，則打開她隨身攜帶的眼藥水滴管、氫氧化鈉，跟隱形眼鏡形狀的碟子，耐心地等著那結晶體出現。有時候她則會不眠不休地看書到深夜。所以當布麗姬要他陪她和那些樂手一起去時，他一隻手輕輕一轉，意思是：「不是個好主意。」彷彿認爲不講話的拒絕比較禮貌。他的嘴巴做出不悅的樣子，但感覺更像憂傷而非惱怒。因此他們的互動只有他手部的一個動作，和她臉部表情的緊繃。她離開房間，當他之後跟著她走進臥室時，她看著窗外聖塔瑪麗亞大道連絡道上緩慢的車流。三十分鐘後，她的朋友來接她。她回來時總是心情很好。

布麗姬跟她的朋友下一次去的時候，庫柏加入了。他前一天打了電話，說他不會出現在牌局，然後只是陪著她下樓。她一直看著他，看他什麼時候要回頭。

你要跟我們去嗎？

我以爲是。

太好了，庫柏，可是把領帶拿掉吧。來，給我。

皇太子教他要衣著光鮮，而他始終無法擺脫這個習慣。皇太子告訴過他，一條領帶，或別袖釦的法式袖口襯衫，這類東西會讓你有種氣勢，即使是在輸個不停的時候。

布麗姬坐在前面、駕駛的旁邊，庫柏則坐在一個貝斯吉他手旁。他在車程中告訴庫柏他是加州一家自然雜誌的編輯，雜誌老闆是一對沒血沒淚的商人。「保守分子愛死了加州。」吉他手說。「他們恨不得把手伸到僅剩的所有地方。」布麗姬一直在閒聊，但庫柏聽不到內容。她跟他說過，他們都在海岸邊一間酒吧表演，而一小時後，他們抵達一條兩線道路旁的一間酒館。布麗姬下車，拍了拍她的裙子。這又是另一件事，他從來沒見過她穿這件裙子。他們頭頂的霓虹燈把她的臉染紅。「我們就先在這裡分開。」她說。「待會兒見？」「好。」「表演完後跟我碰面？」「好。」這棟建築看來沒有任何特色，就是基本的長方形。看起來也很可能是一間有斜坡輪椅入口的妓院。不過它顯然是一間拳擊場跟酒吧。四周的碎石地上已經停了大約四十輛轎車、好幾輛半噸重的卡車，甚至還有一輛流動廁所。

這個晚上，庫柏是跟在布麗姬身後的跟班，而覺得輕鬆自在。他在屋裡到處走動殺時間。建築的一邊沒有亮燈，而外頭是看不見的田野，只有車子在停車場中掉頭時，才會隱約看見。他想像布麗姬在她的更衣室裡，打扮準備，換上鞋子，或把指甲塗成燒過紅褐土的顏色。他覺得自己像她的長輩。他眞的對女人一無所知。一扇門向黑暗中開啓，距離他大約二十呎的地方，一長條的光線流瀉到地上。她跟兩個男人出來，他們往黑暗中仔細看了看，然後互相靠近。她一隻手搭在一個男人身上，他們之間拉了一下，她倒向他。她往後退了一步，然後庫柏看到她從赤裸的手臂上拿下一條看來像是藍色領帶的東西。他在道斯鎮看過一個男人收集蛇的毒液。他硬把蛇的下顎拉開，靠在一個燒杯邊緣，然後擠壓會分泌毒液的腺體，讓毒液沿著堅硬的塑膠流下，蛇的牙齒發出的喀噠聲幾乎難以聽見，像一聲短暫的抗議。庫柏看著布麗姬跟那兩個男人，站在原地不動。當他們把門拉得更開一點，再進去裡面時，光線其實照到了他，但那時候他們已經背對著他。

大廳一側是延伸到底的吧台，而布麗姬在另一頭的舞台上。她已經換上一件低領口的米白色洋裝，脖子上鬆鬆地圍著他的領帶。皇太子一定無法苟同。她開始唱歌時，令人意外的不是她聲音如此有力，也不是她從粗獷到輕柔的音色變化，而是她站在那上面的自信，彷彿一個偉大的女演員在用她的手臂雕塑空氣，同時又像搖滾樂手克莉絲．韓帝一樣拉長了嗓音。這是庫柏跟布麗姬在一起這麼久以來，從來沒見過的一個人。她下意識的舞動，她對觀眾的吼叫，她將〈女巫季節〉轉變成粗獷危險的藍調，都讓他漂浮脫離了他所知的，關於她的一切。他從來沒見過這個女人。他唯一認得的是他的領帶，鬆鬆地環繞著她的脖子。他的眼中只有她。那天晚上，她對每一首歌的詮釋都是她本質的全新的一面。即使他看出她逐漸疲累了，她仍有一種專注與存在感。她在其他樂團成員間來回游移，撞進幽暗低調的光圈裡，粉碎歌曲的結構，她白色的手臂捕捉到一顆燈泡映出的光芒，她的臀部幹著觀眾。這表演中沒有任何準備或控制過度之處。她整個人都擴大了。

結束之後，他看著她跟著樂團從舞台上走下來。有人遞給她一大杯啤酒，她似乎是一口喝乾。歌聲中的堅決消失了，取而代之的是接受熟人讚美和擁抱時，孩子氣的快樂。她不時望一望人群以外，看他是不是在附近，但她看不到他。他在更後面的地方，從黑暗中看著。他想看到這一刻的所有細節，這時還有一部分陷在舞台上的她。他不希望那個人因為他的出現，而消失在空氣裡。

她的眼神在許多人肩上來回穿梭。她正在下沉。庫柏走上前，來到聚光燈下（原來這就是聚光燈），然後看到她不確定的微笑，似乎為了他，她將剛剛的一切全都抖落。他們擁抱，而他感覺到她手臂上的汗水、她汗溼的洋裝，還有她靠在他臉頰上濡溼的頭髮。

第二天晚上，他去了牌局，而他回來時已經找不到她。她不在他聖塔瑪麗亞旅館的房間，也沒有睡在大廳裡，也沒有在她的公寓裡。公寓已經清空並付清房租。他發現自己沒有她的連絡方式，根本不知道如何連絡到她。他只知道賈克餐廳的那個男人，而他也不知道那個男人的名字。到了早上，他開車到聖塔瑪麗亞方圓二十英里內的每一間五金行去。他擔心布麗姬有危險，不論她在哪裡。即使她的房間已經被極有效率地清理乾淨。

他開始在這長三十英里的城鎮大路上每間咖啡廳和酒吧裡坐著，或在聖塔瑪麗亞到處走，希望找到她。他持續著早上跑步的習慣，但更加狂熱，他會跑到城市的很外圍去。他到健身房去，開始練習搏擊對打，打著用繩索吊著的很重的沙袋。對他的頭腦而言，這是比跑步更好、更嚴酷的逃避方式。他覺得強壯，但是他知道，這股力量來自於他自己的無力。有一天他回到旅館時，在昏暗的燈光中看著大廳鏡子裡的自己，想要找尋什麼線索。他突然明白他才是上癮的那個人。

櫃台職員說他有一封信。那是一張寄自太浩的明信片，沒有任何訊息或簽名，只有他認識的筆跡寫著他的名字跟地址。明信片的另一面是「哈洛賭場」在薄暮中閃閃發亮的照片。是布麗姬在告訴他，她在哪裡。

一個小時後，他已經在往東邊的路上，遠離海岸，開上他在那些深夜裡帶著她駛向內華達州的公路。在卡瑞索平原國家公園前，他轉向北方，然後沿著九十九號公路開到聖華亙谷地。維沙利亞、佛瑞斯諾、摩德斯托，跟沙加緬度。沙加緬度（Sacramento），原意是「聖餐」（sacrament）。他在卡爾米歇吃了一餐。天黑時，他已經沿著山路開進了內華達山脈裡。山裡有雨跟霧，所以像銀叉子跟草莓鎮這樣，他以前經過一百次以上的聚落，都模糊地從他身旁滑過。在快到太浩的時候，他住進一間汽車旅館，刮了鬍子，洗了澡，用光了旅館給的薄薄一小片香皂。他穿上乾淨的襯衫，繫上領帶。他開車離開時，大約是凌晨兩點。

他下降到太浩，進入它的燈光，與它在太浩湖的光輝下顯得低調的世界。他走出克萊斯勒，看著他剛越過的山脈。他已經可以感受到高度的改變。他回到了過去，這是他自願冒的險，而一切都可能因此改變。然後他開車進入凱薩皇宮的車庫，再走進哈洛賭場——他知道絕對不能把車停在工作的地方。

他一走進大廳，管線打進來的氧氣就迎面襲來。他整個下午跟大部分的夜晚都在開車，而此刻他體內因疲憊帶來的亢奮融解了。浮誇的裝潢環繞著他。他坐在二十呎長的皮沙發上，伸展雙腿。服務生問庫柏要喝什麼飲料時，他給了他一張十美元的鈔票，要了一杯加奶的濃縮咖啡。他拿著高腳杯走向牌桌。目前爲止他還沒看到任何他認識的人，但是太浩的夜還很長。十五個小時前，他還在瘋狂地打拳，在拿人工草皮當地毯的健身房練搏擊。

庫柏知道只要他現身，布麗姬就會找到他，所以他以歪歪斜斜的慢動作穿過一間間宮殿般的空間、瀑布般的噪音。最後他終於坐下來打牌。他故意輸掉第一手，如他一向的習慣。這裡的牌局速度比南方快，但他身旁都是業餘人士。時間是凌晨四點。他仍舊清醒得很。

一小時後，他在發牌時抬起頭來，看到了她。某種東西在他體內顛簸了一下。她這樣動也不動地站在那裡看了他多久？她比大多數圍觀的人都高。他玩完這一手，將籌碼掃起來。他今晚已經贏了夠多錢，足以在南邊海岸租一個好地方，萬一他或她需要的話。

庫柏。

她在兌換籌碼的地方握住他的手臂。他將臉埋進她的頸子，這兒雪白而近乎金色的肌肉緊繃著，或許是她自信的核心。

他們走上鋪著地毯的寬闊階梯。他們一逃出大廳，便脫離了裡頭的噪音，而一段記憶湧上他腦海，他想起小時候划著獨木舟繞過聖安東尼奧河的一個彎道，就立刻擺脫了附近一連串湍流的嘶吼。他跟在布麗姬後面一兩步。她回過身，說：「我剛去游泳。」她腳步輕盈。哈洛賭場裡沒有任何人有她這樣自在的力量。她身上有種任務在身的感覺，是他沒見過的。在電梯裡，她抗拒他的擁抱。

等等。

彷彿這幾個字已經解釋一切。

等什麼？

我們得談一談。你住進這裡了嗎？

沒有。

你不能住這裡，這間飯店。

他沒有回答，而他們在電梯裡沒有再說話。他的車在凱薩皇宮，他可以住那裡。

此刻大約是五點半，他們倆坐下來吃早餐。他從十八樓的窗戶往外看，在燈火通明的地面上方，天空還是黑暗的紫紅色。庫柏沒有提起爲什麼他不能住在這裡。他覺得布麗姬似乎在防著什麼，他得小心試探。他需要知道她打算怎麼樣。雖然如果她眞的打算幹什麼，在一棟到處都可能有天眼監視的建築裡，最好也守口如瓶。他明白她把他引誘到了他無法爭辯或指控的地方。因此他轉而提起以前經常跟她在賈克餐廳吃晚餐的同伴。「那個開五金行的傢伙……」他問。她只左右搖著頭，當做回答。

「他叫什麼名字？妳從來沒跟我說過。他住在太浩嗎？所以妳才來這裡？」她對所有問題都揮揮手不予理會，只承認賈克餐廳的那個人確實在這裡。

在凱薩皇宮的地下停車場，他打開克萊斯勒的車鎖，讓她坐進副手座。這裡有種熟悉的感覺，彷彿地下停車場的空氣與不確定的燈光都是十年前留下來的。他緩緩繞過車子，鑽進車子，坐到她旁邊。

我應該回去聖塔瑪麗亞。

啊？她的頭突然轉向他。

妳爲什麼離開？布麗姬，妳把我扯進什麼事了？

我們先開車離開這裡吧。

不。

我們可以開去——

我還沒準備好面對大太陽。

好吧。她的手緩緩滑下他的手臂。嗯，你還是這麼壯。

喔，妳放心，我之前眞的很慘。

她親吻他的右眼，然後是他的額頭，然後是他的嘴。他接受一切。她的手在他身上。他們現在不再親吻了。但那是更親密的，他們的臉盯著對方，幾乎碰在一起。只有一絲氣息，沒有任何話語伴隨著，只有看著彼此赤裸裸的反應。他疲憊的眼睛活躍在她身上。

在往內華達旅館路上，二十分鐘後。「我要帶你去見我朋友。」她說。「我希望拜託你做一件事……」她在途中開始告訴他，那個五金行老闆的事，說他在賈克餐廳見到庫柏的第一天晚上就已經認出他。他叫吉爾。她欠他錢，所以幫他做事。「他是妳的愛人？」她認識他很久了，她說。他打牌。有兩個朋友跟他在一起，他們全都是玩家。他們知道關於庫柏的一切。在他還沒去賈克餐廳吃過任何一頓飯前，他們就聽說過他的一切。庫柏沉默，對自己喃喃自語，想用自己的手掌敲碎擋風玻璃，彷彿那玻璃是他的愚蠢。她是要把他引來太浩的陷阱。

他們停下車，他跟著她走進一間短租期的公寓。三個男人坐在一間幾乎毫無家具的寬大公寓裡。她介紹了庫柏，那幾個男人便開始講起他跟「教友」的那場賭局，甚至講到他對著天眼做出的惡名昭彰的動作，而天眼中根本找不出任何他作弊的證據。他們很佩服他這麼厲害。他望向布麗姬，她盯著自己的手，彷彿她跟這一切毫無關係。然後吉爾說明他們的計畫。計畫很聰明、精細，而庫柏立刻拒絕。他站起來。一陣疲憊向他襲來。那些男人繼續告訴他更多細節，讓他覺得像被喋喋不休的惡魔圍繞。他走開，遠離大窗戶照進來的陽光。庫柏腦海裡不斷重播布麗姬在車裡如此輕鬆承認她與這些男人的關係的那一刻。他完全不曉得這些人是誰。他們是新來的。他們年紀比他大，但他從沒聽說過他們。當他們不肯接受他的拒絕時，他揮手叫他們別再說下去。他人生中犯過一次這樣的錯，他不會再犯第二次。他打算走出房間。其中一個男人碰他的手臂，他一回身，差點打中他。他們也察覺了。庫柏走到門邊時，布麗姬走到他身邊，把手放在他身上，就在剛剛那個男人碰他的同一個地方，彷彿他應該知道其中的差別。他轉身，看到她身後，那三個男人站在這寬闊房間的另一頭，看著他們。

庫柏，你可以幫我嗎？這件事一定要成功。我想要回我的生活。

這樣的生活？

我得還他錢……，很大一筆錢。只是一場牌局而已。

他對她冷笑。

可以嗎？她伸出手，他往後退，不想被碰觸。他記起她跟她的朋友在賈克餐廳裡多麼自在。總是在說話，總是對彼此充滿興趣。

妳可以離開，他說。

你不懂，庫柏。你一定要幫我這一次。

妳說。

我常做一個夢。我不知道。我從以前就一直做同樣這個夢。你走進一個房間，一列列白粉已經排列好，或結晶正在形成，你心想，走出去就好，不要吸，如果你吸了，之後一定會覺得很難過。但是一個毒蟲絕對不會就這樣走出去。你一定會吸。你會覺得亢奮，甚至在夢裡也會，而你同時也知道這會傷害你。你眞希望你走出去了。

妳爲什麼壓低聲音說話？

你認為是爲什麼？這是關於我的眞相。

我懂了。他的眼神轉回到那些男人身上。

我已經認識他很久了。但是現在我有危險。你一定要幫我。你需要多一點時間嗎？他跟他的朋友……，他們可以再給你一天時間決定。我確定可以。考慮一下，不要現在就拒絕。

他開車沿著南邊的湖岸找到一間出租的小木屋。當他抵達太浩時，憤怒或疲憊都無法讓他遠離布麗姬。然而庫柏即使對她滿懷激情，還是拒絕了吉爾的提議。他可以完全照著那三個男人的要求去做，但是他就會永遠被囚禁在他們的世界裡。當他做牌對付奧崔跟教友時，他知道他們本來就熟悉竊盜的伎倆。但是這些人是要去騙一個無辜的人。而且他們對他已經知道太多。他們早就選定了他，遠在他知道他們的存在之前——遠在他第一次在賈克餐廳注意到布麗姬之前。他從來不曾隱形。布麗姬出現在那裡，只是爲了勾勾手指，將海綠色的裙子一轉，把他引來太浩。他看到他們這段戀情的另外一個版本，其中唯一得到滿足與安慰的人是他，不是她。他看到自己在這場詭計中，被欺騙圍繞。

小木屋裡的電話響起，打來的是吉爾。所有聯絡都由他負責。庫柏有一天時間可以決定。然後電話就斷了。所以他們知道他在哪裡。他們跟蹤了他。庫柏在佛麥卡合成樹脂桌子旁坐下，將一把菜刀對著邊緣來回劃著，彷彿那把刀的重量和平衡感可能包含了他應該如何回應這一切的重要線索。在對的賭局贏，在對的賭局輸。所有人每天都在生活中這麼做，在他們的事業、友誼，和愛情中。這是妥協的中庸之道。他站起來，讓刀子平衡在原來的地方。

布麗姬在湖對面那一列列的燈光當中。他知道，如果她這時出現在他門前，並容許他走進她白皙的雙臂裡，像是對他獻出完全真心的自己，儘管有這些新生的憎恨，他也會走向她，即使其中的輸贏機率如此明顯而愚蠢。他無法忍受她消失不見。她的笑聲離他太遠，他無法再與她一起身在熱氣蒸騰的浴室，看著她站在那裡吹乾她的頭髮，扭轉吹風機送風的圓錐，讓風吹到她的身體。他需要聽到那熟悉的，冷靜、低沉而沙啞的聲音，詳細地描述著事情；他需要她的眼睛從電梯裡，形成斜角的鏡子中反射出的九個或十個目光；還有他沿著海岸開車時，她在他身邊的能量，她的雙腿像個十二歲的女孩子，高高抬起架在儀表板上。他想要這一切。他會接受這一切，不論勝算如何。

然後一件奇怪的事發生了。他第二天開車到太浩去吃飯。他幻想或許會在那裡某處看到布麗姬，結果卻在一間餐館裡，看到可蕾。在這麼多年後。她纖瘦黝黑、瑪都那樹般暗褐色的肩膀，她如一朵褐色花朵的黝黑的美麗，她追根究柢的表情，彷彿她在一瞬間創造出了成人的神情與舉止。她投進他的懷裡，而在那一秒間，他越過了這多年時光，認出了原來的那個可蕾。她做出一個熟悉的姿勢，而他四下環顧，彷彿安娜應該也在這裡。但是旁邊沒有其他人。可蕾顯得很累，於是他陪她回飯店，說他晚點會連絡她。他回到小木屋，上床睡覺，但他睡不著。

他記憶中的可蕾大多是騎在馬背上。他習慣看到她拿著馬毛梳子，一條韁繩掛在她的一邊肩膀上，或者她屈膝跪在草地上，盯著頸部有一圈紅色細圈的蛇的紅頸圈。是她發現他幾乎凍僵在車子裡。他可以聽得到她喊叫的聲音。但是他冷到動不了。他的頭稍微轉動了一下，用一隻半開的眼睛瞥見那個女孩，瞥見那個身軀用盡所有力氣要拉開車門。然後她消失不見。她放棄了。他反應太慢，又絲毫幫不上忙。他正要再度陷入昏迷，卻聽到一把斧頭劈開副手座的車窗，而猛然醒來。玻璃碎裂到黑暗中，彈到他的頭髮裡，狂風怒吼的聲音突然鑽進車裡包圍住他。一隻手伸進來，拉著門框，讓它脫離凍住的一層冰，然後可蕾進來，想把他從副手座的車門拖出去。他無法伸直雙腿，於是她爬進覆滿玻璃的副手座，兩隻腿越過他上方，踢開了駕駛座的車門。這樣比較容易。然後她把他從駕駛座抱出來，拖著他穿過黑暗的院子。

他半睡半醒地被從床上拉起來。那些男人把他架起來到客廳裡，強迫他在一張藤椅上坐下，然後用膠帶將他的手寬鬆地綁在椅子上。他們站在他周圍，沉默了一下子。他覺得他好像還在夢裡。然後布麗姬走了進來。一件裙子，還有爲了太浩寒冷的夜晚而穿的，她的灰色毛衣。她走進來，在他旁邊一張矮凳上坐下來，然後身體前傾，她的臉靠近他。他可以感覺到她口中呼出的氣息。她後面的一個男人說：「這樁交易，庫柏，你的選擇——說你願意跟我們一夥，否則我們會讓你嚐嚐求死不得的滋味。」「我嚐過了。」庫柏靜靜地說。

吉爾走上前，一隻手放在布麗姬的肩膀上，彷彿那是他擁有的一樣東西。「是這樣——你不能幹了她兩個月，然後不幫我們工作，這是原則問題。你是個做牌技師，庫柏。你知道用了就得付錢。我們會打到你有原則爲止。」他抓了布麗姬的黃色頭髮一下，然後往後退，留下他們單獨兩個人。

「看下面。」她說。一句耳語。「我可以給你這個，讓你不會感覺到他們對你做什麼。」一支針筒躺在她的掌心。她讓針筒稍微傾斜一下，那液體便來回流動。它就像一支裡頭灌了油可放入漂浮物的透明筆，像是一件女人的黑色禮服在裡面滑落，或一列火車消失在隧道裡。她一邊看著他，一邊把針頭鎖在針筒上。「這是幫你……，或者你可以說你願意跟他們一夥。」她遲疑，然後話語停止。他意識到所有人都在看他。他說：「妳只有在吸毒神智不清時，才跟他幹嗎？」有人打中他的臉，讓他連著椅子往後倒，他的頭撞到地板。

他們把椅子跟他一起拉回來，讓椅子站穩。吉爾現在坐在剛剛布麗姬坐的地方，跟她剛才靠得一樣近。他用手肘猛力一撞庫柏的嘴。「你不能拍拍屁股走人，還不行。我們就承認大家都是出來賣的吧。」他深吸一口氣——庫柏感覺到動作，但是不敢將眼神從那男人的嘴唇上移開——這時布麗姬撲到庫柏身上，並在她身體的遮擋下，將針筒刺進他脖子，把活塞壓到底，然後讓它落到地上。三個男人都用力要把她拉離開他。庫柏側倒在壁爐旁，藥灌進他的腦袋，裡頭天翻地覆。她在聖塔瑪麗亞，說著：「這是爲你好。有五面旗子。黃色代表土，綠色是水，紅色是火——是我們要避免的。」

之後他就什麼都不記得了。

過去叫安娜的人

我來到法國，在我人生的第三十四年，來研究路辛・賽古拉的人生與作品。我飛到巴黎的奧利機場，我朋友布蘭卡來接機，然後我們開車穿過正逐漸昏暗的城市外圍，在我們往南的路上，許多較小的邊緣城鎮如一閃而過的光點。我們已經一年多沒有見面，趁著此時敘舊，一路暢談。布蘭卡裝了一籃子的水果、麵包，跟乳酪，我們吃了大半，並共用一個酒杯喝酒，杯裡的紅酒不斷加滿。

我們在午夜左右來到土魯斯。沒有任何店開著，而我們還要開一小時，才會抵達德慕。布蘭卡建議繞路去一個叫貝倫的村子，因爲她的建築事務所正在那裡參與一座古老教堂鐘樓的修復，而四十分鐘後，我們已經驅車勉強穿過這小鎮狹窄的街道。我們把車停在教堂墓地旁。

她的後車廂裡當然有一支強力手電筒，而她拿起手電筒，將光束照向那在黑暗中如矛一般，或如巨大豆莖般拔地而起的怪異尖塔，雖然我覺得它最容易讓我想到我們小時候經常爬上去的那座搖搖欲墜的水塔。不過這座塔更怪異。建於十三世紀的這座鐘樓的結構有如盤成一團的線圈，或是一個螺絲釘。它呈現出讓人意想不到的螺旋狀，表面像一層層的漩渦。因此它一邊盤旋而上，便一邊映照出這片土地的所有方位點。我們在黑暗中繞著教堂走了一圈。是誰構思並建造了這棟建築？布蘭卡說，早期的歷史學家稱建造者是從蝸牛殼獲得靈感。有些人則認爲是木匠用了太新鮮的木材，以至於木頭後來彎曲，或者是有非常強的風導致這樣的扭曲。但我朋友對這些木材太新鮮或風太強烈的理論不以爲然。她認爲，這座鐘樓是有見地的工匠的經典傑作，那五十公尺的高聳形狀就像「空中的一把火」。她還補充說，最近的修復過程中還發生過一次爭執，一個男人差點被殺死。

我們回到車上，繼續開向德慕。

我從小就熱愛在夜晚旅行，身邊有個人陪伴，兩個人一起討論分享彼此所知所熟悉的別人的行爲。那就像一首不斷反覆的「鄉村歌謠體」長詩，拒絕以線性發展前進，而是不斷回到我們過去人生發生的事件，盤桓在那些熟悉的充滿情緒的片刻。只有重讀才有意義，納布可夫說。所以我很熟悉那鐘樓不斷回到自己核心的怪異形狀。因爲過往童年的片刻，終其一生都會不斷被重新擷取出來，與我們的生活接合迴響，就像萬花筒裡破碎的玻璃片不斷以新的形式重新出現，如一首歌以重複的副歌和韻律，構成單一的獨白。我們永遠活在自己的故事的重複中，不論我們說的是什麼故事。

現在我們經過的村莊裡，已經沒有任何亮著的路燈，只有我們的車頭燈迴轉掃射著兩線道的馬路。我們單獨在這個世界上，在沒有名字、不被看見的地域。我很愛這樣的夜晚旅行。你隨身帶著自己大半的人生。收音機傳出的音樂微弱而斷續。你最後終於無語。你朋友的手放在你的膝上，讓你確定你不會就這樣漂流消失。兩旁黑色的圍籬勸誘你繼續前進。

☆

每次一有雷聲，我就會想到可蕾。我想像她自在地單獨生活著，雖然她也很可能已經幸福地結婚了。亨利．佛漢寫過一首詩，描述「關心在偽裝下進行」。我不知道我是不是就是如此，想像著我姊姊的生活，也想像庫柏的未來。我是在歷史與藝術的文獻中尋找潛藏文本的人，尋找一小群人之間的糾纏漩渦如何糾結成一個故事。而在我的故事裡，我總是從可蕾開始。

可蕾的跛腳總是讓不認識她的人以為她很嚴肅。那是她小時候得過小兒痲痹的後遺症，而我記得那時候我父親總是抱著她從一個房間走到另一個房間。跛腳經常讓別人對她表現出熱切好意的舉止。電車上或洛克斯柏渡輪上的男人總會站起來，讓座給她。但是可蕾從來不曾像別人以為的那麼嚴肅。事實上，我，安娜，才應該被認定是兩姊妹裡比較嚴肅的那個，因為我總是堅持要走決定好的路。可蕾在很多方面都是比較有冒險精神的那個，有種天生的野性。她關於旅行——當然是騎馬旅行——的日記，包含了許多我們其他人都不認識的朋友……

一月七日。我們騎馬到懸崖上去找肯尼的狗。肯尼總是一天到晚對牠吼，該死、要命等等的，但是我們知道他很愛牠。我們分開來，沿著幾條溪谷，找尋我們也不知道是死了還是活著的東西。我們以前都做過這種事，到處去找某些牲畜，然後發現牠們死了，彷彿雪地裡發生過一場小型屠殺。快到傍晚時，我們找到了那隻狗，在里察森河彎的溪旁發抖。牠向來不是隻友善的動物，除了對牠的主人以外，而此刻陪在牠旁邊的人似乎太多了一點。我們蹲下來，「討好牠」，安娜一定會這麼形容。肯尼用一條毯子把喬治包起來，我們其他人則帶馬走進水裡。我聽著牠們喝水的聲響，窸窣、窸窣，小嬰兒吸奶的聲音。一隻公鹿出現，叉角有十二個分叉點——如神一般。牠從樹林中出現，四處張望。我們以為喬治先前都單獨待在這裡，但牠的周圍必定都是如此。肯尼如釋重負，懷裡抱著喬治，回家路上一直講話講個不停。

十月三日。古老白樹林。我們一隻手拿著火把，在夜晚騎馬進入白楊樹林。裡面有馬，如一片內陸海般半夢半醒地走著。我在裡面待了兩小時，聞牠們的頸子。我想找到一隻，睡在牠背上。

十二月五日。巴比有個女朋友，她瘦到喝一杯啤酒就會醉得不省人事。巴比的父親過世時，她鑽進巴比的床上，靜靜地擁抱他。梅爾維爾的《白夾克》是巴比最喜歡的書。像他這樣的男人，彷彿想躲在深度的後面。

我在工作上有時候會借用可蕾的天性，以及她對世界的仔細專注。雖然沒有任何一般的讀者會認出我姊姊，我懷疑甚至連她自己也認不出來，即使她剛好拿起一本我的書來翻閱。因爲我改了名字。或許，如果她讀了我的書，她可能會對我如此詳細描寫中世紀某件事件中的轡繩扣環或馬腹束帶，或如此眞實地描寫童年時小兒痲痹導致的扭轉般的步伐感到印象深刻。那腳步其實是一扭一扭，而不是一跛一跛的，而且我曾經仔細觀察她的步伐——在山丘上、在草地上，跟在路面上，有什麼不同，以及她如何在一屋子陌生人面前加以掩飾。

而且我跟可蕾一樣，也開始謹愼地選擇吸收什麼和滋養什麼——小心選擇一部分的經驗。我有一次讀到一篇文章，作者說有人請他想像他覺得最理想的職業，而他回答說他想要負責掌管一條河的一小段，或許大約兩百碼左右。我想這一定會使可蕾徹底著迷，她會安心地將她的人生交到這個作者手上。或許是因爲在農場上，不斷重複的小事情都有其重要性，因此難以從我們的記憶中抹去。她會記得庫柏在她參加完生日派對後去接她，以及他們沿著海岸公路開車回家，天空是黃色的，而山丘是紫黑色。還有那次他站在水塔頂上，而我們兩個看著他。還有叫阿圖拉斯的那隻貓。或許還有跟那隻狐狸有關的那件怪事。我很確定可蕾能畫出清楚的圖解，描繪我們小時候，在清晨五點鐘、黑暗的廚房裡，在開始擠牛奶前，餐桌上的那杯酒、麵包邊，跟深金黃色的乳酪，並回憶起即使在那個時間，光是起火的聲響就讓人覺得喧囂吵雜。但是話說回來，我也記得這些。

我覺得我可以精確地想像出關於可蕾的一切。我認識她。但是庫柏，我只認識他的某一面——那個超越他被允許的親近程度、向前跨了一步的、我愛上的二十歲男人。那幾乎是自然而然的，不是嗎？他生來是孤兒，在我們這充滿渴望的小農場裡，跟這兩姊妹朝夕相處地長大。他教我跟可蕾怎麼建造柵欄，怎麼磨碎牛眼樹的堅果、撒在水面上來引誘魚。這些規則和習慣在我們之間建立了一種情感的聯繫。但是當我重建庫柏人生的弧線時，我最遠也只能來到那內向陌生的男孩子成爲我的祕密情人的那一刻。諷刺的是，他也正是在這一刻，開始經由分享而暴露出自己。

在那綠色的天空下，我們被人發現躺在彼此的懷中，使一個父親試圖謀殺一個男孩，一個女兒試圖攻擊一個父親，這一切在回憶中都顯得很渺小，小到只可能在布勒哲爾的畫中占據一平方或兩平方吋。但它燒毀了我其餘的人生。我目睹了瘋狂——我自己就徹底發瘋——企圖用一片玻璃去劃他的身體跟臉，只求掙脫他的掌握，而他緊緊勒住我的脖子。我後來相信沒有任何女孩子會跟父親有過這樣親近的時刻，當時他或許是想把魔鬼逼出來。不論他如何憤怒，當中必定存在些許恐懼的、對我的愛。但是我那時並不相信這些。當我父親把我的身體一把抱出那間小屋，抓住我的手、把我拖下山丘時，我能想到的只是我還擁有庫柏的心。我們走進農場主屋時，我在尖叫。他沒有對可蕾說任何話。幾分鐘後，他逼我坐上卡車，把我載走，往海岸去，彷彿距離可以稀釋我跟庫柏之間存在的一切。我只有片刻時間可以拿走我要的東西。我從一本相簿撕下我跟可蕾的一張照片，拿走了一本她的日記。我那時就知道我不會回來了。

我再也看不到庫柏了。

之後，在聖荷西以南的某個地方，在一〇一號公路的某個卡車休息站，我溜走了。我從一邊的門進去，立刻從另一頭的門出來，搭上了便車。我消失了。他必定等到我至少走了十分鐘後才察覺到發生了什麼事。他肯定在公路上飛馳，搜尋從海岸公路上經過的每一輛車的車窗內，報警說他女兒失蹤，並在吉洛伊，或聖塔克拉拉，或聖胡安波帝斯塔這類城鎮尋找我的下落。他一定過了好幾天才回到農場。而到這時，侵襲這個地區的異常暴風雪已經離開了沛塔魯瑪山丘。我已經成了逃家的女兒。而庫柏肯定也不見了。

誰會從這樣的事件中復原過來？你甚至會遇到有些中年人在他們人生纖細脆弱的道路上，在某個點上，被轉變成高人一等的紅心傑克，或被人嫌棄的梅花五。我猜這就是發生在我跟庫柏身上的事。我們已經因爲自己的祕密而變得無法被理解、被過去的自己宰制。就像可蕾在某方面也永遠會與我們的戀情相連。她因爲我們的戀情，而失去了她的家庭。

「雙胞胎中的一個胎兒可能會非惡意地吸收掉另一個胎兒，並在體內保留被吸收的胎兒的骨頭的一點遺跡（活下來的雙胞胎之一會長大成人，而那塊骨頭則一直停留在胎兒狀態）。」安妮・狄勒寫過這件令人驚異的事。或許這就是雙胞胎的故事。我把自己偷渡出來，脫離過去的我的身分、我的一切。但是我是我們家庭故事中活下來的那個雙胞胎嗎？或者可蕾才是？

誰是被迫靜默的那個？

☆

任何人如果對歷史的感覺，就像孤兒對自己人生一樣，必定都會熱愛歷史。而我的聲音已經變成孤兒的聲音。或許是因爲我所不知道的母親的人生，以及她模糊的形象，讓我成爲一個檔案學者、歷史學家。因爲如果你不掠奪過去，那空缺就會將你慢慢吞噬。我在工作中挖掘的大多是歐洲文化不爲人知的角落。我最知名的研究對象是與大仲馬合作並協助做情節研究的其中一人，奧古斯特．馬克。另一項研究則是對專業默劇演員喬治．魏格的描繪。他在一九〇六年時對柯蕾特的教導，讓她後來得以寫出那些通俗音樂劇。我研究藝術與生活祕密相遇的地方。有位詩人說過，文獻檔案就是我的烏托邦，而我認識的人無疑地都覺得當代的生活想必在我眼中是單薄而比較無趣的草場。或許沒錯。例如，當拉斐爾問我，最希望生在歷史上哪個時刻時，我毫不猶豫地說，巴黎，柯蕾特死的那個星期，當喬治．魏格要求「音樂廳與馬戲團協會」送一千朵百合花到她的國葬喪禮上……。我告訴他，我想在那裡，穿著我的「駁聖柏夫」T恤，抬頭仰望她在巴黎皇宮公園的二樓公寓，在那裡，「再沒有滿懷愛意選擇的文字能在那藍色檯燈燈光下，排列在那淡藍色的紙張上。」

教導柯蕾特默劇的喬治．魏格教了她兩件重要的事。他發現了她隱藏的藝術天賦，發現她不只能用文字表達自己。他看得出來，這個女人包含了其他特質。她無語的時候也同樣有力。他牽起她的手，在娜塔麗・巴尼的花園裡，遠離其他人。當她要開口說話時，他舉起一隻手指抵住她的唇，而她的眼睛著了火，充滿火焰。它們看著他的臉，尋找訊息。他放下他的手，表示屈服，於是她知道他不是想要操縱她，他們便繼續往前走。這時他告訴她，默劇的生命很長久。他告訴她的第二件事，她已經知道。那就是沒有任何東西比面具更讓人安心。在面具下，她可以以任何形式重寫自己，寫進任何地方。

我就在這裡學到，有時候我們進入藝術是爲了躲在裡面。我們可以進入這裡，以拯救自己，讓第三者的聲音保護我們。就像在《悲慘世界》的眞實巴黎地域裡，還是有一條維克多・雨果虛構的小街道，讓尙・華生可以溜進去，躲開追他的人。那條虛構的街道叫什麼名字？我已經不記得了。我來自分隔街（Divisadero Street）。迪維薩德洛（Divisadero），源自西班牙文中的「分隔」。這條街曾經是舊金山與流放地的分隔線。又或者這條街的名字來自西班牙的「迪維薩」（divisar），意思是「從遠處眺望某物」（附近有一處「高地」就叫「迪維薩德洛」）。所以這個字指的是你可以眺望遠處的一個地方。

我想，這就是我的工作。我眺望遠處，尋找那些我失去的人，因此我在哪裡都看得到他們。即使在這裡，在德慕，路辛・賽古拉曾經存在的地方，我「謄寫了一份替代品／如一條圍巾意外的重疊。」

我到現在都無法確定，是什麼讓我降臨到路辛．賽古拉的人生上，並且想寫關於他的研究。或究竟是什麼讓我在柏克萊的檔案中搜尋他在熱爾省幾乎已經被翻遍的人生路徑？我在藍道夫—麥坎女子學院唸書時，就已經讀過這個法國作家的作品。但是之後，更重要的是，在柏克萊大學的班克勞馥圖書館裡，我第一次聽到他的聲音。他對著一個噴膠的錫漏斗朗誦他的詩，彷彿對著一隻陌生人的巨大耳朵。這份由法蘭西學會在二十世紀早期所做的錄音紀錄，把他擺在太後面的背景中，以至於他的聲音在近處聽起來像是在海岸邊，或是旁邊有一堆燒得劈啪作響的火。然而我覺得那咬字清晰的聲音裡暗示著一個傷口，就像你可以在新聞影片中，從一個國王的緩慢動作裡辨識出他隱藏的疾病。而且我記得，路辛．賽古拉唸了他的詩之後，還對著那個圓筒裡講了一些關於他父親——事實上是他的繼父——的事。他是個鐘錶匠，於是我去察看了我在上韋柏博士的課的那個學期所做的、關於鄉下居民生活的筆記，然後更仔細地聽。賽古拉的聲音裡有個甜蜜的陰影，和一種遲疑。像是一段毀掉的愛情，而那是我很熟悉的。到那時爲止，我對他的生平唯一所知就是他離開家人的怪異行徑。他在年邁衰老、生活無虞，而事業成功時，爬上了一輛馬車，然後失蹤。他帶著傷口的聲音一直縈繞在我心底。我來到法國，來到他在人生的最後一個階段，生前最後住的一間房子裡。我拼湊起他書寫的環境。我花很多時間散步。我在附近那條溪裡游泳，我走過通往他住所的林蔭道。我遇見拉斐爾。

我在聖荷西附近的卡車休息站逃離我父親之後，七分鐘內，這個過去叫安娜的人爬進了一輛往南的車輛的副手座。我們整夜開車，一個內向的黑人開著他的低溫貨運卡車，讓一個他以為是法國人的女孩搭便車（我不想說話，或解釋任何事）。我們偶爾會停下來吃東西，雖然我幾乎沒吃什麼，我害怕得胃痛。我們坐在路邊的小餐館，我看著他吃酪梨沙拉醬跟青椒包肉，而每個卡車休息站的電視螢幕上，都是氣象電台在播報那個怪異的暴風雪正在侵襲北加州。在庫柏的露台上時，在那風突然靜止，和那雷電交加的時刻前，是陽光普照的下午，而此刻我在這裡，一天之後，隔桌面對著一個禮貌而慷慨的陌生人。我沒有講話。我嘴裡始終沒有吐出一個英文字，而我們開往中央大平原的途中，我們之間存在的唯一話語來自卡車的收音機。

我們穿過的加州中央谷地，在較早的年代曾是一片花海。約翰．繆爾描述這裡曾經是「接連不斷的蜂蜜花床，驚人地濃郁芬芳……。你每踩一步，都會壓扁大約一百朵花。」有些時候，這個地區則像一片海洋。「整個谷地變成一片海洋。它大多數的人民都被淹沒。有些試著游走，但青蛙跟鮭魚將他們抓住吞食。只有兩個人逃走，被掃進山脈裡。」印第安麥都族的一個神話這樣描述中央大平原的誕生。探險者來到，賦與沙加緬度跟麥西迪河名字。沙加緬度。慈悲鎮。捕獸人基特．卡森沿著「雜草叢生的河岸」打獵。這裡在當時是個原始而不穩定的國度，到處是槍手和竊賊——華更．穆瑞塔（他宣稱自己吃過鴕鳥）、強尼．松塔格、三指傑克、達頓幫。他們在維沙利亞附近落腳，那裡現在是個昏沉寂靜的城鎮。簡潔明瞭的歷史告訴了我們一件事——任何平靜的東西，都有騷動不安的過去。

現在這片平坦荒涼的土地上蝕刻著鐵路平交道，和驚人對稱的河道，彷彿上帝在土地上印下一套電路，並給了它存在的理由。於是我們有了皮斯里跟波特維爾這些在低矮山丘的文明，以及在波頓維勒跟土拉爾的燈火。庫柏曾經在土拉爾跟一個女孩子睡覺過，他用這個拘謹的字眼回憶那個緊張慌亂的夜晚。他在土拉爾跟那個女孩子「睡覺」過，就像他跟我「睡覺」過。那個降臨在我們身上的詛咒還沒有完全滅絕。過去認識我的人可能還是會這樣說我：「那個女人有一段恐怖的過去。」但是這不太可能發生。每個家庭都會保守自己的祕密。就像中央谷地的過去唯一留下來的，只有一些被壓制沉默的謠言，傳說著那些無法無天的女孩子，還有暴怒的尤金‧凱伊接手當了土拉爾的警長，將三指傑克的左手砍下來，然後用富國銀行的驛馬車寄到維沙利亞，當做某種勝利的證據。

我們的卡車那天穿過了古老的海床。我們經過果園，進入一陣陣的大雨中。我在那之後讀遍了關於中央大平原歷史的書，關於佛勒鎮的牲口，和美麗而令人難忘的艾倫沃斯。我讀過《章魚》，土拉爾在裡面被重新命名為波納維爾，也讀過關於一波波如海浪湧來的移民，帶來他們的語言音樂——塔加拉語、西班牙文、義大利文、中文，跟日文——來這裡切開溝渠以利灌溉，將沼澤變成果園，或在酷熱下開採瀝青，就像我的外祖父一樣，近乎全身赤裸地沿著瀝青鎮的火車支線工作，全身裹著一層用來熔接瀝青的油。瀝青鎮，又是世界地圖上一個以礦產命名的地方。世界上有多少這種地方？我懷疑比用貴族名字命名的地方還多。

我十六歲時，在心裡帶著庫柏的心，逃離我父親身邊，踏上往南的路途。而我似乎一直走在這條路上，在陌生人當中走了十年，從來不與人親近，緩慢地在孤獨中建立起自信。但在那第一段的旅途裡，我坐在那輛冷藏貨車的寬大駕駛室裡，睜大眼睛盯著，吞下我看到的所有東西，希望將存在於我體內的任何東西都沖走。KUZZ調幅電台播放巴克．歐文的〈又在你的魔力下〉，我於是把這也吞下。我在一〇一號公路的休息站跑了出去，跳進這輛貨車的駕駛室裡，而很幸運地，他要先往內陸，去麥西迪、慈悲鎮，然後轉往南走九十九號公路。這是遠離我父親的路徑。我們繼續走到迪努巴，他在那裡吃了墨西哥食物，然後到柯特勒跟維沙利亞。天色開始轉暗，而我神祕的新朋友繼續往南往西前進，說要去一個他知道可以過夜的地方。我們在月光下經過橘色的樹叢跟一座州立監獄，最後終於進入艾倫沃斯這座廢棄的沙漠小鎮。他說這裡已經荒廢超過四十年。我們會是唯一待在這裡的人。

在那時刻，我唯一能看到的只有許多屋子的輪廓。我們開到經過房子之後的露營地，他爬出車外，留我睡在駕駛座裡。我手腳伸展地橫躺在舊皮椅上。這將是我的青春時代的最後一夜。於是我盡可能地睜著眼睛，不願閉上。我聽到夜鳥的聲音。接著整晚火車都震撼著我下面的土地。

第二天早上，我走在廢棄的艾倫沃斯鎮美麗的殖民時期房子當中。我們兩個走上每一家人的階梯，走在他們的陽台上，閱讀著門旁的金屬飾板，上面標示著一九一二年的雜貨店、旅館、一間學校、一間圖書館。我們窺探窗戶裡頭，看到一台老舊的自動鋼琴、一張林肯的照片。他說他上路時總在艾倫沃斯過夜，過去這裡是黑人聚居的中途城鎮。我們回到他停在樹蔭下的貨車，不久就又在公路上了。時間還很早，而我們身在被稱爲地面雲霧的山谷霧氣中。我們可以聽到開著的窗戶傳來鳥鳴聲，看到紅翅黑鸝鳥突然從白霧中衝出，飛過馬路。

他一直跟我說英文，但我大多只沉默以對。如果我開口，也是說我母親的西班牙文，或我生嫩的法文。他知道我剛剛深受創傷，知道我體內留著毒。但他還是跟我說話，告訴我關於艾倫沃斯殖民小鎭的事，說從一九一六年開始，火車就不肯再停在這個由黑人經營的中途站。他必定知道我完全聽得懂，因爲他說得很坦然，還會停下來等我回答。跟他待在一起的最後一個早上，他在某個時候開始講起書籍，說書顯示了我們的人生有許多可能，然後他背誦給我聽，他認爲最美麗的字句：「最後我會不會是我自己人生的英雄，又或者那個位子會被任何人占據，這些書頁必定都會揭示。」我現在知道這些句子出自何處，但那時我並不知道，而當我最後終於遇到它們時，我整個人凝結，而在我成年後第一次號啕大哭起來。

在貝克斯菲德，他把我放下來，塞了一些錢到我的口袋。我將要走過那荒涼的城鎭，走向在我面前的人生。這整段時間裡，他完全沒有碰我。我在卡車休息站給了他一個吻。我最後一個美好的吻。在那之後我很久都沒吻過任何人。我後來相信他是引導我走向南方的艾倫沃斯先生。

這是我希望有一天能告訴庫柏的故事——或許在一封信裡，或許在一通電話裡。但是他，我最初的愛，我已經失去了，那時候我已經走得太遠了，在另一個人生裡了。

被名字絆倒

安道．韋亞花了兩天，才用可蕾唸給他的那個電話號碼找到庫柏的下落。「那是一間度假小屋，在太浩湖南岸。」他說。「他一定是租了那個地方。」

可蕾把車停在山腳下。「度假小屋」可能太言過其實。她在陡峭的走道上走了一半，就大喊他的名字。等她來到門廊，才看到門大開著，和那具軀體，面朝下，手被用膠帶跟一張藤椅綁在一起。庫柏一向都很強壯，但看來他似乎被揍到一半的血都從臉上流了出來。他清醒著，睜大眼睛往上瞪著她。她把他轉過來，看到他脖子上黑色的瘀青。這不是剛發生的事。

當救護人員抵達，問了許多問題時——這是誰做的？哪個地方最痛？他的頭還痛嗎？——他只搖手要他們離開。她告訴救護人員她會陪著他。那算他好運，他們說，因爲他一定需要幫忙。他們離開，而她陪在他身邊，照他們說的，每幾個小時就叫醒他，確認他的狀況。後來他自己醒過來，而她餵他吃蛋黃半熟的蛋。他可以講話，但是他基本上只是笨拙地重複別人的問題。她想起她指責他走路像流氓時，他困窘的微笑。那還只是兩天前的事。

發生了什麼事？這跟你的工作有關嗎？

工作，他聲音平板地說。什麼工作？

打牌。

她看著他搜尋答案，彷彿在搜尋不知道放到哪裡去的東西，一支鉛筆，或一支手電筒。他不知道我在說什麼，她想。

你打撲克牌，庫柏。

他露出一絲愁眉苦臉的笑。

你是個賭徒。你以此爲生。你知道我的名字嗎？

他沒有說話。

你記得我嗎？你記得安娜嗎？

「安娜。」聲音艱難地拖出來，彷彿那是一個他必須重新學會發音的新字。

謝謝妳，安娜，他說，當她端走托盤，跟裝著雞蛋的碗時。

「gotraskhalana」這個詞在梵文詩歌中是指叫錯了愛人的名字，而字面上的意思就是「被名字絆倒」。學者溫蒂．唐尼傑蒐羅了許多類似十七世紀王權復辟時代風格的婚姻與愛情寓言裡常見的情節，而叫錯愛人名字就是其中之一。這些語言上的意外就像拿著一支手電筒對準腦子裡，照亮了儲存了各種事實與慾望的龐大博物館。所以當庫柏相當合理地假定她的名字是「安娜」時，一顆燈泡意外地亮起，照亮了可蕾本來絕對不可能相信能走的一條小徑。只是暫時而已，她心想，只是好玩而已。

庫柏的記憶，她所認識的庫柏，似乎不留下任何痕跡地沉沒了。只有他的肢體技能仍舊熟練。她去買雜貨時，買了一副牌，跟一支簽字筆。發牌，她回到小木屋時說，而他隨即有效率地用手指將五十二張牌洗好切成四疊。但是他不記得關於打牌的任何知識，直到她解釋了基本規則。然後他就如魚得水了。不論可蕾跟他說什麼，他都能很快學起來，但是如果她說出其他可能性，他就會困惑起來。當她隔天試圖糾正庫柏，要他記得她眞正的名字時，卻發現太過困難。我們總是記得最先學會的事。

在失去記憶後，原本將庫柏吞噬的慾望，還剩下什麼？精密設計導致的執迷消失了，取而代之的是這戲劇性的自身歷史的喪失。所以當你看到他雙手雙腳跪在小木屋薄薄的地毯上，你所目睹的可能是他在慌亂地搜尋自己的另一半肉體，那渴望像爪子一樣，牢牢抓住他的另一半身體。但幾小時後，他已經不再意識到有什麼東西離開了他，身體的角色被壓制沉默了，腦袋拒絕給予線索，透露他曾經那麼想要的是什麼。他在單人床上陷入如釋重負的睡眠中，完全不知他這星期經歷的情節、不知這些傷口的原因，也不在乎報復的需要。慾望與執迷都如此輕。一個器官，海馬體，封閉了起來，於是我們就被導向一片空無。

現在臉孔對他而言都沒有了名字，像是草地裡的影子。跟他一起在這裡的這個女人是誰？他記得另一個女人從一張床上起身？那是什麼時候發生的？他看到自己把她拉進淋浴的水花中，她臉龐周圍的黃色頭髮變成褐色，他無法把這個人跟任何東西連結在一起——一間房子或一條街道。他喜歡跟她一起待在那狹小的浴室裡，還有她慵懶的力氣。她渾身水滴地打開一個抽屜，拿出一個吹風機，在手臂上試試，然後讓風吹進她的頭髮，讓頭髮顏色變亮，如撥弄翻攪著麥粒。她這樣做時，她的臉會隨之改變，她的臉被一種紋路圍繞。她把吹出熱風的圓錐轉向身體來回吹著，然後把電線從牆上拉下來，而他聽到它在垂死中發出的下意識的聲納顫動。

☆

她會在夜晚醒過來，來到他床邊跪下，傾聽他的呼吸，盯著他看。她不斷試著認出那些瘀青和鬍渣底下，她曾熟悉的那張年輕的臉。她的前半生都跟庫柏和安娜一起度過，而現在，在這月光照亮的房間裡，只有他昏暗不明的影子。她看著他時，他睜開了眼睛，而她看得出來，他沒有認出任何東西。彷彿她根本不存在於這個房間裡。你要水嗎？要。來。她把杯子送到他乾渴的嘴邊。

他們在小屋上方的小徑慢慢散步。如果他單獨去，可蕾就會用那支簽字筆在他的手臂上寫下她的手機號碼。一天晚上，他已經出去一陣子之後，她從陽台往下望，看到山腳下有車燈，然後三個男人氣喘吁吁地爬上小屋的階梯。他們看到她時顯得很意外。他們問起庫柏時，她假裝不認識。前一個房客溜掉了，她說，留下幾件東西沒帶走。現在是她租了這個地方。她告訴他們韋亞提過的屋主的名字。他們拿了庫柏的東西，並且說萬一他回來的話，他們可能會再來。她於是打電話給韋亞，告訴他發生了什麼事，說她到小屋時發現的狀況，以及她確定就是這三個人差點殺了庫柏。「好，可蕾，你們兩個現在就走。開著車，去哪裡都好，不要讓人有跡可循。」

庫柏一回來，他們就立刻出發，駛進內華達州深處，往沙漠裡去。他們一覺得餓或累就停，有時候在晚上，有時候在熾熱的午後。她買了一台拍立得相機，每停一個地方都拍照。她想這或許能幫助他記得當下。她把相機立在車子的引擎蓋上，設好定時器，然後跑到他旁邊，等待那喀啦一聲把他們從靜止的姿勢中解放出來。那多餘的幾秒感覺很漫長，造成親密的假象，而他們的眼睛因爲周圍明亮的陽光而半閉著。

你記得怎麼開車嗎？

看起來很容易。

是啊，當然。你會發牌，當然會開車。他們爬出車外，交換位子。在駕駛座上，他扭轉後視鏡，以便看到自己瘀青的臉，和碘酒的痕跡，然後把鏡子歸位到可以看到後方，彷彿他現在才能看清楚自己從哪裡來。她靠著副手座的車門，看著他輕鬆自如地操縱離合器跟排檔桿，她又變成了十五歲，而他正在教她開車。

她開始想他們該去哪裡。庫柏顯然有危險，而她不知道對他而言，是否只有太浩不安全。他對他的世界的範圍一無所知。她想起韋亞說不要讓人有跡可循，於是要庫柏直接回頭，然後他們開進加州，北上穿越古老的金礦城鎮。她買了一張地區地圖，發現有個叫漢斯的地方窩在山丘裡。他們在下午抵達那裡，住進一間兩層樓的磚造旅館。只有一間空房，所以他們住在一起。庫柏脫掉襯衫時，她看到他胸口跟手臂的那些瘀青現在變成醜陋的黃色。從他們離開太浩以來，他都沒有喊過痛。她想起她跟安娜以前會互相抹在身上的馬的膏藥——她們稱那是牛仔香水。可蕾把床讓給庫柏，自己睡沙發。他們沉默而分開地待在試圖僞裝黑暗的飯店房間裡，知道外面仍是亮晃晃的日光。

你沒事？

沒事。

開車時的嗡嗡聲還在她體內。

跟我說說妳的事，安娜。我們怎麼認識的？

她沉默。

妳本來就知道我會開車。

什麼？

妳說我以前就會開車。

嗯，是，大部分人都會。

我以前是賭徒。

嗯，你說的，我們遇到的那天。

一陣沉默，然後可蕾試圖將他推回去，回到過去。你記得看到狐狸那天嗎？

狐狸……

接著他們沉默下來。他一定是睡著了。庫柏的「我們怎麼認識的？」在她心底燃燒。安娜跟庫柏跟可蕾。她本來相信，他們三個人組成了一面三片的日本屏風，每一片都可以獨立自足，但是並肩放在其他兩片旁邊時，便顯露出不同的特質或色調。她覺得這種屏風比較有意義，不像西方單一畫框的畫缺乏脈絡地存在。不論他們在任何地方，他們的人生肯定都會始終相連。庫柏被領養進這個家庭，就像她被帶出聖塔羅莎的醫院，跟安娜一起被帶回家一樣。一個孤兒跟一個偷抱來的小孩……，他們就像同胞手足一樣親近，一起從那刻開始演變。她跟庫柏共度了她一段重要的人生，因此她永遠無法將自己拆離他。

她在黑暗中走到他床邊，看著他的臉，在被遮擋住的午後陽光中顯得暗沉。他再度睜開眼睛，看著她，她覺得，就像看著一片空白。他的嘴唇很乾。房間裡沒有水。沒有水龍頭。淋浴間在走廊盡頭。她吐口水在自己的手指上，用手指摩擦他的嘴唇，看到他想吞下去。他抓住她來不及抽回的手腕，握著一會兒。安娜，他說。不，她說，不是安娜。

可蕾走回沙發，在黑暗中坐在他對面，試圖找回他們在餐館遇到的那天，他提過的其他任何細節。他曾提過他有個麻煩。「我現在有點困難。」他當時丟出這樣一句話，幾乎是太漫不經心地。

你一直都在賭博？她當時問他。

現在一個星期一兩次。以前我經常沒日沒夜地賭。

我不了解那樣的世界……，裡面有什麼快樂可言？

那跟其他強迫性的工作沒什麼兩樣。有些人過著很充實的生活。我有一個朋友，一個「蠢蛋」，但他也參與地方政治。他會在草地谷的賭場跟人玩牌當做社交。

他還是你的朋友嗎？

可惜不是了。

聽起來你應該緊跟著他才對。

然後她說，你想過我們的農場嗎？而他不發一語。她讓他的沉默落在他們之間。

妳覺得，妳的使命是什麼？韋亞有一次問她。她不知道。儘管她渴望有個自給自足的世界，但是她卻覺得自己的人生零落四散，充滿許多微小的時刻，卻沒有偉大的目標。這是她當時的想法，雖然關於人類的天性與自尊中，最不可靠的一點就是我們眞正的現實經常與別人眼中的我們，有天壤之別。舉例來說，對於在太浩那天跟庫柏一起走回飯店的路途，可蕾後來最記得的是她多高興他在身邊，以及她相信自己在他們短暫相處的一兩個小時裡，是多麼不被看見。她只是很高興能走在他身邊，試圖從疲憊中恢復，聽他談論他生活的世界。他這樣不尋常地重新出現在她的生命裡，還有那些偉大的城鎮名字——拉斯維加斯、草地谷、內華達市、太浩——都像是某種記號，是在成年人的地圖上才找得到的。如果有人告訴她，庫柏當時曾細細打量她褐色的肩膀，曾想起她如何在暴風雪中救了他的命，想著她或許才是他們這場相遇的主角，她也不會相信這是事實。我們重新經歷故事，認爲自己只是旁觀者或傾聽者，而背景裡的鼓者決定了韻律和節奏。

可蕾醒來時，房間裡有陽光。庫柏已經穿好衣服在等她。「我們必須去草地谷，去找一個人。」她說。「我們要循原路回去。」於是他們往內華達市和相鄰的草地谷開去，庫柏的朋友，那個「蠢蛋」，以前玩牌的賭場或許還在那裡。她完全不知道那個人是否還住在那裡，甚至不知道他叫什麼名字。

他們來到內華達市，吃了頓飯，之後庫柏坐在「國家飯店」的大廳的一張椅子，而可蕾則出去買了些海報紙。那天晚上，她站在草地谷的淘金熱賭場外面，拿著一張標語，寫著：你是庫柏的朋友嗎?大約十點時，一個脖子上戴著貝殼項鍊的男人走向她，問她是誰。

唐恩坐進車裡，看著庫柏。他張開手掌放到他瘀青的臉上。那是個招呼，而不是撫摸。他建議她把車留在草地谷。唐恩幫庫柏爬上他的旅行車。一隻獵犬警戒地坐在前面的副手座，完全沒有移到後面去的意思。

唐恩的家是在市中心一兩英里以外的一間簡單的小屋。他開始煮他稱爲「花椰菜大驚奇」的菜，而不一會兒，露絲就帶著他們六歲大的女兒回來，發現屋裡來了陌生人而忙碌起來。露絲走向庫柏，擁抱了他。唐恩跟她解釋了情況，他們便把女兒房間裡的一些東西移出來，讓庫柏跟可蕾可以睡在裡面。

吃完裡面找不到花椰菜的「花椰菜大驚奇」後，露絲開始檢查庫柏的傷口。她轉向可蕾。我已經很久沒看到他了，她說。

你們跟他很熟嗎？

是，我們那時有一群男生。庫柏是當中「百毒不侵」的。

可蕾很高興能看到庫柏身處在他的老朋友當中，即使那情感和關切只單向地流向無知無覺的庫柏。唐恩點了一根大麻，遞給可蕾，然後談起跟教友的那件事，還有幾件趣聞佚事，衣著光鮮的皇太子不時出現其中。然後可蕾告訴唐恩跟露絲他們在沛塔魯瑪的童年。他們三個緩緩拼湊起庫柏的人生，他卻不感興趣地坐在一旁，觀察著房間裡任何一點微小的移動、窗簾的翻滾、可蕾咖啡色鞋子的皮底，並且只要有音樂，腳就跟著打拍子。「如果能打擾你們幾個晚上，就太好了，」她說：「之後我們就會離開。」「沒問題，你們想住久一點也可以。」唐恩回答。那隻狗坐在沙發上的唐恩身邊，帶著關切又盡責的神情聽他說話。他主人的聲音。可蕾終於開始覺得安全，在唐恩、這個顧家男人身邊。他必定曾是個纖瘦的嬉皮，她想，也是庫柏親愛的大哥。

那天晚上，可蕾平躺著，聽到有人在黑暗中，在她床邊移動的聲響。她可以聽到靠得很近的呼吸聲。她害怕可能是之前打了他的那些男人剛進屋裡來。然後她感覺到縱身一躍，是唐恩的狗，牠之前一直在決定該從哪邊上床。牠鑽進被子底下，她的身邊，腳爪向著她。牠安靜了一下，然後想要更多空間，一開始溫和地，然後較堅定地，把爪子像音叉一般壓向她的背。

第二天早上八點，露絲已經出門去工作。唐恩將一塊絨布攤在沙發上，並在可蕾的幫忙下，開始縫製他要在當地一年一度的中世紀宴會中穿的服裝。宴會將在當天晚上，在現在作為社區中心的、歷史悠久的金礦翻砂廠中舉行，所有人都會穿著貴族、農民，或吟遊詩人的服裝出席。唐恩中間一度停下他粗暴的縫製工作，將一塊抹過洋蔥跟香草的巨大側腹肉丟到烤肉架上。他堅持要可蕾跟庫柏也參加這項典禮。參加的人只有當地的民眾。整個下午，他們在忙著做披風跟斗篷時，他一直引吭高歌著他最喜歡的歌。「在達拉威，當我年輕的時候……」他一句又一句地唱那首歌的歌詞，也自己編了幾句。「哇，這才是眞正的好歌。好歌！」露絲跟他們的女兒在五點時回來，很快就都化身成十四世紀的歐洲農民，只有跟唐恩不可分離的珠子跟貝殼顯露出現代的暗示。庫柏跟唐恩抬著那巨大的裝肉的盤子，露絲則帶了一碗豆子。但是在曼陀林和長笛的音樂聲中，內華達市的狹窄街道擠滿了抗議戰爭的人。美國在一九九一年轟炸波斯灣的十二年後，又準備要攻擊伊拉克，而聽眾資助的和平電台，和美國國家公共電視台整天都在不斷更新消息。所以可蕾發現自己的身邊走著許多中世紀的僧侶，扛著反戰標語前去參加宴會。

唐恩把他扭捏不安的女兒拉出來跳了當晚的第一支舞，十五分鐘後又把可蕾也拉出來，一把貼近他的中世紀緊身上衣。她貼著這個出生於達拉威（就跟那首歌一樣）的無政府主義嬉皮兼陰謀論者，一個賭博成功而生活優渥，如今像個農夫紳士住在山腳小鎮的賭徒。

在這個夜晚結束時，唐恩說服了高中樂隊演奏「死之華」的歌〈山頂之火〉，打破了中世紀的時間膠囊。但是在這之前已經發生了很多事。吃晚飯時，庫柏坐在裝飾過的簡便支架桌旁，一個五歲的小男孩坐在他旁邊。他們之間幾乎都沒說話，因爲小男孩專注地聽著一台電晶體收音機。最後他終於關掉收音機，轉向庫柏，跟他說美軍正在轟炸巴格達。庫柏很震驚。這孩子說得很不經意的樣子，而且堅持告訴他細節，直到庫柏說：「你去跟那邊那個人說。」並指向唐恩。他正跟一個指壓師在一起，一隻手臂被用複雜的方式抓著。於是那個小男孩走過去，等到唐恩被放開，才拉拉他的手臂。兩個大人彎下腰來，小男孩說了什麼，但他們因爲周圍太吵而聽不到。唐恩把小男孩抱到腿上。「怎麼啦，費尼岡？」庫柏聽到他說。於是男孩子告訴他。

唐恩把男孩放下，在原地站了一會兒。然後他走到妻子身邊，把手臂伸到她腰後抱住她，聽著她繼續跟一個朋友說話。露絲看著唐恩，於是他把手沿著她的手臂往下，一刻都不放開。他稍微推她一下，於是她跟著他走到一扇側門旁。庫柏看著據說是他朋友的這個男人在門口的側影，紅色藍色黃色白色，五彩繽紛的三角旗幟在微風中浮動。露絲在唐恩說話時緊盯著他，然後轉身看著旗幟後方的黑暗。她正聽到美國轟炸一個平民城市。

庫柏走向他們，腦袋試圖抓住些什麼東西。當他走近時，他聽到露絲說：「看看你朋友，甚至他都不是無辜的。這裡的所有人都不是無辜的。我不是。你不是。連你也不是。我們也是野蠻人。我們一直讓這種事發生。」唐恩沒有回應，直到她的手往他的頸部一扯，於是上百顆小貝殼在他胸前停了一秒，然後散落到地上。孩子們開始爲貝殼大叫著跑過來。庫柏在沉默中覺得好像抓到什麼東西的尾巴，但他說不出來。他站在他們面前，不知該說什麼。他可以看到露絲臉上的淚。音樂突然大聲起來。

他本來要跟他們說什麼？跟她有關的事？他看到的事？她走向他，哭著，然後用雙臂環住他。「庫柏，跟我跳舞好嗎？」他抬起手臂，她輕柔地靠向他，想起他身上還有許多瘀青。他們逐漸融入舞裡。越來越多孩子進入舞池，然後是大人，彷彿他們是在另一個時空配對在一起，在百年戰爭中的一次戰事爆發時。許久之後，已經酩酊大醉的唐恩從一個六呎高的青少年手上抓過曼陀林，加入了樂隊，堅持要無止盡地演奏〈山頂之火〉。

第二天早上，沒有人早起，除了庫柏。他獨自坐在廚房的桌旁。

這是他這次人生之前的人生嗎？眼前這一切看來熟悉，只是因爲他前一天曾在同樣這個地方。在他的記憶中，沒有任何事物的歷史超過幾天。而他現在抓住的，在他心底的某種光滑而沒有門的東西，是他跟那個名叫露絲的女人的舞。他當時立刻就知道，即使他過去曾經跳舞，也不可能跳得很好。他當時想了一下這件事，然後對她說了出來。而她說：「沒錯。」「〈比津舞曲響起〉。」他說。而她沒有反應。

他此刻思索著她的態度，她說：「沒錯。」這句話的樣子。就像「這本來就是我們很清楚的事實。」她對他而言是什麼？一個朋友？什麼都不是？當她說「沒錯」時，她指的只是現在嗎？但是過去他聽到同樣這句話時，並不是這個口氣。露絲是誰？她有個像鑰匙孔一樣小的名字。她曾跟他跳舞。她曾在他懷裡哭泣。

庫柏的腦海裡只有幾件遙遠的東西。一張他站在公路旁的拍立得照片，公路上的一隻貓頭鷹，一個女人彎身在一叢藍色火焰旁、伴著旗幟聲音的一支舞。除此之外，他的腦子就像這張刮痕累累的桌子，完全不記得承載過杯子，或盤子，或麵包片，或一個女孩疲憊的頭。

開往舊金山途中，可蕾伸手握住庫柏的手。

我需要你去見我爸爸。

你爸爸……爲什麼？

是他把你帶大的，庫柏。而且他現在老了。好老了。你離開以後、我妹妹離開以後，他就幾乎不開口講話了。連對我都一樣。他讓自己變得很孤單。我希望你去見他。

我不認識他。

他會希望見到你，庫柏。你也需要道別。或許這對你而言也很重要。

她不想再解釋更多。她知道這項舉動可能很可怕，甚至殘忍。又或者會很寬厚慷慨。又或者可能再度讓她父親心碎。這些都有可能。但是許多的一切都被徒然浪費了。她只有一個疏遠的父親，跟現在這個庫柏，這樣什麼都不記得的一個男孩子。她想把她人生的兩半像地圖一樣疊在一起。她想像父親此刻站在玉米田的邊上，雪白的鬍子上點綴著長長綠葉的影子，一個彆扭而孤獨的男人，渴望著他曾經連結起來、卻又失去的家人——他死於分娩的妻子、鄰居留下的孤兒，跟或許是他最愛的，而他們已經永遠失去的安娜。現在只剩她自己，可蕾，跟他沒有血緣關係的，他從聖塔羅莎的醫院帶回家的額外的女兒。

他們到了舊金山之後，往北穿過金門大橋，然後離開公路，轉進鄉村道路，直到進入尼卡西歐。她說她累了，要庫柏換手開。他們繼續前進，然後看到從水壩旁的巨石長出來的彎曲的樹。車子沿著沛塔魯瑪路蜿蜒進山裡，路的一邊都是巨大的白楊木。她咬著嘴唇，從她那邊的窗戶望出去，顯得不在意的樣子。當車子到達山頂，他一隻手不經意地將方向盤向右一轉，他們便開下了狹窄的農場道路。他將鑰匙一轉，關掉引擎，他們便在圍籬之間，向農場主屋滑行下去。他們越過輪胎皮做的舊減速路脊，然後她看到她的馬走向圍籬邊，也看到庫柏望向方向盤外的舊世界。

拉斐爾跟我循著消失在亂石堆下，在前面幾百碼處的森林裡又竄出來的河流走。我們沉默地走在河邊。最後我們來到一個淺灘，我們的河流在這裡遇到一條路，並把路覆蓋過去。或者從另一個角度來看，是道路在這裡遇到河流，並沉到它的水面下，彷彿從活著的人生沉入到想像的人生。我們一直循著這條河，所以現在我們必定覺得這條路像個陌生人。水的深度大約十二吋，當春天的暴風雨降臨時會更深，那時風雨會低低橫掃過田野，躍進樹林間，於是鳥巢翻覆，然後聽到老舊枝枒裂開的聲響，然後是一陣寂靜，接著所有窩巢急速墜落。森林，拉斐爾說，永遠充滿著重生與道別。

它們融在一起，那條河跟那條路，像兩個生命，一個倒敘的故事，和一個說在前面的故事。

我們看到一望無際的田野，走過淹過碎石路的清澈溪水，一步步遠離背後的森林。

第二部
馬車裡的一家人

屋子

作家路辛．賽古拉穿過叢生蔓延的草地。隨著他前進，雜草裡隱藏的許多昆蟲不斷跳出來。他是沿著一條小徑過來。草有人的胸口高，有些地方更高，因此他以游泳般的姿勢撥開草叢前進。距離上次有人除草或燒草，是多久以前的事了？一個世代前，或更久以前？大約他還是小男孩的時候？

十分鐘後，他在被淹沒的窒息感和熱氣中停下來靜止不動。他不知道他得繼續這樣走多久，才能擺脫這些草。大約三十公尺以外好像有一片空地，因爲有一些迷人的樹動也不動地矗立在那裡。當他注視著樹木時，突然不可置信地看到一隻孔雀飛過這片雜亂草地形成的海面般的表面上。那隻鳥飛到其中一棵樹上，棲息在黑暗的樹梢上。牠藍色的身形現在僞裝成一枝水平的枝幹。

他年輕時寫過一首詩，描述來自山裡的一種奇異的鳥，那曾是他最知名的詩句，在學校裡被背誦、被闡述、被層層剝開，直到什麼都沒有，只剩下梗在喉嚨的一根刺跟一根鉗子。那些詩句變成對他的嘲弄。事實上，他年輕的時候，根本沒有這種罕見的鳥。從來沒有任何這種鳥飛過他繼父的田地上。但是現在，突然間，這種鳥就像是眞實存在著。

他眞希望自己戴了帽子。而他身上穿的襯衫也不適合這樣的勞動。他之前走進來，只是想快速地探查一下他可能會買的這片土地。這間屋子附帶有一條兩旁種了洋梧桐的正式車道，跟好幾公頃荒廢的土地。他再度前進，但因爲看不到腳下的路，絆到一個木頭做的東西。一把長椅或一道減速路脊。他跪下來，清除附近的草，而發現那是一艘木製的船。他周圍昆蟲的叫聲更加響亮，但他覺得更孤單。

三個星期前，他離開了他在馬賽勒的家。他繼父把那棟房子留給他母親，他母親留給他，然後他留給了他妻子跟他的家人。年老的路辛·賽古拉正駕著輕便馬車，橫越熱爾省，尋找他的新家。偶爾他會讓旅人搭便車，以脫離他剛進入的嚴峻孤獨狀態。他們有不同年紀、不同職業，有些是單獨一人，有些則帶著一兩個孩子跟一隻狗，一起上馬車。他無所保留地與他們交談，他對陌生人一向如此，並傾聽他們過去工作的森林、他們在河邊的聚落，和他們修剪整理、賺取一週薪水的花園。他聆聽時，便無形地進入了他們的世界。

直到有一天，突然，路辛·賽古拉費力地爬下馬車，請跟他一起旅行的那家人幫他照看他的家當。然後他像顆棋子，慢慢沿著兩旁種著樹的正式車道走進去，找到一棟門窗緊閉、無人居住的屋子。他用一塊沉重的石頭打破了門鎖，走進灰塵在陽光中飛舞的玄關。一扇門通往廚房，另一扇通往餐廳。他沿著發出空洞回響的走廊向前，沒有瞄一眼兩旁的房間，一直走到後門，推開古老的門閂，然後走進花園，以及後頭深及胸口的草叢裡。

這位老作家此刻跪著，撫摸那被丟棄的船隻多孔的木板。那船的大小相當於一張兒童的床，像小艇又像木筏，木板之間有空隙。側邊留下類似手銬的東西，是一個船槳架殘留的部分，還有一個船舵的尾端。這是一個完全乾燥的物體，在陽光下烘烤多年，多年來也被昆蟲啃噬鑿穿。但這表示這附近可能有水，而當他一這麼想，就立刻聞到空氣中水的味道，並站了起來，抬起頭面向天空。他趕忙向前，不久就來到一座小湖邊。他脫光衣服，鑽進水裡，身上所有的蟲咬和刮傷都被湖水的清涼覆蓋。

他這一生大多數時候，都被認為是獨來獨往的人。他曾被一個認識的人描述為「跟熊一樣難相處」，而這投射到他周圍的，自給自足粗魯無禮的形象，對他而言雖虛假，卻有用。它給了他空間，跟一個界限。但他確實大多生活在自己的想像中，儘管他的家庭人口眾多。當他的婚姻逐漸死亡時，他在他心裡某處找到了這個有著勞動婦女形象的柯勞蒂，並寫了三本書描述她的雙重生活。這個虛構的女孩讓他不覺孤單。如果這是一種疾病或一種人生的變態，那麼這種疾病至少幫他度過那段艱難的時光，因此他絕對不會貶低它，或她。他會一直忠於奧許鎮上的這個角色，畢竟是他創造了她的命運並與讀者分享。有些讀者也變得很喜歡她，還在給他的信上寫得彷彿他在現實生活中真的認識她，彷彿她不只存在虛構世界裡。

親愛的先生：

我最近突然想到柯勞蒂・羅賽勒跟她姊姊在一次晚餐中說到她們多喜歡無花果果醬。

因此我幫您留了一罐，我住在卡霍茲鄰近鄉下的朋友做的果醬。希望您會喜歡。
致上最深的祝福，

莎拉

路辛在離開馬賽勒的前幾天收到這個包裹，而現在在旅途中，他不時會重新打開信封，重讀這封信——重溫那裡頭的正式與善意——彷彿那是一封情書。他帶著這罐果醬上路，而在下午時分，他也會以同樣正式的態度打開果醬，跟任何與他一起旅行的旅人分享。最近跟他同行的是三個旅人：一個自稱是「老賊」的男人，跟他比較年輕的太太，和他們的兒子。他們已經跟路辛同行好幾天，而他也已經習慣了他們的存在。他們跟路辛一樣，也在尋找新家，因此他們的旅途與他的旅途相似。「無花果果醬！」他宣布。「卡霍茲的一位女士親手做的。」那年幼兒子的眼睛一開始假裝沒盯著看，像是一隻假裝客氣的狗。然後他看著刀子抹著果醬，並且也像那條狗一樣，看著大人先吃，在他們吞嚥時同時吞嚥，而能在吃掉自己的份之前，就已經覺得吃了三份了。

老賊會在每天清晨時、萬物都還在沉睡時失蹤，然後在正午時回來，帶著他所謂從附近田野「搶救」出來的莓果、新鮮香草，有時候還有一隻野兔。他們會在從一處高處下來時，先聞到火的味道，然後看到他在火旁，在路邊烹煮食物。他臉上的灰色粗硬的鬍渣，讓他顯得笨重，行動遲緩，但他其實可以瞬間消失，然後又同樣迅速地出現，做出一頓戶外午餐。路辛因此覺得他自己應該負責準備其他幾頓飯——首先是下午的飲料和無花果果醬，然後是在他們經過的村莊裡，找一間小旅館吃晚餐。

每次路辛嗅到可能有房子可買時，馬車就會暫停下來。他跟郵差和木匠聊天，詢問哪裡有荒廢的農場房屋出售。同時那個年輕妻子則會騎著空閒下來的馬，身後載著那個男孩子，沿著分叉小路尋找她的家人可能落腳的地方。他們三個是旅人、吉普賽人，在南方離開了他們的車隊，而北上來尋找新的家。他知道，他們隨時都可能停下來，決定留在某個不知名的地方。路辛已經覺得他一定會想念他們。他喜歡這個男人的陪伴，和這個女人在早上的歌唱。他問她，是何者先出現，是她意指詠嘆調的名字愛瑞亞？還是她對歌唱的喜好？「誰曉得？」做丈夫的說。「她是羅曼人，他們都有好多個名字。只有她母親知道她的祕密名字，那個從來不會用、但最眞實的名字。這個名字必須隱藏起來，才能讓神靈困惑，搞不清楚當中哪個才是小孩子眞正的身分。而第二個名字，也就是羅曼人的名字，才是他們通常用的名字。而她的羅曼人名字是愛瑞亞。」

那你的名字呢？路辛問。

我不是羅曼人，丈夫說。我只是依附在她身上，我生活在她的世界裡。我不重要。

這一家人感覺都像是夢想出來的，尤其是因爲他們會一時興起就不見蹤影，那個男人是清晨不見，而那個女人和孩子則是在下午。有時候路辛會坐在前面駕馭著馬，談論著某件事，然後突然發現身旁根本沒有人。他們都已經一溜煙消失，彷彿從船上跳下，游進那些白楊樹裡。

不，我沒有名字，沒有固定的名字，做丈夫的再度被問到時說。我懂羅曼人的語言，夠用，但是……。他的話語顯得敷衍應付，沒有說服力。他似乎對一切都不確定，也滿足於像隻麻雀般低微的狀態。而名叫拉斐爾的男孩子則顯得渴望資訊和關於實際生活的教導，而經常都在詢問老作家的意見。路辛因此認爲他的父親可能會覺得忌妒，但那個男人卻似乎很高興聽到他們討論，同時假裝對他們不加注意。

從一開頭，這兩個男人就似乎把對方當成鏡子。一天總有兩三次，當中一個會發現正被另一個人凝視。他們體型相近，而作家雖然應該有不小的名氣，卻有種猶豫不決的態度，讓他顯得跟那個最內向的賊一樣充滿心防。如果那個男人眞的是個賊。但路辛從來沒目睹他做過任何違法的事。而且雖然作家年紀大得多，但是愛瑞亞的丈夫更像不屬於這個世界。他的話語充滿縫隙，他的才能不被看見，他走的路也似乎不留痕跡。有一次路辛拿起這個賊之前在看的書，看到一根苦艾樹的小樹枝被插在書裡當做書籤。那彷彿是關於這個男人的唯一一件確定的事，因此從那時候開始，每隔幾天，作家就會留意那根小樹枝的位置，看它的旅途進展到故事情節的什麼地方。

「我去打仗，結果再也沒回來。」那個賊有一天跟作家穿過一片田野時說，而這是這個新朋友自始至終所說過的，最貼近他私人生活的事。他之所以說這句話，是在回應作家提到的，他在更早一次戰爭中目睹的事。

他叫什麼名字？在這家人爬進馬車的頭一天，路辛就問過那個太太。

你得問他自己，她說。

那就是這一切含糊閃爍的開始。

我總不能一直叫你賊。如果這個頭銜恰當，我當然尊重，但是我需要一個名字。

奧古斯特？沛洛格？里巴德？或者是其他……

那就里巴德吧。

他不理會這個男人的笑話，他喜歡《簡單的心》。於是里巴德這個名字用了一陣子，後來又有其他許多假名，雖然路辛最後大部分都忘了。但他記得，在他們在一起這麼長的時間裡，他幾乎沒看過里巴德吃東西，即使他才剛幫他們煮好飯。如果路辛提起這件事，愛瑞亞只會聳聳肩，彷彿那就是解釋，又彷彿她在說：男人啊。

旅途中，每一天到了傍晚，他們都會來到一家旅館，由作家出錢請他們吃飯，然後他自己睡在旅館裡，這家人則在田野裡露營。鄉下的空氣和旅途勞頓讓人昏昏欲睡。但是一天晚上，路辛醒來，不知道自己身在何處。他覺得快要窒息，便一把掀開毯子。然後他解開睡衣鈕子，走到窗邊。在黑暗中，他看到里巴德沿著旅館花園的一邊牆壁走。月光夠亮，路辛可以認出他的旅伴，和他在夜半時分這奇怪的舉動。他拍了一下手，而里巴德停下來，抬頭，並朝他緩緩揮了一下手。路辛披上一件外套，走到外頭。他們開始小聲地交談。他告訴賊，他睡不著。那你就不應該睡，對方回答。黑暗的時間充滿潛力。在睡夢中度過這些時間，經常是一大浪費。

我需要你的幫忙，朋友。

里巴德立刻沉默。路辛也停下來，等待他戲劇性的陳述得到回應，但是只邀來這男人的沉默。過了一會兒，路辛繼續說下去，我需要你幫我殺一個人。更多的沉默。我覺得我太太已經變成一個夢魘。她會傷害我們的孩子。我覺得我下半輩子都會被她糾纏。

我也有太太，在另一個人生裡（里巴德謹慎地說著，似乎知道這句話可能會被記住，而對他不利）。要停止被糾纏，還有其他辦法。我同意男人女人會互相糾纏，但你的孩子會照顧自己。殺人不是問題，也不困難。要偷到一隻健康的雞、煮出一頓好吃的飯，還比較困難。殺人沒有技巧，那不是平等的爭鬥。而且，這會毀了你。你只是失去理智，或一時失控。或許你是因爲呼吸不順暢，或覺得快窒息，才會有這個想法。我可以告訴你一種藥草，玻璃苣，它的花像小小的藍色星星，對你的心臟很好。會讓你冷靜下來。我們可以找到一些……

路辛已經好幾個星期沒想到已經被他拋棄的、難相處的太太，所以她突然在這個夜晚，浮現到他思緒的頂端，成爲他的敵人，實在很奇怪。他對於自己居然跟才相識幾天的人說出這樣的話感到困窘。他想或許他還在夢裡，或是在半夢半醒間。

原諒我，他喃喃說。

不，我很榮幸你信任我可能做這件事，那冷靜的聲音回應。路辛沒有眞的笑出來，但在黑暗中露出微笑。

那是最後一點無花果果醬吃完後的第二天早上，所以那個叫拉斐爾的小男孩才會記得。他們在經過德慕這個村子後不久，幫那個作家找到了他的家。他們在馬車的後頭休息——作家、男孩，跟他母親——突然感覺馬車停下來，打斷了令人昏睡的節奏，彷彿他們是在懸崖的邊緣不經意地停下來。男孩子的父親跟馬匹在前頭，他坐直了身體，沉默地望著他的左方。吸引他的，是一條乏人照料而雜草蔓生，兩旁種了樹的路。草已經好幾個月沒有割，梧桐樹的枝枒跟對面的樹的身軀糾纏在一起。作家坐起來，順著他的視線望過去。「或許。」他說。「或許。你們可以在這裡等嗎？」第一次去探查可能居住的屋子時，他總是單獨行動。馬車裡的這家人不可能幫這個男人選擇他的家，就像他也不知道如何為這家人選擇適合的田地一樣——例如，他就不知道一片田地必須有好幾個出入口，他們才會覺得安全。選擇一個最後的家度過餘生，這樣的決定，就像童話故事裡，公主或王子必須在夜晚來臨前選擇婚姻伴侶一樣。那必須是明智，但同時私密的慾望，必須知道自己眞正需要的是什麼，即使一開始這個選擇可能很令人卻步，例如選擇一個盲眼女孩、而不是城堡女堡主，或選擇一個易怒如刺蝟的傢伙、而不是系出名門的追求者。外面的世界不會知道什麼才是最好的。因此這家人待在馬車裡，看著作家踢一踢沉睡遲緩的腿，開始以審愼但突然年輕起來的步伐，走向他可能的家。

艾斯托斐

作家買下房子跟周圍附帶的九公頃土地兩天後，這兩個男人，路辛跟里巴德，帶著大鐮刀走進高及胸口的草地中。幾分鐘後，他們就已經消失在對方眼中。只有其中一個人暫停下來，才能聽到另一個人的動作，那刀刃不斷揮舞的聲響，或在更長的靜默裡，聽到那金屬被磨利的聲音。他們在黎明前，在還涼爽而天色半黑時就開始工作，但即使在這時候，昆蟲仍會飛到空中，圍繞著他們。一把火燒掉這些草真的會容易些，但是要幫路辛從這片雜草手上奪回田地所有權的里巴德堅持，草地需要螞蟻和蟋蟀，而放火會殺了牠們。那些看不見的繁忙來往是必要的。而且作家以後可能會懷念草地裡有蟋蟀，或樹上有一隻蟬。

他們從土裡拔起藍莓的根，在田地外圍把藤蔓跟割下的草一起燒掉。他們耙開土壤，撒下雜作的種子，讓芥菜跟苜蓿草裡的細菌最後能吸進氮。到了黃昏，他們走到別的土地上，收集種子，並帶著豆類回來，把豌豆跟扁豆家族撒到作家的土地上各處。有什麼不行？里巴德說。在某方面，他是漂蕩四處的旅人，就像一顆被風吹起的種子，或一隻蜜蜂一樣。

里巴德知道什麼樣的住所可以使有翅膀的生物安居。他不只提議做鳥舍，也建議在木頭上鑽洞給會飛的昆蟲住。他摘來向日葵，把花梗撕開，綁在樹木枝幹上，做出蟲子的家。他把稻草塞進罐子，讓蜈蚣居住，因爲牠們以後會吃掉啃噬果樹的昆蟲幼蟲。他知道自然界中笨拙的道德平衡。你給予，然後你拿取。黃蜂下的蛋會吃掉蝴蝶的幼蟲，但是黃蜂比那拍動美麗翅膀的昆蟲，更有利於植物的生長，就像里巴德知道外表美麗的種類常因其擁有的慵懶財富而心腸惡毒。基於過去多年，一開始在城鎮，以及現在在鄉野間的目睹與見證，他對他們略知一二，而不得不感到輕蔑。但里巴德絕對不會宣稱自己是個道德高尚之人。他自己也可能被美麗的羽毛吸引。

第二天，在距離作家的房子不遠處，那男孩發現了一片到處都有出口的田地。路辛一聽到，便建議這家人在那裡紮營，如果他們希望的話。在提出這項建議前，他告訴他們，他要給他們一塊田地，但並不表示自己需要人陪伴。或許他們根本不會再有機會多說話，但他擁有夠大的空間，也不太可能會跋涉到那座小湖以外，而他們講的那片田地還距離湖以外一小段距離。

提議如下：如果里巴德願意幫他清理房子旁邊雜草叢生的田地，以及清理那些枝枒蔓生的栗子樹下的草坪，那麼他很歡迎他跟家人留在那片土地上，想留多久都可以。如果里巴德希望的話，路辛願意簽任何正式的文件，但里巴德揮揮手表示不需要。他很不喜歡白紙黑字——這種做法以及過多的對話以前總是害他惹上麻煩。而就在他們談話時，里巴德在對話中下了個註腳，宣布他現在要停止使用之前的名字，改用艾斯托斐這個名字。

不到一個小時，習慣了這類變化的這男孩便開始叫他爸爸艾斯托斐。路辛於是明白對這個人而言，每個名字都像通關密語，都只有短暫的生命。但是這一次，這個賊卻希望他在人生更早時，就已經擁有這個名字。他在頭一天花了許多時間想像過去的某些時刻，他或許可以是「艾斯托斐」，或許他可以爲了配得上這樣一個名字，而在行爲上，在與人相處時更自在、更細緻。這讓人對自己的人生歷史重新思考，就像一個男人看著妻子或愛人在過去、在十幾歲或二十幾歲的照片時，總是讓人希望自己當時已經認識她——甚至只是看著數十年前的一件洋裝，他或許可能仔細解開那溫柔的釦子；甚至去嚐嚐她身後那棵繁花盛開的樹的果實……。這個賊喜歡那名字的聲音、它的餘味、它的輕盈，帶著一絲回音。有了這樣的名字，這個矮胖的男人彷彿都可能變成一隻三盎斯重的小鳥，或一種細緻的文法形式。

作家看著他，膝上放著那本散發苦艾酒味道的書。艾斯托斐這個名字出現在十六世紀的義大利史詩《奧蘭多的狂怒》中。這個男人怎麼會想出這個名字？他有可能偷過這樣一本書嗎？——小偷會偷書嗎？他是怎麼把這些東西放進他口袋裡的？

旅途

兩個男人在田裡工作時，愛瑞亞跟男孩回到南方，到他們之前住的地方，去拉回他們的篷車。他們騎馬騎了好幾天，穿越許多開展如扇形的河流流域——安得爾河、貝斯河、吉蒙河。他們往東南方，騎進肥沃的土地。第四天晚上，他們在黑暗中抵達聖馬托利的外圍，他們留下馬匹跟篷車的地方。那裡有一堆營火和音樂，於是他們坐下來，跟其他人聊了幾個小時，之後睡在他們熟悉的小床。第二天，他們從他們的小菜園挖起禁得起旅途跋涉，可以活到德慕的香草跟植物，並決定要留下哪些物品和財產。

不久他們就踏上往北的旅途，經由不同的路線回程，因爲他們現在駕著搖晃的篷車，需要走較寬的路。他們不能再直接打開柵門或穿越田地抄捷徑，甚至也不能在水較深的地方涉溪而過，因爲篷車重量太重，一旦陷入沙質土地，馬會拉不起來。他們要先到布萊森斯，在那裡離開阿若河篷車隊，轉向西邊。

他們不急著趕路，隨時想停就停。拉斐爾生火時，愛瑞亞就在田野上四處走動，尋找可以吃的東西。一兩顆洋蔥、迷迭香、韭蔥。午餐是各式各樣細小的植物與嫩芽，彷彿是在田地上飛躍俯衝的鳥兒收集來的。吃在嘴裡似乎一下子就沒了。吃完飯後，如果小溪或河流夠隱密，他們就會脫光衣服下去游泳。愛瑞亞決心不讓拉斐爾像他爸爸一樣怕水，因此她會笑著跑向河岸，並且在從水裡浮上來時，給他一個大大的笑容。她不希望她的孩子處處害怕。這男孩在她的懷裡游泳、擁抱她、親吻她的肩膀。他們之間有種肉慾的感覺，就像這男孩子跟他父親親暱地窩在一起時一樣。回到地面上之後，她會彎下腰來，讓他用他的襯衫幫她擦乾她又黑又長的頭髮。

在他們的旅途中，有時候晚上會有嚴重的暴風雨從西方、從海上來襲，在布松村、靠近賽葛拉村的地方；而當他們到了聖胡斯丁以西時，閃電會劃過河上，像穿越歷史的一條路，而她會把男孩緊抓住，防止他躍進那短暫的美麗中。這是暴風雨的季節。她想像在北方德慕的那個老作家徒勞無功地試圖說服她丈夫到那空盪盪的屋子裡去睡。

她跟拉斐爾讓篷車停在開闊的田野中央，鬆開馬的轠繩。被放開的馬匹卻幾乎動也不動，似乎在假裝四周沒有什麼危險，似乎這樣會比奔進黑暗中來得安全。有些晚上，愛瑞亞跟拉斐爾會站在乾燥的夜晚草地上，看著頭頂上百層的星星。難以計算。如一百萬個管絃樂團。男孩子幾乎無法儲存這麼多令人頭昏目眩的訊息。跟他母親一起南下又往北的旅程，讓他一次又一次快樂到心碎。在這時候，他最清楚地感覺到他自己跟他自身以外的事物，是沒有區隔的——彷彿一棵樹的嘆息，或他母親的一首歌，都可能來自他的身體。就像他做的每一個動作都是他周遭的世界所做出的。

當他們到達布萊森斯以北幾英里時，日蝕在熱爾省停留。黑暗快速地在下午降臨。拉斐爾正提起一桶水，要給一匹焦躁的馬喝，是因爲四周變冷才察覺到黑暗。他一轉身，看到他母親憂慮地看著他。灰色的雨開始在陰暗的光線中落下，但是讓一切倉皇失措的是猛烈的風，讓樹幹彎得好低，幾乎與地面平行盤旋。他看到那匹馬的眼睛在他面前變得失神茫然，彷彿牠也是這怪異的自然現象的一部分。他不知道什麼是日蝕。他以爲這可能是隨著世界末日而來的某種復仇。他抓著那匹馬的脖子，想找一條繩子綁住牠，但找不到，於是他只能用雙手緊抓著馬的鬃毛。如果這匹馬跑掉了，他們一定再也找不回來了。當那匹馬開始轉身時，他縱身一躍跳上馬背，而他母親立刻大喊不要！但那匹馬已經帶著那男孩衝向樹林間，衝進更深的黑暗中。

拉斐爾俯著身體，頭靠著馬脖子，變成這動物的眼睛，見證牠快速選擇著方向。他沒有馬鞍，只能緊貼著這毛髮濡溼的動物，隨著牠橫衝直撞、上下顛簸，直到牠鑽出樹林，來到一片開闊的田野，而天空顯得稍亮一點。馬匹速度加倍，奮力衝進曠野裡。男孩可以聽到自己的呼吸伴隨著馬匹的呼吸，聽到馬蹄踏在高高的草叢裡，聽到泥土地上悶悶的馬蹄聲突然轉變成在木橋上的清脆聲響。他緊抓著這動物溫熱的血液。在大約一分鐘的時間裡——此時時間已經無法計算——他們已經穿過一個村莊。在村子裡，只有他們倆在黑暗中移動，男孩的腳擦過一輛馬車，然後是一個孩子，然後他們已經穿過村子，再度進入一條河旁的田野。光線緩緩回來，他們周圍和潮溼的草地上再度有了熱度。時間處於破碎的狀態。天空彷彿充滿了明亮的月光，即使這是白天。馬匹安靜下來，意識到背上彷彿蒼蠅的騎士。男孩的膝蓋緊夾著馬背，他的腳之前就光著，那時他們正寧靜地待在樹下，而他提了一桶水來給牠。

拉斐爾緩緩地騎回去，穿過一片又一片的田地。全都是他沒見過的。他尋找那個村莊，但是不論他們到底飛快衝過了什麼聚落，他都再也沒有遇到過那個地方。他們穿過那座木橋，然後看到森林的黑色地平線，很快他就看到他母親的身影，在森林邊緣踱步。他始終沒有催促馬匹。他最後終於躺下來，順著滑溜溜的馬背下了馬。他在愛瑞亞面前幾乎站不起來，但他還是站著，被她搖晃，然後被她擁抱。

兩張照片

德慕的大宅的廚房牆壁上釘著兩張照片。一張是路辛・賽古拉在他人生最後階段照的。他坐在一張花園長椅上，一片黑色的枝幹在他頭上如扇子展開。照片裡有種正式的感覺，又有種混亂。那混亂來自作家的外表——沒有熨燙的襯衫、像是跟某種動物借來的鬍子——但最不正式的是他坦然直率的表情，彷彿他剛受到祝福。例如他的笑容——完全不企圖隱藏他蓬亂的毛髮，甚至他少了顆牙齒的難看縫隙。然而這個不拘小節的男人過去只笑在心裡，在看不見的地方。

在這張照片的右手邊，是一團模糊的黑影，某種看不出來的東西，像是直接用顏料塗在純白的畫布上，又或許那是白日中的一隻蝙蝠，飛過相機與作家之間時被捕捉到。這是路辛的朋友里巴德，或艾斯托斐，唯一一張被拍到的照片。他對攝影師出乎意料地充滿敵意，因此在聽到快門要滑到定位時，便快速地轉身，讓他的影像無法被定影。

另一張照片，在同一個地方拍的，是多年後，那個憤怒而影像模糊的主角的兒子拉斐爾按下的快門。照片拍的是他在作家的屋子裡遇到的女人。他用了她的相機，而影像被放大到跟其他照片一樣大，因此讓它彷彿成爲其他照片的同伴。

在這張照片裡，我們跟主角的距離近多了。隨著這個世紀的進展，攝影從中距離焦距逐漸靠近，去除了遠景、廣大的森林，和綿延的山脈。

這女人的身影從腰部以上完全赤裸，正走上前來，差一點就要走出焦點之外。那曬成棕色的身體顯得坦然樂意，笑著，因為她把兩株帶著泥巴的細小植物的根編進她金色的頭髮裡，因此那毛蕊花和迷迭香彷彿是從她頭上塗了顏色的泥土中長出來。她微笑的嘴上，和她纖瘦的肩膀手臂上，都有些潮溼的泥巴。彷彿她的活力與性感是從她周圍的空氣中汲取而來。我們看著這張照片，也想像著拿著相機的人，正跟主角以同樣的速度後退走著，以便讓她持續留在焦距裡。我們可以猜測這個看不見的攝影師與這個笑著、沾著泥巴、手指上纏著水草、對他揮手、跟他親密開心地爭執著的女人的關係。這個完全不像安娜的女人。

第三部

德慕的房子

路辛・賽古拉檔案，班克勞馥圖書館，加州柏克萊大學，錄音帶編號二

在達羅勒斯餐廳吧台的鏡子上方，那個巨大的時鐘過去兩星期都一直停在十一點二十分。鐘錶匠還沒到，還在南方某處，正沿著庇里牛斯山脈裡的每個小村子逐一校正時間。等他終於到的時候，他會帶著破布跟油，以及針尖般細小的工具。他會把那沉重的機器抱到懷裡，由其他人引導著走下梯子，然後把它放在吧台的大理石臺面上，故意占據這間咖啡廳最重要的做生意的位子。接下來的過程則如一場儀式。他會堅持要喝矮胖杯子裝的濃縮咖啡，舉止間帶著若有所思的權威，彷彿他是被召來這個鎮上校正鎮長女兒逐漸減退的視力。他把迷你的碎布旗幟浸在油的液體裡，用小鑷子夾著，塞進巨大時鐘深不可見的深處……

他們是一個奇特的族群，鐘錶匠們，有些人對所有人都脾氣乖戾、感覺遲鈍，只在乎將鐘錶颼颼地轉到活起來，有些人卻像詩人一樣不確定自己的天賦。因爲我的繼父——我母親的第二個丈夫——是個鐘錶匠，所以我研究過他們的特質。他，我認識的第一個鐘錶匠，從來不覺得自己的天賦有什麼

特別。總共只有幾個程序要學；即使不時會有些義大利人或比利時人發明一些顛倒因果關係的東西，但他講起自己的工作時，並不覺得自己跟菜農有什麼不同。而我在工作上不論謹慎或不謹慎的習慣都是從他身上學來的。你被給予一項手藝，而非一項天賦。在為它服務時，不需要有任何強烈或黑暗之處。但是我從來沒有遇到過像他一樣的鐘錶匠。我藉著看他工作而學到足夠的技能，可以校正我自己手錶的速度，但我會把任何壞掉的鐘錶拿到土魯斯去，才能仔細觀察他們展現技藝時流露的「光輝」。

我喜歡看一項技藝的演出，不論表演的人態度謙遜或氣量狹小，但是當別人開始討論這項技藝時，我就會走開——那就像問一個挖墓人他用什麼牌子的鏟子，或他喜歡在正午或在月光下工作一樣。我只對裡頭所需的專注和背後的祕密排練感興趣。即使我不完全了解眼前發生的事。我小時候的樂趣之一是騎馬沿著加倫河畔走，去看架在河岸上的四台蒸汽機，幫土魯斯市抽水。在那完全寧靜的鄉下，在你連一隻鴨子的呱呱聲都聽得到的地方，這幾台蒸汽機突然嘶吼著活過來，像是大猩猩推擠著水的邊緣吐出水來。我陷入催眠狀態。彷彿他們是在進行著吵鬧複雜勞動的大人。彷彿他們可以引來黑暗。

在奧許鎮達羅勒斯餐廳的那座時鐘一年至少會被疲憊擊潰一次，而夏曼尤，餐廳主人，會送個信給我，讓我知道鐘錶匠什麼時候會到，而我會為了這項修鐘過程，專程前往鎮上，住在「法國飯店」，以目睹這項盛事。當這大鐘被擺在吧台的大理石臺面上時，你可以就近看到鐘面上較小的字母——「A LaMarguere」。鐘錶匠抹掉白色刻度盤面上的霉和褐色斑點，然後拿起盤面，露出機械。我，爲了能留在近處，必須顯得謙遜——他堅持著教宗般的權威——但當有人告訴他我是作家，或至少我被認爲是作家之後，他就會跟我說話，而不跟其他旁觀者說話，彷彿我們存在於另一個專業的層面。但在釐清我是個詩人後，我的地位便下滑了一兩級，而他喃喃說了幾句我聽不太清楚的話，但引起了他左手邊的一些笑聲，是他自己的笑聲引出來的。

寫作的技藝實在沒有什麼可供觀看的。你的眼睛跟那支筆之間只有這五公分的關係。任何存在於預言與夢想中的技藝，都是無法被看見的。但是來到奧許的鐘錶匠會脫下他的深色棉外套，捲起他的白襯衫袖子，這時我就會離開窗邊的小圓桌，離開陪我來的柯勞蒂，靠近攤開來的防水布，觀看裡頭裝著工具跟油罐的細瘦口袋，以及他用來探看機器裡面地牢的小手電筒。我很快就會幾乎進入他嚴肅儀態的樂趣中。我可以想像他在上庇里牛斯的那些村莊肯定享有更高的地位，在拉倫、葛凡尼、歐若這些小鎮裡，他必定就像被抬在神轎子上，擁有至高的權威。我喜歡這一切。但我只相信我繼父擁有的那種謙遜。他會在作業中停下來——因爲聽到歌鶇的鳴叫——而走到窗邊去找尋牠的蹤影。或他會把他工作必要的一把刀子遞給我，讓我用來削鈍掉的鉛筆。他會用已經用不上的齒輪和針盤幫我們做出一些小玩意，像略具形狀的動物般走在餐桌上。他不是我父親，但他扶養我。我想，我從他身上學到一種姿態。也學到任何一種行當或技能都能被謹慎地形塑出來，而不需要帶有任何一點誇大的夢想的火花。然而，即使他如此謙遜，他卻熱愛維多·雨果的盛大光輝——和那些導向革命的緩慢莊重的描述。

而且他愛我母親。我看到他在他人生的最後幾天裡，舉起他沾著油味的右手，手指穿過她梳理整齊的頭髮，把本來被髮簪固定的頭髮撥散，彷彿他得到了一種稀有動物的絨毛或毛皮。我永遠珍藏著那個舉動。對我而言，那或許是我記得的最後一件屬於他的快樂。那是我所認識的關於愛與家庭的，不受侵犯的核心（而我在家庭方面的技藝不太成功）。我們很少擁抱對方，而我們這麼做時的靦腆並不重要。我在他的家裡覺得安全而獲得慰藉。那裡有一種平靜，屋裡的兩個時鐘安靜但準確，而我們安全地待在時間裡。僅僅五年的時間，他就給了我們這全部。

馬賽勒

他的母親，歐蒂麗・賽古拉，出生在巴格涅勒—德—比格雷，而西班牙的影響從五十公里外的庇里牛斯山橫掃下來。米葛爾・殷維諾跨過了法西的邊境，來到鎮上當屋頂工人。她接受了他的追求，而在幾個月後，他毫無預警地隨著三個西班牙同胞消失無蹤。在北邊的維克—費倫薩村子裡，每年六月都會有一場鬥牛賽會，而每年她都會帶著她年幼的孩子來到這裡，希望能在人群中找到她的愛人，但是她再也沒有遇到過路辛的爸爸。於是她嫁給了那個鐘錶匠，她與男孩子便住進他在馬賽勒村子外圍的家。

男孩子在四歲時第一次踏進繼父的家。在那裡，在屋子的花園裡，伴隨著河流穿過樹林的波光，和睡在陽光下的一隻園丁的狗，他學會了分辨每一片土地的聲音。很快他就被教會在不同的季節該在哪部分的天空尋找星星，以及仿聲鳥在哪棵樹上。每一年，在他們生日時，他母親都會做鵝胗沙拉——在生菜葉上放著一小顆蛋，還有鵝胗、馬鈴薯、鯷魚，跟路辛從來沒有在別的地方看過的有顆粒的芥末醬。每一年，在五月的最後一個星期，她會幫房子來一次春天大掃除，拔掉花園的雜草，把丈夫的襯衫洗好燙好，然後叫這男孩坐上輕便馬車，到維克—費倫薩的鬥牛賽會去，在街上日夜尋找，最後兩手空空地回家，帶著失望與鬆了口氣的混雜情緒。這個鐘錶匠覺得他跟妻子從不曾像那男孩跟他母親那樣親密。或許他也從來不確定，如果他的新妻子真的在賽會中撞見那個西班牙人，她還會不會回來他們的家。

繼父意外過世後，儘管歐蒂麗·賽古拉繼承了一點財產，她跟孩子還是必須縮衣節食。除了那個謹慎的男人之外，這男孩的世界從來沒有受到任何保護。現在路辛變得更加小心翼翼而舉止神祕。他花太長的時間只跟自己講話。隨著他逐漸長大，他有了私密的話語，彷彿是從開闊的田野一一撿拾來的小樹枝。他會跟自己說話，描述一扇生鏽的柵門，或一隻動物要走進船隻時的緊張，而那說出的場景在他心中就會變得無法抹滅。他此時就已經開始用言語保護自己，用言語帶來的微小而不完全的清晰。

抵達

一天晚上的吃飯時間，他們的寂靜被一輛馬車的聲音打斷。他們的屋子離人車往來的大路只有一小段距離，所以這表示有人來訪。但是當這孩子跟他母親在吃飯吃到一半時起身，打開門，往外看時，發現一輛負荷過重、兩匹馬拉的馬車只是經過他們眼前，爬上了山丘。它又掙扎了大約一百公尺，然後停在那只有一間房間的農舍前。這間相鄰的房子已經空了許多年。路辛跟他母親站在門旁，靜止在原本打算招呼客人的姿態中。他們看著遠方的那對男女下車，伸展身軀，看起來像是山頂突出的輪廓，一個男人跟一個女人。那農舍許多年來一直是他們視野中的一個呆滯的阻礙，而現在裡面將住人的期待，讓這十六歲的男孩子覺得很興奮。這表示他將必須更好奇，但同時也要更謹慎保持自己的祕密。

他們給那對夫婦半個小時，然後，趕在天黑之前，他跟他母親拿著麵包、牛奶、蠟燭，跟幾塊切好的肉，走了過去。那個男人和那個女人還在卸下馬車上的行李。放在路邊的行李包括一張分成兩部分的簡樸的床、兩張椅子、一張上漆的桌子，跟一個鐵製爐灶，還有它L形的管子。在這極少的家具跟一籃衣服當中，站著那個男人，跟現在看起來像是女孩子的女人。當這對男女轉向出現的兩個人時，那年輕的女人伸手碰了一下那個男人的手，像是某種姿勢——男孩子無法分辨那樣的動作有什麼情緒。她顯得輕盈，那男人則顯得沉重。路辛之前看到他一派莊重地在那小小的建築周圍踱步，彷彿他繼承了一座城牆圍起的城市，必須將城市復興，或給它一個教訓。男孩子之前都在讀希臘史詩，因此在這一刻，他覺得這些陌生人就像屬於某個外國軍隊或使節團。

如果他母親不在場，或許根本不會有人開口說話，但他母親問到了他們的名字是羅曼跟瑪麗—娜格。他們沒看過這間農舍，就向住在馬賽勒的屋主租下了這裡。羅曼接受了他們送來的食物，但是拒絕讓他們幫忙搬家具，即使天色越來越黑。他會自己搬。當他們想要聊天時，他已經將床的零件搬進去。那個女孩子始終保持沉默。當他們自我介紹時，她的嘴唇動了一下，但僅只如此。男孩子覺得她顯得太瘦，她深色的頭髮剪得很短，幾乎不到她的頸子。他覺得那個男人可以把她折起來放進他衣服裡的什麼地方，讓她消失不見。路辛跟他母親走下山坡，在進門前回頭看了最後一眼。那個男人已經在馬車上放了一盞油燈，正來回搬著東西，每隔一兩分鐘就遮住那光線。路辛走進屋裡，想著剛剛發生的事。他覺得他的人生好像完全改變了。

他們發現這對夫妻剛結婚不久。妻子似乎比路辛大不了幾歲。頭兩個星期，男孩跟他母親都很少看到她，因爲她跟野生動物一樣小心謹慎。他母親盡了一切努力想親近這對夫妻，尤其是太太。或許她在那年輕膽怯的臉上瞥見了什麼。所以瑪麗—娜格終於被勸服進入歐蒂麗自信的羽翼之下。

那女孩會小心翼翼地走進他們家，彷彿她必須先學會伴隨著擁有這麼多財物而來的許多規矩。

這屋子對她而言想必有如宮殿一般。男孩子突然察覺到天花板多挑高的一公尺，還有每間房間多餘的寬度和廣度。羅曼很少過來。他幾乎整天都在田地裡，但是路辛的母親會不厭其煩地爬上山丘，到農舍去邀請那個似乎在她的新角色裡飽受創傷的女孩。他聽到他母親對某個人說，瑪麗—娜格一天到晚無事可做，只能打掃他們屋子裡的一個小櫥櫃，跟服侍她丈夫。後來，當路辛對他們的關係想得較多時，他會思索後面這句話。她比任何新娘都瘦。事實上，她完全不像新娘這個字眼代表的樣子。身體上和年齡上，她都與路辛相當——而路辛不過是個少年。但是她已經結婚，被迫正式長大成人。她有那樣的世界的知識，彷彿她在某個陌生異域贏得了某種抽象的榮耀。

「瘦得跟扁豆一樣。」那個女孩子不在場時，他曾這樣對他母親的朋友描述她。而在這話引爆一陣笑聲後，有一段時間，他們都在背後叫她「扁豆」。他在炫耀。雖然這個綽號取得很恰當，但是他覺得自己背叛了她。「不過，她身上很快就會有地方腫起來了。」他母親說。這又引起更多笑聲。

廣大的世界

這兩家人逐漸親近起來。他母親開始教瑪麗－娜格識字。在星期六，路辛會走過去幫忙羅曼，挖起田裡的蘿蔔，或沿著分界線重砌一道牆。對這個十六歲的男孩而言，瑪麗－娜格的丈夫是一股未知的力量，是他已經不再有的父親形象、比較危險的那種父親。他們很少交談，週末以外的時間也不會見到對方，因爲羅曼在馬賽勒工作，有時候甚至到更遠的地方。這時這少年則沉浸在《黑色鬱金香》中。而一天下午，當瑪麗－娜格沉默地坐在他旁邊時，他決定唸這本大仲馬的書給她聽。「在我們的康納利斯被送往布騰霍夫監獄服刑的途中，他什麼都聽不到，除了那隻狗的叫聲，也什麼都看不見，除了一個年輕女子的面孔……」扁豆嘴巴微張地看著他。他無法分辨她是認定他自己捏造出這些話，還是她已經被這片段催眠。他繼續唸下去。瑪麗－娜格事實上比他大一兩歲，但是當他唸著書時，她在他眼中開始顯得充滿天眞。

從此之後她就希望分享他從書中獲得的一切。早上稍晚時，她幫忙做完家務以後，會跟他母親學認字母，而在下午，她則跟路辛一起坐在門廊上，或河邊那棵低矮的蘋果樹樹蔭下，聆聽讓她上癮的故事。他們倆生長的地方都遠離充滿陰謀詭計的城市，而這時他們仰賴大仲馬帶領他們走進這些永遠處於危險中的城市，在那裡，看到一個人脖子上掛著一顆綠寶石，就可能洩露出一個家族的王朝。他們陪著馬夫攜帶重要文件穿越洪水氾濫的平原，並且守護著敵人與愛人夜半的會面。這些書中充斥著難以承受的愛。「她發出哀傷的嘆息，飛奔離去，無法壓抑心臟的狂跳。康納利斯獨自離開，什麼都不能做，只能吸進來自蘿莎髮稍的，如囚犯被關在牢籠般殘留下的甜美香氣。」他們躺在這狹窄纖細的門廊上，有時候覺得幾乎不能呼吸，覺得世界上似乎再也不會有平凡的人生了。

他唸著書，彷彿在扮演不同的角色。他帶著如此成人的知識，彷彿是一場遙遠的戰爭中，或一段熱情中受傷的智者。她也彷彿是經由他了解這廣大的世界——是他（他自己也這麼覺得）帶著瑪麗—娜格走進宮廷，或跟她一起在月光下騎著馬從一個城市奔馳到另一個城市。他們發現了派信鴿飛到像海牙這麼遠的地方是可能的，但更多時候，還是必須自己騎馬長途跋涉。如果路辛對他讀的虛構故事中的一個女人的欺騙、或一場暴力的毆打感到震驚而遲疑地停下來，瑪麗—娜格就會打破她一貫的靜默，跟他一起檢視他認為在這仔細編排的脈絡中的漏洞，於是他們會談論，討論一個男人或一個女人，一個丈夫或一個妻子，究竟應該有什麼舉動。例如這句話：「她的想望超過了這男人的能力，而她只能連同他的弱點一起接受他。」如果有些地方他無法完全了解，或只覺得厭煩，她會說出來是為什麼。他察覺她心底暗藏著某種機敏——就像她對三劍客當中一人特別傾心。

他們由這種方式了解了對方的興趣與猶豫。她注意到他匆匆唸過關於童年的段落，因為他覺得二十歲以下的角色太過熟悉。他已經知道少年時光包含什麼。他只想要複雜的成人與旅行、戰爭與打鬥，以及婚姻。當他對她脫口而出這件事時，他停了下來，對於他們之間的這道牆感到尷尬。她把她細瘦黝黑的手伸到他胸口，在那裡停了不到一秒鐘。有一天你會結婚。那時候我們就會談論這些。不，他說，我們不會。我很確定我們不會。他往後退回到正式拘謹的關係，讓他們像兩根易燃的火柴，並排躺在一個火柴盒裡。

這一切都發生在他們在一起的頭一年。到了傍晚，羅曼就回到家，她也會回到她的眞實生活裡。而他——他會衝進田野裡，翻跟斗，用彈弓對準細瘦的樹，把自己像一根矛一般射入河水中。他會燃燒一般鑽入水中，在黑暗中睜著眼睛，確信他會找到銀子，或一把遺失的劍，或一根試圖將他糾纏在水底的樹枝。某種東西，讓他能在他們分離之後的這些時刻再度變成只是個男孩子。

她會走到她狹窄的後窗，看到他跳到一根樹幹上。如果她在他們屋子的後半幫丈夫洗澡擦背，她或許會聽到從他的遙遠世界傳來的一聲水濺起的聲響。如果羅曼想要她，如果他回來時腫脹饑渴，他甚至不會多走幾呎到他們的床邊，就要她仰躺在廚房桌上，腳懸在半空中，幾乎碰不到地，他則整個人衝撞著她，她雙手抓著她能抓到的桌子的任何邊緣，多少覺得刺激。兩人的頭跟肩膀在搖晃而沒點燃的燈下，她背脊上的皮膚沿著木頭上下摩擦，只有她敞開的棉布洋裝作爲緩衝。那男孩還沒潛入河中，他們的交合與相互滿足就已經結束了。羅曼會伸出一隻手，而她會用兩隻手抓住，然後他會把她從桌上拉起來，拉到半空中。他是個年紀比較大、比較強壯的男人，跟那個男孩子截然不同，而她看到他的眼神迷失在痛苦和挫敗中，迷失在對他們生活現狀的憤怒中。他會抓起一把椅子摔向分隔他們唯一房間的帘子，而她知道被摔向黑暗角落的，也很可能會是她的身軀。有一兩次，她在三劍客其中之一，波索斯身上，看到羅曼的個性，甚至看到他身上可能有波索斯的本性，而她就因爲這樣，而能忠於羅曼相信的一切。

她把頭髮留長。她覺得自己跟那只有一個房間的農舍連繫在一起，這是一點點的獨立。她很少離開農舍四十碼以上，除了當她去上她的閱讀課，或羅曼駕著馬車帶她去村子裡時。

狗

男孩子在窗邊做白日夢，被向外凸出很多的窗檯包圍住，看著窗外。他的眼神逐漸聚焦在遠方，看到一隻狗漫無目的徘徊在附近。那隻狗靠近一點時，他看到牠是一隻黑色大狗。他對身後的母親說，那隻動物可能有狂犬病，很危險，而她來到他旁邊，看了窗外一下，然後說，可能吧。別出去。我不會出去，他同意。

他們正準備吃午餐。他走到北邊的窗戶去看羅曼跟瑪麗—娜格會不會剛好在外面。他沒看到他們的蹤影，於是回到前面的窗戶，坐得離玻璃很近，看著那隻動物。牠還在徘徊，沒有吠叫，只是四處亂轉，好像體內有個詛咒。牠衝向屋前的門廊，但看到窗戶裡男孩子的上半身，便往後撤退。牠要走掉了，他告訴母親。那好。那動物在地上磨著鼻子，然後抬起頭，往前衝，躍上門廊，撲向窗戶。牠的腳掌打碎了單薄的玻璃，前腳碰到男孩，而碎片刺進了他的眼睛。他站了一秒鐘，然後倒到地上。他相信那隻狗進到屋子裡了，而那痛楚表示他的臉正被啃噬。他叫不出來。尖叫的是他母親。她看到他臉上和襯衫上全都是血，窗檯旁的牆上也是。那隻狗的腳掌已經從碎裂的玻璃中抽回，跳回到門前的土地上。

她在兒子身旁跪下來，碰觸他僵硬的身軀。男孩子不敢動。她對著他尖叫，以爲他被咬了，但是男孩子沒有發出任何聲音、做出任何動作，而逐漸地，她冷靜下來，剩下慌亂的喘息。他看不見，他的大腦把那聲音解讀爲是那條狗在他周圍盤桓的喘氣聲。

然後他母親離開他，他單獨一人躺在廚房地板上。

儘管那隻狗還在附近，她還是跑上山坡，帶回羅曼跟他的年輕妻子。此刻他母親抬起兒子的頭抱著，而那女孩在一只碗裡攪拌了鹽水，小心地洗淨漫流的血，找尋傷口。他的臉上似乎沒有任何割傷。最後她來到他的左眼。裡頭有兩片玻璃碎片。他往上瞪大眼睛，無法閉上眼皮。她毫不猶豫地用手指將其中一片鋸齒狀的碎片拔出來，而他的一隻手胡亂揮舞。你看得到嗎？但他看不到。用另一隻眼睛也看不到嗎？他不知道，他只覺得痛。另一隻眼睛，右眼的眼窩已經成了一灘血，她不知道那表示發生了什麼，還是表示那隻眼睛平安無事。但是他的左眼肯定還有一片插得很深的碎片。她不確定她能不能拿出來，或者該不該拿。

羅曼把他抱到馬車上，讓他躺在後面的長椅上，頭再度枕在他母親的大腿上。她拿著一條薄棉布蓋住他的臉，遮擋沙塵。其他兩個人坐在前面。路辛的母親帶了獵槍，放在前面座椅上，這對夫妻之間。

他們走了幾百碼之後，那隻狗再度出現，保持距離地跟著他們。那動物顯然還想攻擊他們。牠跟在馬車旁邊跑，在馬蹄旁呲牙咧嘴。他們可以看到牠腳上依舊溼潤的血。射牠，母親說，於是羅曼把韁繩交給妻子，將獵槍對準，朝著進攻的那隻狗身旁的沙塵開槍。那動物突然冷靜下來，坐了下來，看著馬車朝馬賽勒疾馳而去，將他們與那隻動物越分越遠。年輕的妻子不斷回頭看，若不是在看路辛，就是在看距離越來越遠的那隻狗。她從小到大都想要一隻狗，也曾經嘗試說服她丈夫養狗。現在她永遠不會有一隻狗了。她伸手向後，握了一下路辛的手。

醫院裡的醫生，波瑟林先生雖然很緊張，但也很確定自己的權威。他說，細菌感染可能會蔓延到沒有受傷的那隻眼睛。他決心要至少挽救一點視力，所以他說服了這個年輕人的母親把左眼移除，而留下來的眼窩，或是「凹洞」，則要徹底清理乾淨。這樣一來，感染就不會蔓延到狀態脆弱的右眼去了。路辛沒有參與這個決定，而他之後許多年都對這些讓他毀容的人心懷憎恨。

等到回家時，他仍只有微弱的視力，只看得見周圍東西的顏色和形狀。但這會逐漸改善。然而他被告知有一年不能看書，更奇怪的是，他還被建議這段時間裡不能哭。他被這樣要求時，就快滿十八歲。所以冷漠的憤怒似乎是唯一被容許的、對這項意外的反應。他持續責怪帶他去馬賽勒醫院的三個人。他責怪羅曼沒有殺了那隻狗，而讓牠消失無蹤，以至於無法把牠抓來檢驗有什麼疾病。他責怪扁豆把可能不乾淨的鹽水滴到他的眼睛裡。最重要的是，他責怪他母親容許醫生拿掉他的眼睛。他的行爲表現像是小了五歲，而他們發現很難讓他以別種態度對待他們。他寧可一個人待在房間裡。他憤怒得拒絕裝假眼。成年之後，他幾乎絕口不提這一段他能夠，也應該整天哭泣的時間。

災難發生後一個月，他之前訂的書從土魯斯寄來。他把它們扔到牆角，走回他的房間。如果旁邊有一堆火，他一定會燒了它們。他母親讓書留在原地，直到那女孩過來上課。路辛坐在門廊上，而她走過來，唸出書的內封面上的謝詞，然後開始唸：「第一章——達太安的三個禮物。在一六二五年四月的頭一天早上……」

他體內的一切都凍結了。他拒絕走出來迎接她的字句。她的口音很彆扭，充滿遲疑。他察覺她假裝著世故，而做作的巴黎式散文更凸顯她自然的口音，因此她跟他同樣覺得羞辱，甚至比他更甚。這阻止了他口吐惡言。但是他也無法向她屈服。明天他不出來外面就是了。這角色的對換讓人難堪、惱怒。這被他母親從文盲的流沙中拯救出來的、下人般的鄰居太太……。書在她的大腿上，而她一手抓著用來割開書頁的刀子。黑色的頭髮遮擋了她的臉。他幾乎聽不到她發音錯誤的城市和家族的名字。他唯一真正感受到的，是她微微顫抖的左手臂。他只看著那裡，不願陷進故事裡。

她唸完這一章後，便闔上書本，不看他一眼，就帶著書走回她的房子。之後那天，她沒有出現。又過了一天，她在幫他母親弄窗簾時，他問她能不能告訴他，第一章裡他沒聽到的、沒聽懂的一個地方。她抬起頭。「我也不記得。我太緊張了。」他好像做了什麼反應。「要不要回頭再唸一遍？」

「不，繼續唸下去就好。不知道一件重要的事情，會讓人更投入。」

羅曼拉開了分隔他們臥室的帘子，讓廚房的燈照在她身上，幫她脫掉衣服。她現在比較高，比較壯了，長髮也比較有女人味。當他們在床上角力時，他看到她的自信，還有她不再那麼被動的享受。她的雙臂推著他，如同一個勢均力敵的對手回瞪著他，對他所做的事毫不害羞。當他進到她體內時，她往上張開嘴，咬著他的鬍子，把他拉向她。過去發生的事與其說是熱情，不如說是決鬥，而在昏暗的光線下，當他們結束時，他可以看到她身上的汗，卻不覺那汗也在他身上，直到她靠上來，舔掉他額前的汗水，而他覺得這彷彿是她體內的某個陌生人才會做的舉動。

他睡著之後，她無法入睡。她躺在那裡，感覺時間緩緩流過，而他們的身體擠在一起，她活躍的頭腦完全清醒。廚房裡的燈還亮著，從打開的帘子透進來。她找尋她的內衣，從頭上套下去，然後擦拭了兩腿之間。她彎下身，看著羅曼在睡夢中如此沉靜滿足的臉，這總讓她感到驚訝。她相信這是他最快樂的時刻，當他不覺世界存在的時候。然後她在床邊跪下來，伸手到床底下拿她的舊毛巾，拿出包裹在裡頭的那本書。她把帘子拉起來，把他留在黑暗裡，然後在廚房桌子旁坐下，開始重讀第一章。她無法滿足於故事裡有一個空隙；她會找出故事裡的祕密，在她的朋友想要或需要知道時，告訴他。

路辛開始幫羅曼建造豬隻的食槽。他在清晨和晚餐時間，把稀麥片粥倒進豬隻的餵食槽，然後看著牠們在昏暗光線中吃東西，一邊撫摸牠們的背。他這輩子都會記得牠們緊繃的皮、粗硬的鬃毛，跟牠們在緊張時微小的跳躍。許多年後，當他在比利時的一個村莊裡，被要求幫一個士兵打針時，他會想起他打過的第一針，對象是嘴巴受到感染的一頭很大的豬。他當時必須把那動物逼到畜欄的一角，然後走到牠後頭，把牠的前腳抬起來，讓牠無助地往後倒在他懷裡，而同時他自己也因爲承受這麼大的重量，而整個人往後倒。他保持這個姿勢，用一隻手臂抓住牠幾秒鐘，另一隻手去抓針筒，然後刺進豬的側腹。羅曼之前就告訴他該怎麼做，然後全程在一旁看著，發出少見但令人安心的笑聲。然後路辛放開了那隻看似滿不在乎的動物。

路辛跟瑪麗—娜格過去一起讀的故事，現在變成她的故事。而他也習慣了她的聲音，習慣她用她的方式唸出一場打鬥的騷動，或她帶著毫不壓抑的驚訝，描述一本書的紙頁如何被浸了毒液，以殺死新教徒。外面的世界如此陰險而恐怖。他有幾次糾正她的發音，不是爲了讓她丟臉，而是爲了保護她，避免她以後在陌生人面前丟臉。她一個星期唸書給他聽兩三次。現在他們又是平等的了，在故事角色的動機揭露前，分享不同的可能，爭執誰才是最棒的三劍客，最重要的是，一起開心達太安跟他一樣是加斯科涅人、來自澤爾省。

她看到他因爲在田地上勞動而改變。她注意到他曬成棕褐色的手臂、他沙啞的聲音，聲音中尖銳的外殼逐漸脫落。他不再是她最初認識的那個男孩子了。他的一舉一動開始有了自信，帶著她永遠不會有的篤定。她再度在她的世界裡遲疑了一會，然後才跨進那光線裡，跨進她從他身上得到的愉悅裡。

鬧洞房與村聚會

她是在聖迪迪－蘇－羅希佛特村的一場市集中認識羅曼，而他們的婚禮就在她父母過世後、將她養大的叔叔跟人討價還價一小時後舉行。春天時，鄰近的所有村莊，在沛利茲，在夏隆等，都會有婚姻市集。瑪麗－娜格十六歲，羅曼三十幾歲，而他們坐在一張小書桌前，等著書記寫下他們的婚姻契約。

那天晚上，他們之間存在的任何一點脆弱的情感，遭到一群二十個人左右，來鬧洞房的傢伙嘲笑。在那時候，任何異於常規的婚姻都會被視爲對社區的侮辱。配偶過世後太快再婚、爲人所知的通姦者結婚、夫妻年齡差距很大，都會導致對新娘新郎的羞辱。如果女方很有錢，而男方很窮，則會有標語寫著俗話：「只要錢包大，熊也能娶回家。」如果是通姦者結婚，他們則會拿著有巨大陽具的人形，在大街上跟著他們。有些鬧洞房的行爲會長達兩個月；如果付錢了事，則可能幾小時解決。羅曼跟瑪麗－娜格既沒有錢，又沒有權勢地位，自然成爲欺負的目標。羅曼雖然孔武有力，代表他的人形卻把他描繪成又老又弱，而他的年輕新娘則是躺在他膝上的小寶寶。有傳聞說，不久前曾有新婚夫妻被鬧洞房的人逼得發瘋。其中有一個丈夫被羞辱到失去理智，用一把鑽子刺死了他第一個抓到的、嘲弄他的人。因此婚禮之後緊接著就是死刑。

她叔叔的家一整晚都被火把、鼓聲，跟喧鬧的猥褻歌聲圍繞。羅曼在窗前站了好幾個小時，然後在破曉前溜出屋子，攻擊在其他人回家睡覺後留下來看守的兩個男人。他將其中一個勒昏，並折斷了另一個人的雙手手腕。他單獨站在草地上，看著那兩具軀體。那是凌晨五點鐘，黑暗的時間所剩不多。他的新婚妻子提著一盞油燈走出來，他把燈熄了。他雙手搭在她肩上，頭在她身上靠了一下。瑪麗—娜格穿著男孩子的服裝，並剪短了頭髮。他們沒有再回去屋裡。他們拉起她叔叔的馬的轠繩，在最後的黑暗中，跟在牠旁邊走過村子。到了開闊的田野之後，他爬上馬，伸手向下，將妻子拉起來，甩到他身後的馬背上。他們伴著晨光往南騎，田野在周圍逐漸亮起來。

他們在阿德什幾乎馬不停蹄，只吃在樹叢、樹林，跟菜園裡找得到的東西。靠近尼姆時，他們轉向西邊，穿越塔恩省跟上加倫省。等到他們到達熱爾省時，她已經脫掉男孩子的裝束，換上一件黃色的棉洋裝。他們在一個果園找到工作，跟其他工人一起睡在擁擠的穀倉裡。他們至今還沒有以丈夫跟妻子的身分，如愛人一般在一起睡過，而在第三天晚上，他叫醒她，他們一起走進相鄰的一間溫暖的馬廄裡。馬兒們很快就發現他們的存在而醒過來，於是馬廄裡出現緊繃的寂靜。他走到每匹馬身邊，一一安撫牠們，撫摸牠們的前額。總共七匹馬。然後他回到那十六歲的女孩身邊。她坐在一張長椅上，看著他。外頭月亮發出的光芒照滿拉開的門口。他蹲下來，發現地上是泥濘的稻草。他走到門口用接雨水的大桶洗手，然後洗他的手臂跟脖子，站在夜風裡晾乾。她走到外面他的身邊，將她纖細的手臂浸到清涼的水裡，洗了臉，舀水潑到自己的腳上。

他們周圍的田野是一片藍色。數年後，當羅曼因傷人而入獄時，不禁回想起這個時刻，想起瑪麗—娜格彎下身，用雨水洗她的腿跟腳，她的肌膚帶著一絲藍色，而綠色的田野也變成藍色，因此唯一不同顏色的只有月亮。他要她扶著水桶彎下身，然後撩起她的黃色棉洋裝，但是她轉過身來，看著他，親吻他剛剛逐一安撫馬匹、彷彿有用不完的時間的那雙手，彷彿在這個他們現在覺得有如異國的地方，這七匹動物是他們從婚禮以來遇到的唯一文明的生物。他撫摸她令人喜悅的柔軟小臉，然後是她的脖子，跟她用手指梳過的、潮溼的頭髮。她將手掌貼在他粗糙的襯衫上，然後親吻他頸部敞開的三角形。之後，她轉過身，張開雙臂靠著水桶粗厚的桶壁，裡頭的水映照著月亮和她鬼魂般的臉。羅曼頂著她移動身體，而在接下來那一會兒，不論有什麼意外、有什麼疼痛，在她在水中不斷變換破碎的影子前，都有那狂亂的月亮。

「遠來的謊言難揭穿。」但是第二天，他們以爲的陌生人卻認出了他們，開始散播他們結婚的醜聞和羅曼的暴行。半小時後，他們就離開了農場，和夜晚那藍色田野的記憶。他提議他們以兄妹的身分旅行，便騎著她叔叔的馬，往更西邊去。接下來幾個星期，他們幾乎沒有食物可吃，而她最後連月事也不來了。他們做了幾次愛，在他們可以在深夜碰觸對方的時候，但在極度疲憊中根本沒有樂趣可言。他們白天大部分時間都在旅行，而他們體內唯一活躍的只有飢餓。他們唯一的財產是裝水的皮囊，供他們晚上口渴時喝水。兩個人都不識字，所以如果他們想找工作，就必須詢問別人。可是他們盡量不與人來往。他們遇到的市集，是他們唯一知道可以找工作的地方。在奧許以西的貝倫村裡，他們發現自己來到龐大人群的喧囂聲裡。他們周圍有魔術師、有可以幫你拔牙的技師，還有占卜師可以揭露你的未來，彷彿那是一條隱藏的毒蛇。她看到各種攤子時才發現，她應該等到現在再賣掉她的長髮，可以讓人做成一頂假髮。

在市集上，可以扛著一隻活豬跑最遠的人，就能贏得那頭豬，這是羅曼做得到的事，他抱著那隻豬，在超越其他人之後才倒下。他還沒從草地上爬起來，就已經把豬賣給一個農人，但隨即改變主意，願意免費把豬給對方，只要求換一份工作。那個農人同意了，讓這個扛豬的男人，和跟著他流浪的可憐妹妹在他的田地工作，睡在他的穀倉。幾天後，羅曼跟瑪麗—娜格受那個男人邀請去參加鄰里聚會。聚會在由石灰岩牆圍起的、很大的建築裡舉行。那感覺很像夜市或講道聚會。女人坐成一排排，就著火光縫紉刺繡，或是削蘋果、剝栗子。在靠近後頭的地方，男人則修補磨利工具，吹牛誇口，互相說些自以爲是、淺顯粗糙的金玉良言。羅曼坐在他們當中，梳理麻草纖維，燒掉尾端。一個女人拿著一鏟熱燙的灰燼，走到他們當中，他們從中撿起栗子跟馬鈴薯，跟在後面的另一個女人則拿著一罐加過香料溫熱的葡萄酒。

聚會能凝聚社區的向心力，因此即使很累，所有人仍要義務勞動。外頭是一片頑強的土地，作物生長不易，生活是無止盡不斷重複的勞動，因此彼此相傳的眞理總帶著清醒的刻薄。「這輩子養豬，下輩子也養豬。」羅曼跟瑪麗—娜格只有在這裡才能吃得好些。一整天工作下來，他們已經筋疲力竭，但是他們仍奉獻好幾個小時在聚會裡，因爲這裡有食物可吃。他可以看到她在另一頭、靠近火的地方，幫忙洗衣服，身在其他女人當中像個小孩。求愛的舉動在半明半暗的周圍進行著，即使愛人們不時聽到警告肉慾的苛刻至理名言。所以瑪麗—娜格在扭乾溼床單、掛在火旁晾乾時，經常會有年輕人，或像羅曼一樣年紀的男人趨前搭訕。

這是她一生中最興奮刺激的一段時光。因爲他們進行著僞裝的冒險。而且她睡得很安心，沒有恐懼。在穀倉裡，跟別人擠在一起，她靠在被迫跟她保持柏拉圖關係的羅曼身邊，覺得好像靠著一堵安全的牆。當他們想要或需要做愛時，缺乏隱私和彷彿同胞兄妹戀愛的罪惡感，則讓那緊張和慾望……棒極了。他們之間不可能有任何聲音，因此聲音都被轉化成昏暗不明中的目光。對她而言，他現在因爲小心而變得溫柔的手，在夜裡放在她背上時，就已經足夠。她會在聚會中緩緩轉身，不理會其他人明目張膽的進攻，而望向在黑暗中的工人。她知道羅曼會在那裡看著她，於是她用手指穿過自己的頭髮，聳聳肩。

於是她等待夜晚。等待那隻手在她的肩上。碰觸她不會被人碰觸的柔軟的膝蓋後方。他們躺在那裡，哥哥跟妹妹，沉默冷靜，除了他靠著她的摩擦。如果有人點燃一盞油燈，那暗褐色的光只會顯露出可能是在睡夢中意外發生的身體的貼近。但是好幾個小時的黑暗籠罩著他們。她稍微推開他一下，然後等著。他已經在她裡面，而留戀著這樣的停滯，不想結束。一聲低語。當他覺得自己快到時，他的手會掩住她的嘴巴，壓制那聲音，雖然他狂暴的呼吸發出的噪音都在她的耳邊。而此刻，若一盞油燈在這寬闊的穀倉裡被舉起，這兩人的姿勢會像是他在勒住她，像是哥哥與妹妹常年不和的宿怨未了。

他們一開始這樣假扮兄妹時，在對方面前變得沒有了名字，但是盲目地扮演著角色一段時間後，他們反而知道了彼此最眞實的慾望。而他們發現的，不只是夫妻的愛，還有他們隨時可能遭遇危險的生活。這兩個互相陌生的人試圖在陌生人當中求生，但他們的企圖卻被阻擋，於是他們明白任何東西、所有東西，都可能被奪走，在這個鋼鐵般強硬的世界裡，沒有任何東西是可以依靠的，而這個世界似乎在他們後半輩子裡仍不斷延續。

情書

路辛．賽古拉的母親在他的婚禮舉行前幾個星期過世，當時扁豆第一次不請自來地走進屋裡，拉了一把椅子坐到棺木旁，將頭靠在那黑色松木上。她動也不動。這個女人主動跟她成為朋友，讓她在她的庇蔭下神奇地成長。而羅曼最近因為在貝倫村攻擊一個木匠而入獄之後，瑪麗－娜格曾經差點失去他們的農舍，直到路辛的母親幫她付了房租。因此，當瑪麗－娜格在棺木旁淒厲地哭泣時，路辛相信她有一部分是因為害怕失去自己的家，於是把她拉到旁邊，告訴她，房子還是她的，而他會負擔房租。她以輕蔑的眼神瞪他，轉身走開。她再度坐在那張椅子上，頭靠著黑色的松木。路辛明白他侮辱了她，誤解了她的哀傷。之後他很久都沒有再見到她，而再見到時，她也不肯跟他說話。無論他說什麼，都無法消除造成的傷害。

對路辛而言，從他們初次認識，到他的婚禮之間，瑪麗－娜格一直有兩個不同的形象，讓他始終無法調整融合為一，像是望著一個有瑕疵的立體顯微鏡。其中一個是穿著黃色棉質洋裝的十七歲女人。頭幾年在田地裡，她經常穿著這件洋裝，不論是從河邊提水到畜欄，還是來他們家時。而另一個則是在路辛不知不覺間長大了十歲的這個女人。如果這些年來，他有意識到任何成長的痕跡，那也大半是他自己的成長，他怯生生冒出頭的鬍鬚、他刮鬍子的嘗試、他母親蒼白如灰的臉。而不是她的成長。

現在，在這樣的侮辱之後，他覺得他已經失去她了。瑪麗—娜格幾乎完全不理會他。但是在他的婚禮上的一刻，她出乎他意料地碰了一下他的肩膀，並在他轉頭時，無言地滑進他的臂膀裡，跟他跳舞。他的驚訝多於殷勤。但她似乎不在意。他說了什麼想打破沉默，其實沒什麼，只是一點閒聊，但是她沒回答，只是抬頭看著他的臉，看著她最重要的朋友，這個曾經說過他們永遠不會談論婚姻的朋友，現在終於跟她一樣結婚了。她當時的表情帶著動物會有的、揶揄而心知肚明的眼神，彷彿她已經知道他會有什麼藉口或閃躲的方式。於是他在接下來的舞中都忘了說話，只不太緊地攬著她，讓他能好好看著她。他可以感覺到他母親多年前曾玩笑說過的「腫起」。她穿的當然只是一件簡單的棉質洋裝，卻是他從沒見過的。而她濃密的黑頭髮則梳得很仔細，如夜晚一樣乾淨。他靠過去，聞那頭髮。河流的氣味。即使如此簡單，瑪麗—娜格還是為他的婚禮好好地打扮了自己。說不定她跟新娘花了一樣多的時間。而此刻他們正跳著舞，兩個人都不在乎跟舞步有關的任何規則，只想起是他的母親教他們兩個如何跳華爾滋。

他想著她的美麗來自於她對他的熟悉，即使這個人已經不是跟他一起長大的那個人。當他把她在他心裡的兩個影像，靠在一起，放在一個顯微鏡下，他可以看到同一個神情的互相映照。但他心底也被拉扯了一下，突然意識到這個女人有種他始終覺得很親近的、私密的天性。他認為自己娶的是他想要也慾望的臉孔與身體。但是在這裡，在他面前，還有更大的、更令人困惑的東西，這裡是一整片田地，卻更親密，是一顆超越他的心，那顆心在三劍客當中選擇了波索斯，而他始終不明白爲什麼。

而當音樂結束時，他看著她像一個戀愛中的女人，從她的棉袖子裡抽出一封信，塞進他胸前的口袋裡。接下來一個小時，他跳著舞，跟那些擋著他去路的親戚談天，即使他絲毫不在意這些人，也不在乎他們和他或他妻子的血緣關係，而那封還沒讀的信就在那裡燒燙著他。對他而言，唯一重要的事突然只存在於瑪麗─娜格的力量裡。他可以看出圍繞著他們的膚淺的婚禮派對會如何繼續，但是他最了解的人——他卻無法想像她在一個星期後，或甚至一小時後，會對他有什麼回應。她不只是跨進他懷裡跳一支舞，而是算準了有可能的、社交上合宜的精確時刻——在陽光照耀的婚禮行列，和永無止盡的婚禮宴席之後——塞給他一封情書，彷彿他們身在大仲馬的故事裡。她寫的紙條說了再見。然後又說哈囉。於是這讓他想到「由信鴿傳送到海牙的一封信有時可能改變一切。」她就像那些亦正亦邪，不斷改變的女主角一樣，在錯誤的一天，讓他的心天翻地覆。

夜晚的工作

他過了一段時間，才再看到她。路辛跟他的新婚妻子離開馬賽勒，旅行到北方，先到南布列塔尼的森林，然後到巴黎，而當他們在三個月後回來時，他與瑪麗－娜格之間的拘泥關係又堅硬了。他已經進入了婚姻中核心而妥協的領域；他也理解到，如果他不只想成爲一個已婚男人，就必須認眞看待自己的工作。

他每天上午稍晚和下午，都在過去他繼父的工作室裡寫作。從窗框看出去的視野仍舊囊括了他童年時所見的大部分自然風光，雖然河流已經被長得太高的樹擋住了。之後，晚餐後，當他太太或其他任何訪客都休息或離開之後，他又會回到這安靜黑暗的地方，並在扭開燈前，先讓自己感覺到那曾經充滿這個房間的鐘錶用的各種機油的氣味。他坐在那裡，衡量著在白天半夢半醒間已經寫下的東西，直到他碰到一句話中的片段，發現某個未確定的地方，那就會爲他開啓一扇門。他會幾乎整個晚上都在工作，意識到他的檯燈外的一片黑暗。只有筆跟筆記本是活著的，其餘的世界都在夢的懸崖下。偶爾他會聽到遙遠的一間臥室傳來枕間細語，顯示另一個現實存在的線索，像是杜松子的樹根在地底下移動。他對自己唸出字句，就像他母親還在世，像瑪麗－娜格十七歲，而巴爾扎克對他們而言還太難的時候一樣。他們已經這樣進入了廣大的世界。他已經在那樣的地方了嗎？

他推開玻璃門，走進夜晚，讓寒冷充滿他的襯衫。他注意到山坡上一個點亮的方形窗戶。兩個農場之間有條拉緊的繩索，而繩索下是萬丈深淵。

親戚

他從來沒有完全確定，是什麼原因促使他寫作？他曾在他母親的婚禮上看過她跟那個鐘錶匠跳舞，只是彼此擁抱著的幾個步伐。還有一次她跟一隻貓——他母親跟一隻貓在草地上跳舞，他記得這件事。這件事變成他見證過一件美好事物的範例。他因此能以自己的樣子進入這個世界。

少數幾個跟他熟識的女人（一個母親，跟那個鄰居女人），都看到在年輕時的事業成功如何改變了他。他從遲疑不確定的男孩，變成比較意志堅定、重視私密的年輕人。他把自己的生活僞裝起來。對他們而言，他像是溜進了被弄錯的名人花園裡。他現在處在一個燈火通明的地方，就像在那些遙遠國度的動物園裡，你可以在夜晚目睹動物自以爲被黑暗籠罩時的行爲。

他即將結婚時，他未婚妻的家人推薦他們去找一個算命師，一個據說能幫村裡的人準確預測命運的人。那個男人看了他們的命盤，然後喃喃低語了幾句關於未來的無關緊要的話。他們正要返回布萊茲特的陽光下時，那占卜者突然抓住路辛．賽古拉的袖子，問：「你是個好園丁嗎？」不是，他說，拒絕透露他的職業。那個男人不相信地看著他，然後放開了他的手臂。路辛跟他未來的妻子離開了那掛滿簾幕的店鋪，手挽著手沿著兩旁種滿罌粟的路走了一兩個小時，然後走進了婚姻，創造出兩個女兒。他們有好幾年相安無事，但之後變成怨懟憎恨，但誰知道那條線是在什麼時候，在哪一夜，哪個時間，因爲什麼背叛，而被跨過了。他們輕輕地跨過，就像跨過路上一個微微的上坡，但也像一艘船不知不覺地越過赤道，因此事實上他們的整個宇宙已經天翻地覆了。

城市裡刊出許多文章，關於他的事業、他的技藝、他的精神異常、他出身的風土環境、他的缺乏親近朋友、他神祕而多變的天性，以及他的靈魂。他們刊出巴格涅勒—德—比格雷、加斯科涅地區，跟馬賽勒鎮等地的地圖。當地每個神職人員、住在附近的屠夫，跟郵差，全都從路辛・賽古拉的世界的安靜角落裡出現，都可以說出一個故事或見解，揭發他沉默背後隱藏的眞相。結果原來他妻子一直在日記中表達對他的憤怒。他本來以爲他們的關係是親近友善的。他讀了幾頁，才發現原來他們倆都看不見對方。他看到那文字描繪的毀容的男人。他是夜晚動物園裡的夜行性動物，在黑暗中被顯露出來，對他的同伴咆哮撕咬，呑噬自己的孩子。

有時候，他會失去讓自己感覺安全的那關鍵的部分自己。賽古拉（Segura）是安全的意思。他並沒有忽略掉他的名字的反諷。安全的世界消失了。他的一個女兒，可能是露瑟特，會走進昏暗的房間裡，看到他肩上披了一件薄薄的格子呢毯子。她是被派來逼他開口講話、要他脫離他自己的世界。爸爸！她母親堅持要她端一盤食物進來，但她沒有把食物放在他腿上。她十六歲。她想要當陪伴者，而不是信差，她只渴望能吸引住他，讓他走出黑暗。他熟知黑暗，裡頭所有的腳步聲。她坐在地板上，背靠著他的腿，像一隻西班牙獵犬，彷彿她屬於他沉默的身體所有。露瑟特記得房間裡的熱度，無聊的數個小時，直到她明白他每個微小的動作都是一種說話。她開始說到她恐懼什麼，什麼事會讓她忌妒，她對未來有什麼想像，而最後路辛終於喃喃地說到他自己小時候，處在類似的地方，或有類似的恐懼時，他是怎麼做的。他將永遠想不起來那漫長的一天，在那光線昏暗，窗戶窄小的房間裡，當他感覺那條薄毯子是他唯一的皮膚，當只有小心呼吸才能釋放他胸中的廢墟瓦礫時，在那裡陪他的是哪一個女兒。

他想起他小時候的一個金屬鉛筆盒，他記起曾與他共乘一個火車車廂的年輕女工，而他在三本書裡將她命名為柯勞蒂。她的伴侶是個危險的人，她告訴他。那個男人牢牢綁著她，不讓她有任何朋友，讓她完全失去自己的理智與想法。她生活中沒有其他人能提供不同的意見，來對抗他。路辛坐在那火車車廂裡、她的對面，兩個人像是最熟悉的老朋友，在夜晚的小餐館裡談心。她似乎在各方面都很聰明，除了接受那個男人之外。人多容易被捲入別人的個性裡啊。

他不禁懷疑他對自己的妻子是否也是這樣，畢竟他知道他們的婚姻多麼黑暗。回家之後，他思索自己在這個家庭裡的角色，承認了自己有控制人的部分。他發現自己對那個在火車上聊了三小時的女人，確實更有同情與共鳴。即使生活忙碌，但他已經開始想念她。他開始創造這個女人的白天與黑夜，而不須跨進她的生活一步。他在一年多裡書寫柯勞蒂以及跟她爭執不斷的伴侶、他們生活的空間，以及她爲了慾望，和幾樣單薄的奢侈品，到奧許去找一個作家。他觀看並描寫她在睡夢中疲憊的臉、她在性的亢奮中急促的呼吸，以及她沉迷地閱讀這個如長輩的作家偷塞給她的書。他完全生活在她的世界裡整整一年。當他完成了柯勞蒂的三部曲故事，打開他的書房房門時，感覺像是已經過了一整個時代。他發現在馬賽勒的土地上，一堆混亂的親戚圍繞著他。他要負擔一個食指浩繁的家庭的生計，這讓他再也無法爲自己做什麼。

☆

你很難在女婿身上看出自己有的惡習。他早該以比較中立的立場，看著這個年輕人。路辛如果客觀看待自己在這年輕人身上看到的事，就能提出警告，把這頭野獸包圍起來。他的女兒會因此憎恨他一整季，但一切最終都會被察覺並化解。但路辛覺得被這個剛冒出頭的詩人嘲笑欺騙，因爲他有一次發現這個詩人對他的家長角色露出不以爲然的眼神。這個年輕的追求者從來不相信他的大家長角色，就像路辛從來不相信他的奉承與表面上的彬彬有禮。

然而眞正發生的狀況更混亂。他此時二十二歲的女兒露瑟特跟亨利．柯塔特訂了親。他十九歲的女兒泰瑞莎則在接受年輕詩人皮耶．拉葛斯的追求。路辛從父親的高度觀看這些羅曼史，卻發現一件重要的事實。皮耶．拉葛斯更被舉止親切優雅的露瑟特吸引，而她也無法捨棄他拋過來的眼神。路辛觀察著他們壓抑的舉動。他看到在傳遞紙巾時一隻手刻意的重量，看到露瑟特跨進小舟時在她身上太長久的凝視，以及在鋼琴旁分享的歌聲。此外還有一張記錄了一切的照片。在一次聚會中，當所有人都正經地盯著照相機，沒有人看著他們時，露瑟特跟皮耶公然地凝望著彼此，忘記了照相機在目睹一切。路辛將這永恆的凝視的證據，收在他的工作室裡。

或許他應該對這件事保持沉默。父親並不需要為女兒守望她們的領土。成年的孩子已經不再是孩子，他們知道的比表面上多，能忍受的也比父母以為的多。但是路辛把這些背叛視為自己的責任，在周圍變化的人群中尋找著任何一點蛛絲馬跡。戀人們會在他走過大屋的走廊時，屏住呼吸。那個年輕人有新貴分子的厚顏與魅力，而且還是個優秀的詩人，這點就足以讓人失去戒心。路辛．賽古拉不知道該怎麼辦。

露瑟特對父親透露她已經懷孕，而需要將婚禮提前時，路辛堅持要她跟他去田裡散步，討論這件事。但是等到只有他們兩人時，露瑟特立刻拒絕承認對皮耶有感情。她在父親提起這年輕詩人的名字時顯得惱怒，瞪著父親，並提起她自己未婚夫的種種好處，以此掩護。接著她不經意地提起她妹妹可能不久也就要結婚。路辛開始懷疑自己不該狐疑，或許他的頭腦已經在多年後變得疲憊遲緩。這次散步很快結束，婚禮也在三個星期後舉行，而在婚禮上，他表現得像是個滿足的父親。就他所知，她已經結束了跟那個才華洋溢、虛偽欺騙的詩人的戀情。

不久之後，皮耶．拉葛斯發表了一系列的詩，獻給他未來的妻子，泰瑞莎。詩句模糊到無法辨識是在描述誰的外形，因此具有一種「普世」的特質。但同時詩句裡的情感卻濃郁慷慨，令人心碎，於是巴黎很快就開始稱頌這個年輕作家。這一切於是導向第二場婚禮的計畫。泰瑞莎欣喜若狂，她母親則心滿意足。路辛覺得這個家裡好像發了燒。這全都是虛僞的假象。他看著他們，聽著他們，看不出他們發現有不同的事實。眞實的描繪是在他書房裡的那張照片，照片中的兩個愛人就這樣公然地望著彼此。這個男人就像被魔咒保護著，席捲進他們家，而路辛無法控制。露瑟特從小就有種天生的優雅與禮貌，每次任何客人或信差出現，都會隨即站起來迎接。她決心要跟父親一樣成爲作家，不斷努力讓自己更好、更完美，就像她會仔細擦去她在紙上的錯誤，用鉛筆寫下更好的韻文或比喻。最近幾年，她甚至會幫他整理他作品中的一兩處多愁善感的地方。他看著她纖細多骨的手撥掉他的紙上，包含著擦去字句的捲起的紙屑，以便寫下一個更謙虛的字，用她的眼睛遲疑地詢問，這樣會不會比較好。有時候，有些作品，例如福拉馬隆的天文學論文，他會買下兩本，以便他跟露瑟特可以同時閱讀，在他們各自漫步穿越同一本書時，仍可以共享其中的風貌。他相信，她的想法也逐漸變得跟他一樣。

但是在那兩場婚禮的任何一面都把周圍搞得天翻地覆的幾個月裡，他覺得一切都變了。他知道雖然露瑟特不想傷害她妹妹，她還是會走進應該是給泰瑞莎的臥房裡，在黑暗中對他以身相許。他們會拿勤奮的旅途作爲掩護，藉此做愛。她會在特定的時間，到她小時候洗澡的花園淋浴間去，然後用繩子或緞帶把柵門綁起來。她知道他會已經脫光衣服，等在裡面。他們將前往巴黎的行程安排在同樣的時間，一起喝苦艾酒，醉醺醺地睡在飯店房間裡。他們會喝大量的黑咖啡，整夜不睡地寫作。他們很小心，但沒有任何事物可以將他們分開。

況且，她已經嫁給體貼而無趣的亨利．柯塔特了，不是嗎？但她妹妹的追求者如此慵懶又傑出，心思又細膩，而且對她全家人都很好，不只對她（露瑟特愛他這點），而能騙過所有人，跟她接近。「如果妳不解除婚約，」皮耶．拉葛斯曾警告她：「然後嫁給我，我就會用盡一切方法，鑽進你家任何一個角落空隙。」「我量你不敢。」她回答。「我會向泰瑞莎求婚，」他曾說：「而如果她不要我，我就要變成建築師，幫妳爸爸蓋房子，或變成這片土地的園丁。」「坦丁，我們的鄰居，會負責看顧這片花園。」「那我就幫妳父親寫傳記。」「他不想有傳記，他已經夠有名了。」「那我就讓妳懷孕，讓天下大亂。」

對他們倆而言，世界上幾乎沒有任何規則。或者只有一條規則，就是不擇手段都要在一起。「如果我有孩子，那一定會是你的。」她說。這變成了第二條規則。

她接受關於他的一切，為他心疼。

我想要……。給我。這個。

在這裡？

對。

她在犁過的泥土上跪下來，他們在別人的田裡，他在她嘴裡達到高潮，然後她站起來。他們周圍突然出現其餘的世界。

路辛走上通往花園高塔的階梯，走到一半時往下望，而看到他已經大腹便便的女兒在蓮蓬頭下淋浴，部分身體被一棵樺樹遮住。自從孩子長大後，現在已經很少人會用這個淋浴間了。她們還小的時候，全家人都會在夏天時，在這裡洗澡。路辛停下腳步，看著露瑟特的雙手快速地用肥皂抹著全身，就在那一刻，他突然一下子覺得快樂而放心了。不論愛是什麼，來自哪裡，他都接受。他也曾經至少跟他們一樣愚蠢。那又傷害了什麼？最終都會有一種秩序出現，即便是這件事。

他篤定他女兒懷的是皮耶的孩子，但是一切都不會有問題。慾望的火把有時候會在最怪異的、昏暗的房間裡亮起，但是一個家庭總能將它掩蓋包容住。他從自己的人生學到這點。他繼續走上陡峭的鐵梯，再度往下看，而看到露瑟特正用她溼潤的手穿過她淡褐色的頭髮，讓頭髮顏色變深。然後她似乎聽到什麼，於是轉過身，彎下腰，而皮耶．拉葛斯纖瘦赤裸的身體跨進了路辛跟她之間。

本來無邪的舉動——彷彿一種慶賀——突然讓他變成偷窺者。他女兒的前臂跟張開的手掌抵住了發霉的牆壁，而皮耶把她雪白的臀部和肩膀拉向他，身體刺進她裡面，一次，一次，又一次，彷彿她是全宇宙的中心。路辛想到她的小手撥掉他紙頁上擦拭字跡後留下的碎屑。

他快速轉身，走下階梯，回到地面上，人類的正常視野。往上十公尺，你就會越過圍牆，看到一幢意想不到的屋子。你是在半空中的作家。這是日本畫家說的「無屋頂技巧」。他在全能全知的詛咒下，目睹了他們之間愛戀的赤裸眞相。這個小時候做惡夢時，他抱在懷裡的小女孩，現在已經有了成人的需要。這是一個父親不應該參與分享的，即使他年輕的時候，曾跟同樣這個人，在同樣的蓮蓬頭下一起洗過澡。

當時她的身高只到他的膝蓋。

有些晚上，路辛會被他女兒的狂野驚醒。他一直看著的那個順從而有禮的女兒，是如何演變成這樣的一個人？只是因爲皮耶是她不顧任何原則，無論如何都想要的那個男人嗎？彷彿她的舌尖有一塊活躍熱燙的慾望的煤，徹底改變了她，讓她無法再躲在一個家庭的外殼遮蔽下。而他發現他甚至更愛這個驕傲的、印象難以抹滅的女兒，他的福拉馬隆遊伴。她超越了他，躍進了這個危險陌生人的生命裡，這個他無法喜歡的男人。他唯一能喜歡他的方式，就是知道露瑟特將自己置於他的手心裡，就像她彎下腰，往後靠近他的身體，在花園淋浴間裡充滿歡愉而毫不設防。

有時候對成人而言，眞相埋得太深，只有在夜深人靜重新書寫數小時後，才能找到，就像鐵煉成鋼一樣。但是孩童屬於當下就能看得透徹的一代。他無法理解皮耶的那一系列詩爲什麼會這麼有力而可信。他不了解他的兩個女兒怎麼會看似如此親近，卻又對彼此這麼不小心。過去他曾有充足的智慧，可以傳遞給他的孩子。他不是曾經教她們如何爬上圍籬，教她們該餵狗多少食物嗎？

☆

或許他這輩子已經「做得夠多了」，如一個小說家在戰前，在一間沙龍裡對他說的。她是指他寫的作品已經足以讓他赫赫有名，或至少讓他享有任何人在文學生涯裡所能期盼的顯赫名聲。但即使如此，這也不是他想要的安慰。他想要的不是名氣。現在的他跟二十歲的他一樣對名氣感到陌生。他藉著變成分裂的生物，保護自己免於名氣干擾（他長途旅行時，一定只會跟一個朋友同行，從來不跟兩個以上的朋友，然後他會與朋友道別，可能在拉帕利瑟與第二個朋友碰面，再一起去勃艮地）。無論如何，他當時正與那如小鳥纖細的小說家在巴黎奧什大道上的一間沙龍跳舞，她的一隻手放在他肩上，另一隻如鵝的翅膀般輕盈地放在他脖子上。這些都是顯示可能性的舉動，而他經常把她想像成一個情人。她是個優雅的作家，在她自己的事業上也贏得不少榮耀。但對路辛而言，寫作是個緊急避難的地方。他想要的是他剛開始寫作時所做的事，沒有任何自覺，紙張是他投奔的閣樓，讓他逃離他遊歷涉足過的所有地方。當時那是一種團聚，有種多變的刺激。沒有任何評斷。他開始寫作時，並不是要尋求評斷，但這卻不知不覺地變成他生活中不可或缺的。而他唯一想要的，只是可以毫無理由地跳舞，跟一隻貓。

瑪瑟勒的森林

在路辛・賽古拉的母親過世前幾年，貝倫村的教堂鐘塔重新整建。以羅曼體格如此粗壯的人而言，他的身手算是相當矯健，因此被雇用在五十公尺的高塔上工作。他在這裡能拿到的薪水，比在其他地方都多。羅曼綁著繩索吊掛著，敲鬆並拆除腐朽的牆板，露出這扭曲鐘塔的骨架。然後他跟其他人身上綁著繩子，靠著滑輪吊掛進入這古老的鐘塔，在黑暗中強化結構的支撐架，並在每一層樓鋪上新的八角形地板。

他們在塔裡面工作了兩個月，同時強風和大雪在平原上呼嘯而過，將他們團團圍繞。之後他們出來到陽光下，將新的木板拉上去，重新建造外層結構。這時的羅曼跟他所做的工作一樣危險。他鮮少跟別人一起工作。他回到地面上時，走路會搖搖晃晃，像喝醉一般，但終於不必承受保持平衡的緊張。他一整天都綁著背鞍式的吊具，或站在半空中的一根柱子上，而熱爾省的整個宇宙都在他腳下。他可以看到交織通往森林的許多褐色道路，還有二十公里以外的奧許，以及他每晚在黑暗中騎馬返回農舍的那條路。他會在晚上八點左右到家，跟瑪麗—娜格吃一頓飯，然後在隔天早上五點醒來，再回到貝倫。他覺得，如果沒有那些孤獨的夜晚騎乘，如果沒有瑪麗—娜格，跟他入睡前他們靜靜的談話，他恐怕會瘋掉。到第二天早上七點，他又會被綁在那建築上，踩在上頭，攀附著十三世紀就已經被砍下來的木頭。

晚上，雪在黑暗中落下，而羅曼與瑪麗－娜格醒過來時，會看到短暫呈現一片雪白的土地。熱爾省會下雪，但雪總是陽光一出來時就融化，所以綠色的田地與森林很快就會再出現。但是當羅曼騎馬往貝倫去時，時間還很早，因此他的馬在一片雪白中離開往上進入森林的弧形小徑。他總是穿越瑪瑟勒森林。經由這條穿越好幾畝森林的路，他可以在一小時內到達貝倫。他騎著馬，新增了重量的枝枒低低地掃過他的肩膀，雪於是落在他的膝蓋、他的大腿，與馬的臀部上。最後他放掉了韁繩，讓馬選擇自己要走的路，而牠也會在他們在黑暗中回程時，記得這條路。

於是羅曼會往後躺下來，看著上方交錯縱橫的綠色織錦。在這些時刻，羅曼迷失在不斷變化的世界裡，變成了一個男孩子，做著他小時候做的事。韁繩鬆鬆地放在他的膝蓋上，他什麼也不想。因爲他是個不識字，除了必要之外也很少說話的男人，所以他身邊的每一個動作，意義都被加倍放大，並且充滿了內省的角度。瑪麗－娜格一個沉默的猶豫，或在貝倫教堂這裡一個權威說的一句話的語氣，表達的意義幾乎都比必要的更多。因此一隻口中啣著某個發亮東西的喜鵲，輕鬆地在低空掠過，也會在他心裡緩緩翻轉，像是有個東西在石磨上慢慢碾著。

當他進入樹林中時，鳥都還沒醒來。頭頂的第一聲鳥鳴像水花般落在他身上。但是現在橡樹和山毛櫸重複著旋律與冗長的計畫，所以他覺得像是穿梭在市場裡。對羅曼來說，一頭牛或一隻豬，或一隻驚嚇不已的獵犬，都藉由聲音與動作揭露自我——跟人類沒什麼不同。他可以讀得出表達腳掌骨折或口渴的訊息。但是鳥鳴是他後來愛上的，最大的謎。他專注在其中，那巨大的結構中，包含了整座森林的生命，和一片天空的生命。不論羅曼在哪裡工作，他都會在一天中找出時間，走進一片森林裡去。

開闊田野的光線，在他離開樹林時朝他迎面而來。他在馬上坐起來，看到遠處那扭曲的貝倫的鐘塔。他是個看似對周圍一切視而不見的人。每次路辛跟羅曼講話，問一些他認爲很重要的問題時，如果羅曼覺得答案可以被發現，或用手指出，就很少會回答。直到路辛的臉被玻璃碎片割傷，而遠離他們所有人之後，羅曼才開始覺得跟他親近。從結婚之後，他就再也不相信任何陌生人。在狹窄的路上，如果遇到別人，他就會全身僵硬地站在原地，讓別人繞過他旁邊。他幾乎身無長物，但是他會獨立對抗一個軍團，來保護他僅有的一件或兩件或三件財產——幾件家具，包括一張床跟一張桌子、兩匹馬、他養的豬——以及他認爲他享有權利的事物，包括他太太的手臂、他穿越森林的小徑。其他一切對他而言都是陌生人，甚至會對他不利。

晚上，當他返回農舍時，瑪麗—娜格會點燃兩盞燈掛在他們門框上，讓他知道方向，而能離開路徑穿過田野。當他爬過了丘陵頂端，到了村莊上方，看到這兩盞燈時，他會發出狼吼一樣的長長吼叫聲，於是她知道他快到了——也因此有時候路辛跟他母親，或有時路辛的未婚妻，都會認爲有隻動物在兩座農場之間徘徊。不，這裡沒有狼，瑪麗—娜格被問到時總是這樣說，從來不曾洩露聲音的來源，而他們也從不相信她怎能這樣篤定。從某方面來說，這是她與她丈夫之間最溫柔的溝通。

在貝倫，羅曼則綁上皮圍裙，圍裙上有裝釘子的袋子，跟掛槌子的吊環。他不理會其他人，逕自爬上鐘塔側邊的階梯，直到再度回到孤獨中，伴隨他的只有聲音刺耳的風、他敲槌子的回聲，以及在他下面吼叫、像是狐狸吠叫的人聲。這讓他想到那天晚上鬧洞房的聲響，那些黑暗中的叫囂。這些無言的事件與微小的動作，就這樣在羅曼心裡匯聚。他高高在上，在鐘塔上，想起了那隻俯衝而下的喜鵲，嘴裡啣著閃閃發亮的贓物，覺得那彷彿是個徵兆。

在附近位於蒙特扎的一間教堂裡，一個吃奶嬰兒的木雕被他拿走。藏在信徒長椅間，跪墊上的繡花，被他剪下來並抽走。牆上的聖人肖像。一只大理石碗。一張地毯，一個黑檀木十字架。一片覆蓋毛氈的石板。在馮塔尼勒，跟杜勒，跟布魯厄勒，跟瑪勒莫，跟賽尼亞——不論騎到哪裡，他都會在午夜遇到空盪盪的古老教堂，孤獨地處在它們微小的榮耀裡，沒有暖氣，一片黑暗。所以有些夜晚，他不會走那單純的二十哩路返回農舍，而是騎到這大片森林周圍的村子裡，進入教堂，跨進它們的黑暗中，拿走他需要的，或他認爲教堂不需要的東西，蕾絲、一幅肖像的銀框、一個塑像。他把它們帶到瑪瑟勒森林中的一片空地上，然後等到出現些許的天光。霜覆蓋了一切。鳴禽跟猛禽都醒過來，在黑暗中唱著遲疑的歌。他挖起之前埋下的防水布，把他新拿的東西加入藏寶庫裡。他會拿這些東西去換植物、穀物，跟衣物。

鐘塔最後一階段的整修工作是覆蓋石板瓦。這些石板瓦是從昂傑地區運過來，要不重疊地鋪上去。這些男人用有螺旋溝槽的銅釘把石板瓦釘上去。羅曼在距離十字架跟風雞下方十公尺的地方，站在單單一根木樁上保持平衡。他可以看到西北方的瑪瑟勒森林，在一片雪白當中像一片綠色苜蓿葉，因爲雪深藏在樹林間。他從那些教堂找到的東西都埋在那裡，除了他從一個聖人雕像的上衣扯下來，要送給瑪麗－娜格的一朵木雕花，這偷來的東西像一隻活生生的雲雀藏在他的口袋裡。

他釘到一半時停下來，望向遠方，看到瑪麗－娜格騎在馬背上。即使隔著這麼遠的距離，他還是可以認出她的身形，看著她跟馬一蹭一蹭地前進，距離貝倫還有最後半小時路程。之後不久便爆發了那場爭執，而她將永遠沒有機會告訴他，她那天爲什麼會來到貝倫，以及她爲他帶來什麼消息。他看到她縮小的身影綁好了馬，走向一群木匠。他想像那些男人明目張膽地盯著她；她是那裡唯一的女人，他們必定很厚顏無恥。然後他們抬頭往上看，指著塔，於是他聽到笑聲。他很久都沒有動，身在那怪異的高塔上。人們堅持最初創造出這座塔的，是一陣突如其來的異常的風，不然就是一個墜入愛河的瘋狂屋頂工。

田地

瑪麗—娜格去監獄探望她丈夫後回家時，總會走過他們的兩片田地外圍——其中一片像馬蹄般環繞著馬廄，較大的另一片則沿著山坡往上。羅曼之前幫鄰近的農人養馬跟豬，因此有一點微薄的收入。而現在他入獄之後，她幾乎難以維持生計。但在薄暮時分走在田地上，她似乎能較清楚看到土地的可能性。她可以靠著她在馬蹄形農地裡種的東西維生，並把較大的那片變成菜園，種菜去賣。但是她必須學會怎麼施肥。他們代養的動物已經把土地翻開。於是她開始把水肥、蔬菜殘株，跟灰燼耙進土裡，並駕著馬車去馬賽勒的屠宰場，載回跟黃金一樣珍貴的內臟跟分切後的動物殘骸。如果需要比較深色、比較軟的土，她就會把煙囪裡的煤煙撒在她種的一排排包心菜上，將石灰跟阿摩尼亞淋在像黏土的土地上，在砂質土地上施牛糞，在石灰岩多的土地施馬糞。其中有些她本來就已經知道。其餘的，她則是看她從路辛的書房借來的一本專論書籍。那本書是在說明如何復原更新古戰場的土地。這一切都讓她想到講康納利斯試圖種出最完美黑色鬱金香的那本書。

她把較大那片田地邊上的雜草捆成一團一團，讓它們曬乾，然後在一星期後堆起來燒掉。那嗆人的氣味飄下坡到路辛家，鑽進他的工作室，於是他來到窗邊，看著遠處被煙和火凸顯出來的她。她把種子踩進土裡，而不是用手播撒種子。這在路辛那本軍事論文中叫做「填塞」。她砍掉低矮的灌木，只沿著圍籬留下幾棵果樹。她把白棉布鋪在苗圃上，讓麻雀打消念頭，並把蚯蚓切碎，浸到有毒的馬錢子溶液裡，然後倒進地鼠洞裡。她對幼苗極爲溫柔，就像她對害蟲極爲殘酷一樣。她把潮溼的泥土挖鬆，雙手捧著一把幼苗，彷彿要將一隻樹上掉下來的小鳥放回鳥巢。她把自己的工作看成是度過四季的路徑，在二月到四月間種下洋蔥跟芹菜，在五月到七月種韭蔥跟冬天的包心菜。

她現在年紀比較大了。她曾在結婚時哭泣，然後在黑暗的新婚之夜看到她的新婚丈夫意圖謀殺一個人。他從小到大都在一片農場上目睹自我保護的嚴酷生活方式。但是他們現在所在的世界更嚴酷了。而羅曼在忌妒的怒火中，在鐘塔的廣場工地邊上，攻擊了一個人，差點殺了他，因此進了監獄。當時總共有七個男人聯手才將他壓制住。彷彿他是一頭公鹿。他從那樣高的地方俯瞰著在一群木匠當中的她時，並不知道她懷孕了。

瑪麗—娜格每個星期都去馬賽勒的牢房看他。他坐牢一個月後，她在走回家的路上流產了。她在某個陌生人家的壕溝裡躺下來，失去了她跟羅曼創造的一切。她在一小時後起身。一株茂盛的薊草就長在瑪麗—娜格身邊，於是被烙印在她的記憶裡。她把兩根枝葉打結，形成一個十字架，然後種在路邊，再把所有東西兜進她黃色棉洋裝的裙摺裡，帶回家，埋在靠近屋子的馬蹄形田地裡。

她現在比較清楚看到自己人生的眞相了。她的人生裡，永遠會有在田地裡毫無意義、無能爲力的白日夢，也永遠會有一個騎著馬的有錢男人馳騁在世界各地，騎進森林裡，只爲了吸一口暴風雨後溼潤的樺木樹葉的氣息。

「你的黃洋裝呢？」路辛有一次順道載她去馬賽勒時問道，而她猶疑地說不出口，陷入沉默。不久之後的一天晚上，她跟路辛聊了很久，直到深夜。羅曼還在坐牢，而她相信，她除了跟一頭騾子一樣整天辛勞以外，其他一無所有。她把一切都告訴路辛，坦承自己的貧窮，而他則承認他毫無察覺。他是離她最近的鄰居，但他只埋首於自己的生活。

他去了馬賽勒，把她住的這片土地全部都從西蒙家手中買過來，一部分用錢，一部分則用農地交換。大約花了一天多，一切就都公證完成了，他於是帶著文件走上坡，到她的農舍去。他看到她在井旁邊，叫喚她的名字，但她沒有動。她一直盯著井裡面。他走向她，而她聽到他的聲音時，堅定的企圖便動搖了，於是她轉向他。她已經聽說了有人把農舍買下來的消息。他握住她的手，她要抽回去，但他不放。他拉著她走向屋子。羅曼就是這樣迫誘她跟他性交，因此她心跳加速，爲他們倆感到困窘。爲他，她的朋友，也爲自己。

他強迫她在那張藍色桌子旁坐下來。這是他好幾年後將從這狹小農舍拿走的同一張桌子，也將變成他這一生最珍愛的財產。她坐在他的右手邊，他把土地出售的文件攤開在他們面前。他從頭到尾唸了每一條條款並一一解釋。她發現自己的名字時，除了震驚之外還有別的感覺。這輩子從來沒有人給過她任何東西，連最微小的一點點也沒有。

然後，幾分鐘後，才看到文件的一半時，她放鬆了下來，而他立刻察覺。

怎麼了？他問。她搖搖頭，繼續看著面前的文件。她沒有突然吸一口氣或任何動作，但他對她的本性如此熟悉，足以發現任何突如而來的輕盈。怎麼了？他又問。

她看著他，微笑著。沒什麼，她說。

那跟這如此慷慨的舉動和這份土地的禮物無關，而是因爲她突然明白，他們是古老的盟友，這讓她能接受這樣的贈予。只有她知道爲什麼，當他們在桌子旁並肩坐下來時，她自動就知道要坐在兩張椅子中的哪一張。她這樣坐，是因爲這樣他那隻好的眼睛才能靠近她，讓他們能一起讀這份文件，而他的另一隻眼睛——他的盲眼，以及他們這一生所有的歧異——才能遠離這樣的親密。

她幫他們倆做了家常菜當晚餐，而因爲需要找點東西來讚美，他便讚美起她的井水清新甘甜，直到她取笑他。他一向害羞而猶豫，不肯討論他的作品。於是他們轉而討論她對田地的計畫，而那天晚上，當他回到家時，他把那本軍事小冊子從書房的書架上拿下來。他可以感覺到，她多麼興奮在擁有這片土地之後，可以思考田地該怎麼利用。在吃飯當中，他甚至說出之前就閃過她心裡的話——她現在進入了種植黑色鬱金香的世界了。她點頭。他們就是這麼親近。

雖然那晚她說的話遠多過於他，但她知道關於他重要的一切，他的成功、他的兩個女兒、他的妻子。然後，就在他離開之前、就在他站起來時，她要求他再坐下來，然後告訴他流產的事，以及她無法承受。她無法承受。她無法承受。

只有單獨一盞燈照著這張藍色的桌子。還有他伸出雙手，去握她纖細的、裡頭一無所有的雙手。

思考

儘管她與路辛這麼親近，她仍從來不曾想過他們之間有肉體上的熱情。她在他的婚禮上跟他嬉鬧地跳舞，也只不過是嬉鬧而已，如一本書的結尾，標示他們青春的結束。他們是在馬廄旁的空地，由他的母親教會華爾滋舞步的，因爲她說，既然他們在唸關於巴黎生活和楓丹白露的書，他們就需要練習社交技巧，而劍客的三項基本訓練包括騎術、劍術，跟跳舞。路辛對於跳舞的詮釋，在他在研究雕版畫時得到確認，就是一個人一直推舞伴的肩膀，直到兩人都來到房間的盡頭。而這女孩則懷疑跳舞就是在樂師的魔力下，跟另一個人糾纏一段時間。他的母親得同時教育他們兩個。

但是，他們對彼此仍小心翼翼。儘管如此接近，他們卻各自有自己的生活與不同的信念。瑪麗－娜格重新回想他跟那隻狗的意外時，覺得他必定天生就是半盲目的。舉例來說，他是這麼充滿直覺與感受力的人，卻對他妻子眞正的本質一無所知，而相信如果他們的婚姻裡有錯誤，原因也是在他身上。就同情心而言，他還是個夢想家，還沒察覺這個世界是如何的不平等，因此他的慷慨遠遠不足。他從不曾涉足眞實世界太深。

她對廣大的世界也所知甚少，或許比他還少。她的生活就局限在她的家裡。每天晚上，她坐在她的廚房裡，然後睡在帘子後的那張床上。她無法寫信給牢裡的羅曼，訴說對他的感覺，對他的渴望，因爲他不識字。她眞希望她教過他，就像別人教她一樣，這樣他就能逃離他的孤獨，但是他下工回來時總是已經筋疲力盡。入夜之後，她在馬廄旁一個裝了雨水的大桶旁洗澡，然後拿著燈走回房子。她會拿起一本書，但是她一坐下來，就會在椅子上睡著。她始終無法習慣在室內燈光下讀書，即使她每天晚上都嘗試這麼做。但能坐在一張柔軟的椅子上休息，手上拿著一本書，已經讓她很開心。過一段時間，等燈燒盡時，她會睜開眼睛。或許是燈芯燒完的煙喚醒了她。她站起來，將五官知覺都收拾到近乎清明，才穿過黑暗到她的床上去。

戰爭

因爲路辛·賽古拉只剩一眼的視力，因此沒有上戰場打仗。他轉而志願參加一個委員會，在鄰近比利時邊境的戰區研究疾病跟外傷。上前線時，他帶了他從德文翻譯的，關於新復健科技的論文與報告，但是工作過度的年輕醫生對他不予理會。圍繞著他的只有被砲火、飢餓，最重要的是，被恐懼所摧毀的混亂的軍人。他們需要別的東西，而不是一個來研究他們的人。雖然他持續提出報告，但他開始在醫院帳篷裡工作。不到一個月，他已經變成另一個人，一波波無名的士兵和看護當中的一個。他的臉變得憔悴，山羊鬍蔓延成雜亂的鬍子，而他持續在寄往巴黎的公文中表達不耐與憤怒，但這表示這些文件只會被埋在檔案裡，鮮少有人閱讀。

他在第二年時得了白喉。一開始他只是輕微發燒，然後開始吞嚥困難。兩天後，路辛就幾乎無法講話了，只能發出喃喃的聲音，上顎整個痲痹了。他頸子的組織腫脹，每一口呼吸都變得很困難。在醫療帳篷裡，他看過血從其他人的嘴巴和鼻孔流出來，而猜測自己也會是這副樣子。路辛一直是個順從認命的人，但現在他體內的一切都在奮戰，企圖克服那令人疲憊的疼痛，讓他可以思考。他知道這種病發作後的頭十二天最折磨人，也最危險。他也知道帳篷裡盛傳其他疾病，因此堅持要睡在戶外，硬要爬到外面，避免病房裡不斷循環的空氣。病房裡，在那些邁向死亡的人當中，沒有孤獨可言，而他需要私密的空間，才能抓住他僅剩的一點力氣。他只肯吞下確定煮開過的液體，拒絕別人給的任何來路不明的水。

軍方將他可能遭遇的命運告知了他妻子，於是她來到位於艾培奈的療養院，幾乎無法在人群中找到他。當他可以講話時，她發現她無法了解他的思考，或他像毒藥一般對政治世界的惡毒憎恨。他命令她離開，讓他跟他的「同伴」在一起，雖然在現實世界裡，他完全孤獨，只為了求生而努力研究著自己，以便察覺疾病的變化。

十二天後，他跟其他還活著的人都被迫單獨住在帳篷裡，被迫自己洗澡，自己準備三餐。他們仍舊有毒。他們仍舊帶著「喉嚨的瘟疫」、那可能會讓他們窒息的一層白膜。西班牙人稱那是「喉炎」，一六一三年是「喉炎年」。他覺得他比那裡的其他人都了解白喉，他對自己的知識感到虛榮驕傲，即使他癱軟在帳篷裡的泥地上。荷蘭人雷文霍克在一六七〇年代，經由顯微鏡發現這種微生物「穿透唾液，就像長矛穿透水面」。一個詩人弟兄。美洲的殖民認為這種疾病是「怪異罪行的後果」，是上帝的作為，要徹底摧毀並淨化新世界。所有面對白喉的反應都跟中世紀時一樣古老，直到拿破崙的軍隊遭到白喉蹂躪，讓他不得不拿出一萬兩千法郎，要求徹底研究如何預防這種疾病。最後因此誕生的，由布勒托諾所寫的論文，指出了喉嚨中那層不該有的白膜，而這篇論文也將一直是臨床醫學的經典之一。之後，研究蠶的疾病的阿戈斯提諾．巴西提出了微生物在人體內寄生的理論。但是直到一九一七年，在比利時邊境，在那所療養院裡，白喉仍舊無藥可醫，除了禱告以外。

路辛・賽古拉還活著。有些日子他會精神錯亂地囈語，然後是動也不動，疲憊地躺在他狹窄的小床上，只能看著自己的手背。或者看著羅曼史小說的封面。經常有士兵把這類寫得糟透了的書，留在他的帳篷外，直到有一天，有人留給他巴爾扎克的《舒安黨人》，一個愛與冒險的故事。發燒昏眩中的路辛，一天就可以看完一整本。

在艾培奈的孤獨逐漸讓他逃脫了日常生活的世界。他只能目睹他從帳篷帘子拉開的一角中，目光所及的事物。有一次他聽到一陣奇怪的沙沙聲，讓他困惑外面發生了什麼事，直到出現一個軍官的身影，正試圖折起一張很大的地形圖。聲響，以及眼睛無法目睹，只能想像的相關情節，因此變得重要……。他躺在馬賽勒的一張躺椅上，聽著烏鴉越來越近的叫聲，然後是牠們在白楊木間的爭吵。他記得瑪麗—娜格駕的輕便馬車的馬蹄聲，還有戶外淋浴水龍頭的水花灑在土地上的窸窣聲，不時被跨進水花裡的身體打斷。他可以分辨出醫療帳篷裡手術刀被放回橡膠襯墊裡的聲音。三個帳篷之外有一個垂死男人的咳嗽聲，裡面還有路辛可以聽得出的隱藏的恐懼。他有這些聲音的地圖，而它們教會他辨認距離，分辨腳步是踩在泥地或沙地上，或一個人聲是朝他接近，還是正遠離他。

他繼續在帳篷裡彎起身子，寫他的報告。路辛用他剩餘的力量，漂蕩回他的年輕時代、他半成形的成人時代，重新思考那些事物，是那些事物將他改變成現在身在此處，在這黑暗天空下的這個人。

就像第一次有人給他一面鏡子，讓他看到他原本僅有模糊記憶的事物。《紅與黑》裡的雷納夫人每晚對他的引誘，教了他什麼？還是欺騙了他？他跟一個身材纖細的作家的共舞。那隻狗。沒有任何柵門阻擋住過去。一覽無遺的人生一股腦湧進他之前還充滿確定死亡氣息的，暗褐色的帆布帳篷裡。現在已經是十一月，許多人在持續不斷的雨中，在夜晚瀕臨死亡。他特別留了一支用過的手電筒，但除非緊急，他不會浪費電力用它照亮黑暗。他知道它跟他一樣，都有用盡的時候。

奇怪的是，他想到的不是他的家人，而是瑪麗—娜格，而他結婚後已經很少跟她講話。連續好幾天晚上，他的心思都環繞著她，覺得興奮而自由。他會記起一件事，然後強迫自己再重新經歷一次那件事，慢慢地。他看過她在縫補衣服後起身，往後彎腰，左手伸進另一手的袖子裡，拉拉裡頭的肌肉。如果他當時是比較放鬆的男人，他就會穿過房間，去揉捏那肌肉，讓它不再那麼僵硬。他心底一直對她有種兄弟姊妹般的慾望。他開始釐清這件事的證據。他在他當初向右轉的地方向左轉，跟著她走進一間房間，或在開始下雨時，幫她拿進晾洗的衣物——他們跑進屋裡，手裡抱滿衣服，他的襯衫跟她的上衣都沾了雨滴，不，是溼透了。她從籃子拿起一條毛巾，幫他擦頭髮。他的手掌停在她纖細的肩膀上，他的頭則垂向她，感覺她緊繃的身體都是由最重要的事物構成。

那年十一月，在艾培奈，唯一讓他溫暖的，只有她的肩膀。他的思緒伸手向前，將它們點燃，如同點燃煤氣爐火。在他的大半生裡，他一直是個獨來獨往、舉止神祕的人，但現在他對自己隱藏的祕密，讓他倉皇失措。

休假

他有十天的休假。他回到家，時間是盛夏，而八月的暴風雨，或暴風雨的威脅，每天晚上都出現。有時候有閃電，但沒有雨。他心底的思緒和情緒都很鬆散而散漫，像天空中突然一閃而過的光。他會在午夜過後許久，還在河邊的田地上漫步，無法擺脫清醒。在屋裡，他的妻子和女兒們都睡了。他已經回家三、四天了，但仍舊不習慣那安靜，不習慣在他等待夢魘或夢境時，房間可能被突然照亮。戰爭的缺席像一條結凍的河環繞著他。安全只存在於過去，而瑪麗—娜格永遠都在某處，在她菜園裡對稱的一排排植物間，或推著裝滿溼衣服的推車，從河邊回來。

在他回來的那天，最觸動他的是她的招呼，她伸手觸摸他新長出的鬍子時，手上泥土的味道。他想謝謝她在艾培奈的那無數晝夜裡，拯救了他。但是他很小心，怕他在罹患白喉的那個月裡對她生出的異常癡迷，太過赤裸明顯。

他在書桌前整理他的報告，隱藏他所有的感覺。他有兩次走到馬賽勒再走回來。那城被徹底摧毀了，幾乎所有男人都在對德國的戰爭中喪生。那是一個寡婦村。瑪麗—娜格告訴他，羅曼出獄了，但必須上戰場。路辛心想，不知道他們如何告訴他的老鄰居，他是為何而戰。

他會在淩晨一兩點仍醒著。他會穿好衣服出門，走到河邊去。他會離開小徑，彷彿若他跳進高而雜亂的草地中，則一波波昆蟲會在他身邊飛起，讓每個人都因爲牠們的聲響而知道他在哪裡。

又一個夜晚。他可以在床上聽到雷聲，聽到它拘泥地保持距離。他傾聽等待雨聲，但是雨沒有來，而那挫折盤桓在他身旁，直到他睡著。然後又是一聲雷聲，像是嘲諷的，冷漠的拍手聲，於是他醒來，再度抱著希望。

又一個夜晚。

他脫掉了襯衫，站在蟬跟蚱蜢的吵雜聲響中。一盞燈的土黃色光線穿越樹林，像是一艘船被拖著穿越海洋。當她走到他面前時，兩人都沉默不語，動也不動，彷彿想要傾聽那猶豫中的某種宣告或訊號。但那寂靜隨即被打破，因爲昆蟲的唧唧與吱吱聲再度如塵土般在他們周圍揚起。即使在這裡，在此刻，在他們比鄰生活這麼久之後，他們還是沒有隱私。一種清醒的本質圍繞著他們。一隻仿聲鳥停在他們無法觸及的新生枝枒上（他永遠看不到那隻鳥）叫個不停，而充滿哀愁。

那盞燈掛在她的手上，在她的洋裝旁。但是他們什麼也沒說。彷彿他們知道黑暗也是一種液體，只要一句話被丟出去，漣漪就會一直傳回到屋子去。他握住她的手，跟她一起走到河的邊上。她把燈轉暗，只留下一點光線，讓他們待會兒能再找到水邊這個地方，然後她從燒灼的燈光旁走開，脫掉衣服，再走回河邊。他可以聽到她涉水而過的聲音。幾分鐘後，他們面對著彼此。他顫抖的手碰到她的內衣時，立刻又縮回來，是因爲禮貌還是害羞，她不知道。路辛看不到天空的邊緣，也看不到一顆星星。他走進更深的黑暗。長大以後，他已經很久沒有在夜晚的河流中游泳了。他跟他十六歲的自己在一起，而過了一會兒，他才發現她不在旁邊。

瑪麗—娜格在河岸上，靠近燈的地方，一個咖啡色的剪影。她把燈拿到頭上，喊他的名字，而他說「在這裡」，於是她轉過頭。他越來越接近燈光時，她可以看到他纖瘦的身體上的肋骨。她把燈放在草地上，拿起她的棉洋裝開始擦她的頭髮，讓頭髮不再黏在臉上，然後她走近他，也開始用那件洋裝把他的頭髮搓乾。於是現在他們看起來像是在一個房間裡，或隔著餐桌，而不再像是不認識對方的陌生人了。他跪著，在她身後，以緩慢而搖晃的動作，將她的大腿拉向他，彷彿他現在希望她尋找他，她的溫熱陷進他的冰冷裡，錯過了彼此，於是她叫他的名字，他進入她，她的柔軟與那未知的溫暖。

他們曾一起讀過多少故事，並在其中發現了最終的愛的密語，但因爲羞怯而什麼都沒說。她幾乎從沒被他碰觸過——只有他合掌的雙手曾有一次放在她肩上；她把碎片從他眼睛裡拔出時，他緊緊地抱著她，以及他隔著桌子握著她小小的手。他們彷彿都早已知道這一切會是什麼感覺，這些入口，與對彼此的思索，這小心翼翼的謙遜，與她隱藏不爲人知的祕密。唯一見證他們的是草地裡的一盞燈。她移回到他的腿上，以便控制他們的動作，讓他慢下來，進入更深的親密，讓他的手能握住她腹部的顫動，而他們能獲得同樣的歡愉。他們什麼也聽不到，聽不到那貧瘠的雷聲，或仿聲鳥的嘲弄聲，或數百萬隻昆蟲不間斷的吼叫聲。只有他們的呼吸，彷彿他們正在彼此身旁死去。

歸來

有關路辛在戰爭最後一年的生活，幾乎沒有什麼紀錄。他消失在軍隊行動與野戰醫院的無名脈絡中。在最後幾個月，當他駐紮在康庇涅附近時，她的一封信送到他手上。誰曉得她總共寫了多少封？但是他猜想這是他在休假時見到她之後，她寫的第一封。內容是關於羅曼，關於她最近見到他那次，以及她很慶幸他們曾經親近，能夠輕鬆地談話。羅曼仍舊是像頭熊一般的男人，而她很難過他得再度被囚禁在軍旅中。

因爲某種原因，路辛沒有回信給她。或許當他幫忙其他士兵寫信給妻子和愛人時，已經用他們的聲音想像過，寫過各式各樣的信，用了許多文字上的感情，因此眞誠的文字上的情感共鳴，已經不存在於他心底了。他不再信任文字。他反而寫了幾封信給他太太，描寫人在前線的道德狀態，以及隨著戰事逐漸平息，可能會產生的危險。

他自己的家人暫時與他太太的親戚住在巴黎附近。馬賽勒周圍的鄉下地區聽說可能會流行傳染病，此外現在還有傭兵跟逃兵會闖入民房農場，打家劫舍。在城鎭跟村莊，都持續不斷有貧窮與匱乏導致的暴力事件。路辛完全不知道他家人在巴黎近郊的生活包含了什麼。但是在康庇涅，他記錄下他每天在身邊所看到的事、目睹的死亡，甚至自殺。牧師忘記他們主持典禮的對象的名字。他自己曾爲垂死的陌生人禱告，而他們抬起眼睛，厭惡地看著他。他幾乎沒有時間去想瑪麗—娜格。在他最後啓程回家之前，他已經一次又一次跟他們一起度過他們的人生。現在他必須保持警覺，保護自己的安全，隨時意識周圍發生了什麼事。有一天晚上，有人想殺他。他被勒住脖子而醒來，而那個男人甚至不是敵人。

戰爭結束前幾天，士兵拿到火車通行證，但是被警告說所有交通都很緩慢，回家的路途可能要耗上好幾個星期。他察看了地圖，發現只要有匹馬，他就可以騎回去馬賽勒，看那棟房子是否平安無事；然後他可以搭火車到巴黎，跟家人會面。他尋找能買的牲畜，任何可以讓他盡快離開戰區的東西，最後以物易物地換到了一匹可能得讓他的行程多耗時一天的馬。離開前線遠一點後，或許他可以再買一匹。他把所有文件打包好，把其他東西都留下，包括醫療紀錄、衣服，跟他在此之前都還需要的餐具用品。屋子裡會有衣服，他可以在那裡盥洗沐浴，再啓程去巴黎。

到了蒙塔吉，他照計畫把那匹馬換掉。運氣好的話，只要再過三天，他就可以在第三天或第四天晚上抵達馬賽勒。

陽光普照，但是天氣很冷，而他穿的衣物根本不能保暖。他在一間廢棄農場找到成捆的粗麻布，便割下來製成一件斗篷。那頭動物並不健康，所以他們行進的速度必須比預期慢。他發現自己逐漸失去判斷力。到了第二天傍晚，路辛陷入半夢半醒中，然後突然醒來，不曉得自己身在何處。他在一座河谷裡迷路了兩個小時。他突然發現自己正穿過一片洋蔥田，便用雙手挖出了一些洋蔥，吃掉了一個，把剩下的放在一個馱籃裡。

在菲雅克，一個農夫賣給他一碗牛奶，他大口喝下。他在路上幾乎沒遇到任何人。一個騎馬的男人超越他，往另一條路去，懷裡抱著一隻狗。那個騎士什麼話都沒說，甚至沒有看他一眼。他一定也怕碰到盜匪。路辛想到他應該等載運士兵的火車的。

第二天晚上更冷，而路辛發起抖來，就像他得了白喉那時候。他一直看著自己呼出的白氣，讓自己相信自己還活著。他相信這會是他這輩子看到的最後一樣東西。他在無止盡的黑暗中醒來，劃亮一根火柴想看時間，並看看自己的氣息是否還在。在他旁邊的那匹馬動也不動。雨開始下，而他放棄了。他睡著或昏了過去，他不確定是何者。

他早上醒來時，身體因為躺在冰冷的地上而僵硬。他幾乎爬不起來。他轉過頭，看到那匹馬平靜地吃著草，慢慢抬起頭來，注視著他。他跟在馬旁邊走了一個多小時，才能夠爬上馬背。這一定是路辛上路後第四天或第五天了，而他總盡量繞著森林外圍走，因為他怕碰到陌生人。但是他有什麼東西會是他們想要的？然後他想到他帶著的文件，而意識到這些文件卻讓他從痲痹狀態中掙脫出來。他擁有的，不只是他自己而已。

路辛抵達馬賽勒時，已經天黑好幾個小時。所有店都關了。他繼續走上最後的十公里路。那屋子裡不可能有食物，或許有些罐頭，或乾糧，但至少他可以洗澡睡覺。又或許瑪麗—娜格還會住在隔壁。他不知道羅曼在哪裡，或是不是還活著，或是現在已經到家。那頭動物慢了下來，於是他下來，在牠旁邊走著，反正他也需要在自己逐漸僵硬的身體裡生產多一點精力與熱度。空氣中的溼氣充滿了他的斗篷。他知道他的腦袋不太對勁。之前有一段時間，他一直在想他母親會在那裡迎接他。然後，當他記起她已經過世，他又開始相信她會化身爲沉默的鬼魂出來迎接他。她會歡迎他、煮東西給他吃、鋪好他的床。家裡會生了火。

他在一片漆黑中走上坡，走向農舍。他周圍的世界沒有月亮，沒有一顆星星。沒有一點燭光。他把馬放開，只是站在那裡。然後他踏上門廊，進了門，很快就讓屋子充滿了光而醒過來。他從一間房間到另一間房間，大聲對自己說話，不時喊出一個名字。他脫掉潮溼的麻布外套，在一面半身鏡中看到自己。他已經很久沒有看到自己了。他穿上的衣服現在顯得太大。他從一扇窗戶望出去，外頭沒有鄰家的燈光。所以他們也離開了。隆起的山丘是黑色的。如果有一盞煤油燈或燭火，就可以看得出來。

他出門到黑暗中，領著馬到馬廄去餵食。回來時，他聞到某種味道，一堆火的餘燼。煙可能來自好幾座農場之外，被一陣風傳來。如果之前下了雨，煙可能會被壓下來，殘留的一絲可能會留在草地上。但是他想確定隔壁眞的沒有人。這是他的返家日，但他在村子裡，甚至整天在路上的大多數時間，都沒有見到任何人。甚至也沒有他母親的鬼魂來迎接他。他走上坡，走進黑色的天地中，讓身後的燈亮著。

他們的馬廄裡沒有馬車或馬。他敲了農舍的門，等著。他抬起門閂，慢慢往前走，直到他的大腿碰到那張桌子。他知道那張桌子。他知道它在日光下的古老藍色。他年輕的時候多麼常坐在那裡玩牌，或聊天。

路辛完全不知道他們可能去了哪裡。他喊出他們兩人的名字。首先是羅曼的名字，然後是她的，雖然他們說話的時候，他很少叫她的名字。在他們之間，叫名字始終感覺太拘謹。即使是她簡單而可愛的名字。他覺得聽到貓的聲音。他走到他們放蠟燭的櫥櫃，伸手在架子上來回搜索。他點燃了一根，而蠟燭在牆上投射出扭曲的光。他再度聽到貓的聲音，於是拿著蠟燭，拉開了分隔他們臥室的帘子。她躺在那裡，如一具屍體，被一條黑色毯子蓋著，頭不斷左右擺動。他看出她正在痙攣，那貓叫般的聲音是她發出的。她單獨在農舍裡，而這裡沒有光線或熱氣。但是當他撫摸她的額頭時，手立刻滑掉，她在病中冒汗冒得如此嚴重。是瘧疾。瑪麗─娜格？他低聲喊她的名字，彷彿不想吵到她，同時又需要謹愼地叫醒她，而不會讓她感到驚嚇或混亂，讓她知道他在這裡。

羅曼呢？

她的嘴唇唯一能做的似乎只有吹出氣息。當他彎下身，仔細看著她，卻看到她的眼珠不斷翻到眼角——彷彿在示意——似乎在望向他身後，在房間另一部分的某個東西。

他在返回農舍的旅途中曾想著，他多希望跟她說他在過去幾個月裡，在戰爭中目睹的事，當時他覺得她一直在他身旁。他必須重新調整自己，適應在她身邊。如果他們能單獨在一起，或許他們能躺在一張床上，睡在一起。但是那條路現在已經在他腳下改變。他必須照顧發燒的她。他開始告訴她，他孤單一人的時候、他在帳篷裡生病而精神錯亂語無倫次的時候，那時候唯一救了他的，就是與她的那段過去。瑪麗—娜格的眼睛安靜了一下子，然後她痙攣起來，嚴重到頭從枕頭上落下來。然後她躺回去，呼吸比之前更困難，加倍費力。他在康庇涅看過馬匹抽筋，牠們的身體因爲缺乏鈣質而痙攣。

我救了你？她說，聲音幾乎聽不見，彷彿是說給自己聽，彷彿他不存在於那裡，頂多只是她想像的一個人。

是的。就像只有妳會到那寒冷的帳篷裡去看我。

他把拿著的蠟燭放到地上，然後將手掌放在她額頭上。她的額頭仍舊溼潤，頭髮溼漉漉一片。他用僵硬的手指慢慢耙過她的頭髮，一遍又一遍。這是他陷入愛裡時會做的動作，而此刻，他意識到這對她是種安慰，便不停地做。

蠟燭發出的大部分燭光都聚集在房間低矮的天花板，所以他們在彼此眼中都是黑暗的輪廓。她的顴骨不時會閃過一絲光線。她又要開始抽搐了，於是他壓住她的肩膀。她的身體劇烈地往上彈起，又往後落下，像祭服室裡的一座石像。她必定覺得她可以死了。她漂流到了某個地方，而他意識到已經失去她了。他把蠟燭留在原地，她床邊的地板上，然後回到廚房，再點亮一根。「她跟我們在一起。」他母親在他耳邊說。

他拆下一些老舊的櫥櫃，當做引火火種，然後打開爐子的鐵門。牆邊有堆成斜坡的一堆木柴，結了蜘蛛網，於是他生了火。她的丈夫人呢？他覺得這屋子已經被遺棄了一段時間，地板承載著一種古老的寒冷。木柴燃燒的劈啪聲響吵醒了她，他聽到她說：羅曼？他回來，用毯子把她的臉擦乾。「是路辛，是我。讓我幫妳換掉床單，這摸起來跟妳一樣溼。」「沒關係。」她說。他在櫥櫃裡找到一張法藍絨床單。看上去很眼熟。他的母親必定是在什麼時候把這毯子交給了她。他把床單攤開在火前的一張椅子上。

他打開一罐罐頭裝的湯，放在爐子上，然後把弄暖的床單帶回到她身邊。他把那粗糙的毯子拉下來時，她的胸口挺起了一下，彷彿卸下了重量，而她每一次痙攣而咳嗽時，頭都整個抬起來。她的身體幾乎彎成兩半，如一支赤裸的髮夾。當她躺回去時，她肋骨的陰影讓他心碎。她蒼白纖瘦的身體反射著天花板上的燭光。他用溫暖的床單包住她，然後把毯子蓋上。然後他把湯拿到床邊，開始用湯匙餵她。她飢餓地喝著。

羅曼。

不是，是路辛。

是路辛，她緩慢地複誦，彷彿在換舞伴時感到困惑。

是，他確認。羅曼呢？但是當他一說，他發現他又失去她了，她的頭腦到了別的地方，在陰影中。

他必定是在椅子上睡著了。他睜開眼睛時沒看見她。他覺得他好像感覺到一隻手搭在他肩膀上。但此時燭光搖晃了一下，他看到她的臉靠在枕頭上，看著他。她的眼睛示意著什麼。你，我的朋友。你得帶我出去。你懂嗎？她又閉上了眼睛，放棄了，彷彿她剛剛是透過很厚的玻璃在對他吼叫。他不懂。但是她一直向他求助，還有別的東西。你懂……。他突然懂了。他真蠢。毯子緊緊地裹著她。他把她抱到懷裡，穿過房間，推開門，抱著她走進寒冷的夜晚。他沒有帶著燈火，但是他知道它在哪裡——在外頭增建的那間簡陋小屋。「謝謝你。」她說著。「謝謝你，羅曼。」

在那小隔間裡，他把毯子拉開，讓她可以坐下來，然後坐在她身邊，以便撐住她。過了一分鐘，她推了一下他的手臂。好了嗎？她點點頭，幾乎帶著微笑。他再度像拾起一根脆弱樹枝似的抱起她，抱著她回到農舍，將她放回床上。她已經睡著了，而且很平靜。他把帘子拉起來，以免她被天光吵醒。

他在早上醒來，頭枕在廚房桌上，眼睛就抵著桌子的藍色——那刮傷割痕累累的藍色，他們所有人的過去。所以他從最深沉的睡眠中一醒過來，就知道自己身在哪裡。

他在椅子上坐起來。東邊窗戶照進來的光顯露出覆蓋地板的灰塵。他注意到爐子，走上前去，試探地摸了一下，但爐子是冷的。爐子上有一只鍋子，裝著殘餘的凝固的食物。他站在那裡動也不動。這房間，這空氣，都如此凝結寂靜，讓他覺得自己不可能存在於裡面。他什麼也聽不到。他低頭看著自己的腳，然後看著伸到自己面前的雙手，以確定自己還完全活著。

他只想聽見一聲咳嗽，或一根床墊彈簧的移動。他走上前，看著將房間切成一半的帘子上所描繪的光禿褪色的樹林，和一條河流。彷彿那是他現在幾乎可以走進去的另一個人生的光譜。他已經好久沒有呼吸。他拉開帘子，裡面什麼也沒有。

道別

他走進馬賽勒，並在警察局發現，他在鄰居的房子裡溫熱並抱起的，是記憶的碎片，或他心底的光。瑪麗—娜格在戰爭的最後幾個月就過世了。監獄的紀錄裡也已經沒有羅曼存在的證據。他入伍當了兵，但他們不確定他會不會回來，甚至不知道他是否還活著。路辛獨自走回農舍。他有生以來第一次，身邊沒有任何人。他沒有鄰居。他鄰居的家空無一人。他那天晚上睡在曾經屬於她與羅曼的那唯一一間房間。他坐在他們的桌子旁。他騎著他的馬到馬賽勒，然後把馬送了人，接著搭火車到巴黎，接了他的家人，把他們帶回家來。

路辛．賽古拉完成了他在軍營和野戰醫院這段時間的報告，揭露他在那裡目睹的一切。頭一章有人讀了，其餘的就被放到架子上。幾乎再也沒有人讀這件作品。他的經歷被質疑。這個作家怎麼會從複雜而細膩的詩，轉變成以直率冷酷的筆調描繪仇恨宿怨。這讓巴黎的閱讀大眾不悅，他們希望再度看到輕薄的詩作集。但是他知道寫詩會消耗掉他的一切。

羅曼沒有回來。於是路辛將工作室從他繼父的房間，移到羅曼的農舍裡。他再度開始寫作，而當他寫作時，他等待她到來，通常是在一本書寫到一半時，在地點和情節都已經確立許久之後。她進入故事中，有時是愛人，有時是姊妹。於是他大部分的白天時光都與瑪麗－娜格一起度過。有時候她是宮廷裡的盟友，有時她是在英雄不自知的情形下拯救了英雄的鄉下女孩。瑪麗－娜格成為失蹤的那個雙胞胎；瑪麗－娜格成為主角深深愛上的吟遊女詩人，利用她身為走唱藝人的偽裝，將波多黎的城堡洗劫一空；或者瑪麗－娜格在一本書中引導一個眼盲的父親走出一座異國城市。

在這些虛構故事中，經常有一段受到限制的愛，或一段沒被發現的感情。但是大部分時候，路辛都會給讀者一個快樂的結局。故事完成之後，他就寄到土魯斯的一家小出版社，而這些書的成功讓這家出版社站穩腳步。隨著這些故事出版發行，裡面的主要角色成為廣受歡迎的公眾人物，尤其是因為沒有人知道這個作家「拉葛倫」是誰。路辛祕密地編造出這些故事，就像他小時候，被他真正的親近好友，灌木叢跟雜樹林圍繞時，邊走邊幻想出來的故事。這些書的風格完全不像出自於一個備受尊崇的詩人，更不像描寫最近發生、但已被遺忘的那場戰爭的苦澀悲哀長篇故事。

這些冒險故事的主角有時笨拙，有時善於交際，有時謹慎小心，有時則莽撞愚勇。主角在將長劍刺進壞人的心臟之前，都會丟出一句話：「道別吧。」每次讀者看到這句話，就會知道下一段必定會出現死亡。那是「羅曼」在「法蘭西學會」殺了吉斯沛雷伯爵，並在那傲慢的橡木門上釘上殺人緣由公告，從二樓跳到等待著的瑪娣達、或瑪琳坎特、或瑪麗－娜格駕的稻草馬車之後，最後的樂章響起的信號。

羅曼是個反覆無常的英雄，對愛人機智幽默、對敵人陰沉惱怒，但有時又對敵人機靈、對愛人陰沉。他似乎從來沒有被作者完全了解過，所以從來沒有人能確定他到底想怎麼樣，甚至他的同謀也一樣。在之後的那個世紀，他可能會被認爲有躁鬱症或兩極性精神疾病，但在法國，在他的時代，他可以躲過這種評斷。他經常會陷入憂鬱，或變得暴力。他鮮少明白說出他的憤怒，而對他的受害者隱藏怒意（有些人覺得這很不公平），因此他們不會察覺他的監視與獵殺。在書的最後三分之一時，一個壞蛋的金融王國會崩潰粉碎，他的同盟會背叛他，而波瑟林伯爵仍會隱瞞著一件惡行——或許是在很糟的時機要求領主的權利，或是將生病的一家人驅逐，或是在里昂的一家出版社的財務上動手腳，讓波瑟林以外的所有人都因此破產。就是這樣不說出口的憤怒，讓羅曼總會在最後的報復中，將復仇的動機公告在最近的某個平面上，然後每本書的鐵三角核心人物，他、瑪麗—娜格，以及副手賈克（待會兒會有更多關於他的細節）才會在冒險故事結束時揚長而去。

《葛坦柏河的狗》以及《黃洋裝》橫掃了全法國。在此同時，沒有任何人，包括路辛・賽古拉的家人在內，知道他跟這些羅曼的故事的關連。那個取悅大眾的婊子不知爲何如此了解出版界的陰險狡詐，到了令其中許多人感到不安的地步。而劍客羅曼有時還會在打鬥當中，大聲引述詩人魏倫或皮耶・拉葛斯的字句，有時候帶著嘲諷，但通常似乎也肯定這些話語的價值。在一本小說裡，他在慕尼黑一間知名的藝廊裡閒逛，一邊哼著歌劇《唐・喬凡尼》裡，唐・奧大維歐唱的〈我的平靜全賴她〉，一邊撫摸著顏料的紋路。所以雖然許多人閱讀他的故事是爲了看劍術、羅曼史，跟伸張正義，但他們同時也吸收了其他一切。羅曼對藝術與詩歌的執迷很奇特，而且或許跟他事實上並不識字有闗。他歌唱或朗誦的詩句都是他看似不相稱的同伴「獨眼賈克」教他的。賈克是個浪子跟社會主義者，會在羅曼的手臂被劃傷時，幫他包紮傷口——如果瑪麗—娜格剛好不在身邊的話。他也是個僞裝高手，他有時會假伴成愚蠢的貴族子弟，或有錢的女伯爵，而混進敵人的宮廷裡。小說裡有許多場景是賈克跟羅曼因爲爭執貧窮、外國戰爭、哥雅的黑色系列畫作、亂倫、販賣兒童、巴爾扎克筆下的佛特漢，跟巴黎的金融體系等主題，而在營火旁摔角扭打。

這一切持續著，直到最後一本書裡，瑪麗—娜格逝世。她因傳染病而垂死之際，羅曼正出外歷險，因此只有賈克陪伴她度過臨終的最後時光。他在她的農舍裡，發現她已經陷入高燒。她墜入昏迷之中，幾乎無法言語，但在臨終前仍不斷要求見羅曼。她對賈克這古老的盟友喃喃低語，要他幫她帶口信給羅曼，而賈克別無選擇，只能欺騙她。他照顧她，幫她換掉因發燒而汗溼的床單，餵她吃東西。然後在最終的時刻，當她逐漸昏迷時，他脫下衣服，從衣櫥拿出羅曼的衣服換上，然後把頭髮剪短並染成深色。他大聲嚷嚷地假扮成她的愛人，走進她的房間，把她叫醒，用他的聲音說話，讓她在模糊的視線中以爲看到了他。她召喚他躺在她身邊，於是這個比世界上任何人都更愛他們兩人的、墮落假扮的舊時密友，來到她床上，躺在他多年來一起旅行、一起工作、一起策畫計謀的鄉村皇后旁邊。在阿德什跟羅亞爾地區的那些營地上，在《馬上的女孩》和《教友的氣息》那些早期作品裡，他都睡在營火的一邊，而羅曼跟瑪麗—娜格則睡在另一邊。

此刻她對他低語，撫摸他的頭髮，深深地望著他疲憊關切的臉。在昏暗光線中，她覺得那猶如聖母的臉。他也對她低語，提醒她過去他們共有的時光，他們倆跟賈克一起旅行，穿過橡樹林時，陽光普照的午後，那枝枒的喀啦撞擊聲就像雨聲，還有他們在河裡游泳，以及他對她的愛……。他就這樣陪著她進入最後的長眠。他親吻她的嘴，整個黑暗的夜晚，都躺在床上她的身邊，直到最初一絲光線出現，讓他能再度看到她。她已經僵硬成一座雕像，而將她耗盡的高燒熱度也已經隨著她的靈魂離去。但她嘴唇上有一種乾燥的白色，是他之前沒有看到的。於是他等待更多陽光充滿房間，再掰開她的嘴，而看到她舌頭上的白色潰爛斑點。白喉橫掃各個村莊，殺死了許多孩童，跟那些照顧他們的人。當羅曼結束在布列塔尼的冒險，回到農舍時，便被這項事實包圍。這疾病奪去了他人生中至親的兩個人。不是因爲戰爭或貧窮或貪婪或權力，這些容易將人摧毀的事物，而是喉嚨上這層小小的死亡的白膜。

對於羅曼冒險故事的讀者來說，這是一個恐怖的結局，而羅曼最後的下場也始終成謎。當讀者翻完《白色》的最後一頁時，他就隨之消失，而在靠近馬賽勒的村子裡、鄰居的桌子上，路辛也停止了寫作。羅曼的七部歷險記到此終結。路辛已經在這些故事裡，說出了他所知所記得的，關於瑪麗—娜格的一切：她的手推車的聲響、她如何升起一堆火、她打呵欠的時候，還有她講到水溝裡的一叢薊草的樣子。現在她已經在他裡面了。

他把一小筆法郎轉進一個新戶頭。他收拾了一些筆記本，爬上一輛輕便馬車，就像他母親以前駕著，去維克—費倫薩的賽馬場上找尋他失蹤父親的那種馬車，然後消失無蹤，口袋裡連一顆芥菜種子都沒有。他再也不會寫作。

半年後，他在德慕跟一個叫拉斐爾的小男孩玩牌時，用了一本筆記本來記分數。在柏克萊班克勞馥圖書館的檔案庫裡，有三本他的筆記本（其中一本是空白的）。裡頭有些孩子氣的地圖，標示他在新花園裡的什麼地方，種了哪些植物。「你是園丁嗎？」那個算命師曾問他。還有一張按比例繪製的圖，描繪出他的房子、土地，跟上面的小湖和林蔭道。裡面還有一張用不同筆跡畫出的圖，顯示要如何剝掉一根玉米的部分外皮，作成昆蟲的窩。

一天下午，在路辛位於德慕的最後一個花園裡，那男孩提到他在看羅曼的系列冒險故事，但路辛・賽古拉沒有說什麼。他只是拿過他手上的書，看看艾斯托斐的兒子用什麼東西作書籤，然後回答說他聽過這個專門描寫逃脫與報復、愛情與冒險的作家，但他沒有讀過他的作品。

「我們擁有藝術，」尼采說：「才不至於被眞相摧毀。」因爲一件事赤裸裸的眞相從來不會結束，就像我姊姊的人生的地域，以及我跟庫柏共度時光的故事，對我而言是無止盡的。它們表示很可能，在午夜過後的深夜時分，當電話鈴聲突然響起時，我會接起電話，聽到暗示是越洋電話的嗶嗶聲和颼颼聲時，而等待著可蕾發出的深呼吸，然後聽到她表明身分。我將是她幾乎認不出來的女孩，除了在一張相片裡的影像。

以前我們的父親每天傍晚都會在晚餐前，巡視我們在沛塔魯瑪的農場，直到最後，到了遠處的山頂，他會在樹林的濃重陰影前停下來，在最後一絲陽光下走下來。我們總是看著他這樣做，雖然他從來不知道三個孩子在看著他。一天傍晚，一隻狐狸出現在他身後，沿著灌木林的邊緣跑上跑下，但是我父親正望向別處，緩緩走下山谷。可蕾最先看到，而推了我們一下。那動物腳步輕盈，彷彿裝了彈簧，幾乎不看旁邊的人類一眼。我父親感覺到有點不對勁，而停下腳步。他轉身看到牠，於是開始倒退走，小心翼翼地，讓牠保持在視線之內，而狐狸則依舊腳步輕盈地移動，彷彿在嘲笑他，來來回回，來來回回，沿著不同的切線。

對於記憶，對於一段回音的思索，一道柵門會向兩邊打開。我們可以繞過時間。來自另一個時代的一段字句或一件事，會在夜晚回來縈繞著我們，就像陌生人的話語。看到一面旗幟在風中顫動它的色彩，可能會把我帶回突然降臨在沛塔魯瑪的那陣暴風雪中。就像一張折起來的地圖，會讓你跟地理上的另一處並肩相鄰。於是我在每個地方都會看到庫柏跟我姊姊跟我父親的生活（我在每個地方都會畫他們的肖像），就像他們或許仍憂慮我的失蹤，不論他們在哪裡。我不知道。是那渴望，渴望我們沒有的東西，將我們連在一起。

☆

我最後一次看到路辛・賽古拉跟那男孩拉斐爾在一起。拉斐爾回憶起那個老人坐在戶外，在白天明亮的陽光下。拉斐爾拿著麵包出現。他們把麵包撕開，配著一顆洋蔥或其他香草吃。路辛覺得口渴時，就會走到池塘旁，把手伸進水裡，然後捧起水到嘴邊喝。這就是我對他的印象，拉斐爾告訴我。

路辛必定走進了那土地上的凹洞，那曾經是一座池塘的地方，然後坐在他的藍色桌子前，他在輕便馬車旅途中唯一帶著的家具。幾年前，在馬賽勒，在描述一場劍擊中激烈的打鬥時，他突然好奇地想知道他寫作的這張桌子有多長多寬。他開始用他的手測量。從手肘到指尖兩次，然後是手腕到指尖兩次。所以長度是比一公尺多一點。寬度則大約一公尺。桌子是用兩片松木板做的，正中間有一道狹窄的紋路，是兩片木板接合處。這張桌子總是在他的筆記本下方一點，總是在他寫作時的焦點之外。將桌子固定的六根釘子、油漆的顏色、那確切的高度，讓他總要彎腰，像在看著鏡子，看裡面能找到什麼。

艾斯托斐的兒子會出現，坐在他對面的凳子上，咧嘴笑著，帶著彷彿想知道世界上所有可能的慾望。或許路辛年輕的時候看起來也像這樣。像一隻纖瘦而毛髮整齊的獵犬，張著嘴，飢渴地呼吸急促，渴望所有一切。即使下雨也無法阻擋那個男孩子。路辛會從他的臥室窗戶俯瞰，看到拉斐爾出現，然後看著他在橡樹下躲雨一會兒，才離開。他好奇拉斐爾會對他們共度的午後記得什麼。他會記得他們玩牌的記憶，還是他破碎的思緒，像只說了一半的祕密。還是他長輩般的樣子，他舉起一隻手擋在他好的眼睛的上方，當陽光像重量般落在他身上？在這男孩的未來裡，或許他甚至算不上一個微小的片段？

他會看到拉斐爾朝他走來，停下，然後轉身回香草園。不，過來，他會大聲說。於是那男孩會轉回來，坐在他對面。於是路辛剛剛想起的一切，就消失在他握緊的拳頭裡。

然後連這些朋友都離開了他。

拉斐爾的父親沿著兩旁種滿松樹的車道漫步而來，牽著他拿某個東西交換來的兩匹馬（事實上，交易的物品是遠處一間農場的主人覬覦的，路辛．賽古拉的其中一隻孔雀。還沒有人發現那隻鳥失蹤，因爲牠經常隨意遊走，很可能在一陣暴風雨後，跟著一股溫暖的熱氣就走到遠處去。而且對這個老賊而言，將主人跟一隻魚或鳥，或未經馴服的獵犬分開，其實算不上是竊盜，因爲牠總有可能回來，即使隔著六、七座農場）。因此拉斐爾的父親毫不愧疚地走在牆邊都種著漆樹的屋子旁，吹著口哨，截然不同於他之前，在凌晨四點時靜悄悄離開的時候。那時他把那隻掙扎的鳥，包在他的長外套裡抓著——心想，這動物簡直像是哺乳類。

路辛看到他回來，他的頭就在兩匹點著頭的馬匹旁，但他不想太直接地詢問。一直等到第二天下午，當這家人乘船越過那座小湖而來，他才問他們要這兩頭牲畜做什麼。他們要去比較北邊的地方過一陣子，他被告知。他們沒有說確切的理由，他也沒有詢問。或許那裡比較容易做生意，或是這父親想要躲開他在這個地區出沒的謠言。而「一陣子」是他們對於會離開多久所願意給的，最精確的描述。幾天後，對老作家而言快到令人震驚地，這一家人便駕著篷車，喀答喀答地穿過屋旁的狹窄小徑，沿著兩排樹中的筆直馬路離開了。那是接近破曉時，而路辛躺在他的窄床上，聽著篷車每一次搖晃發出的，鍋子相撞的鏗鏘聲，和愛瑞亞跟男孩子說話的清晰聲音。當他在十分鐘後走出來，站在外面時，發現一絲隱約的香菸煙霧，被留在他屋子的粗糙磚塊上。

他們離開後，在月缺的兩星期裡，在冬天的到來與離開之間，他必定都是孤單的一個人。菜園沉睡在積雪下，只露出一點脆弱的圍籬，跟一頂帳篷、一根棍子和一片布構成的三角錐，在其他季節裡，旅人會把工具儲存在裡頭。他有一天走過堅硬龜裂的菜圃土地，進入充滿光線而空盪盪的帳篷裡，只是站在裡頭。這裡本來是愛瑞亞的菜園。他經常會在一大清早看到她。霧會慢慢散去，她會跪在那裡，拿掉夜晚下雨後，溼軟泥土上的蝸牛或枯死的葉片。彷彿她整晚都以那狂熱祈禱者的姿勢跪在那裡，等著黑暗散去，然後等著白霧消散，直到路辛看到披著綠色披肩的她。

在過了這麼多年他的人生後，在經歷這些改變與逃脫之後，他仍舊是路辛．賽古拉。他雖然變成了父親，卻更覺得必須照顧自己曾經是的那個男孩。即使經過這麼多事，他仍舊不曾像個父親。但是在這裡，當晚冬的風雪落下，而保護他的唯一遮蔽是這單薄的三角錐帳篷，裡頭藏著在雪裡結凍、但會在未來再活起來的球莖和穀粒時，他看到他已經用完了他的人生。他站在曾經屬於愛瑞亞的庇護所裡，然後走回屋子，地上只有他的足跡，甚至沒有孔雀的足跡，原本牠們溫暖的三趾腳掌會揭露出雪地下的綠意。

湖水在樹林間放出一抹光亮。路辛花了一點時間，辛苦地穿上他的開襟毛衣，然後走進橡樹的陰影裡。他現在的生命少了那個男孩，感覺很不眞實。拉斐爾是不可或缺的必要存在。他們謹愼地分享了許多。他拿出他人生支離破碎的一些片段，給這個幾乎像是他領養的男孩，而拉斐爾的回報則是描述他跟他母親在布萊森斯附近看到的日蝕，那比黑暗更恐怖的風。而現在路辛想要的是一場暴風雪。

在他年輕時佇立觀看的所有偉大藝術作品中，包括了畫家伊亞·列賓的〈恐怖的伊凡與其子伊凡〉。這麼多年後他都還記得。那年老的暴君懷抱著被他一槍打中頭部而誤殺的兒子——還有那君王著火般的眼睛，與他周圍未來的黑暗。一個星期後，在另一個城市，又有另一幅畫，另一個夢魘，彼得大帝審問自己的兒子是否企圖謀反，而那父親的眼裡明白定了這年輕人的罪。

父親永遠不會知道自己的孩子後來如何。他不會知道自己是培育了他們，還是傷害了他們。一個女孩搭著冷藏貨運卡車沿著長長的加州谷地南下，因爲恐懼或勇敢而幾乎無法言語，只聽著這個好心陌生人說的每一個字。露瑟特在巴黎跟她的愛人啜飲著苦艾酒。那男孩拉斐爾會遇到我，一個來自新世界的女孩……。那庫柏呢？可蕾呢？這些孩子，在他們最後落腳的城市，終將會成爲他們自己人生中的英雄嗎？

我最近在一篇論文裡讀到一段話，描述對失蹤父親的記憶如何縈繞不去。「於是我希望，在夜晚降臨時，有人會出現，一個男人，但不是我父親。他會站在門前，或站在從森林出來的小徑上，穿著他老舊的白襯衫，平常穿的那件，但襯衫破碎襤褸，沾了泥巴和他的血。他不會開口說話，藉此能保留所有的可能，但他會知道我所不知道的。」

啊，這更古老的渴望，渴望一首催眠曲，而不是一場暴風雨。

他走出樹木的陰影，走過草地，直到來到水邊，直到那艘最古老的船旁。他記得在德慕的第一個早晨找到這艘船時，一開始認定那支架是一隻動物的肋骨。它躺在泥巴裡，一條繩子鬆鬆地將它跟一棵樹綁著。拉斐爾經常在夜晚划著船越過湖面，不爲什麼理由，只是宣洩他的精力。

路辛將船推出泥巴的框架，拖著它穿過泥濘的水，然後爬進去。他背對著較遠的湖岸，將船划向那頭。這樣他就能一邊遠離他的家，一邊看著它。水從船板間溢上來，他覺得他好像騎著一副漂浮的骨骸。他可以在快速降臨的暮色中辨認出他渺小的家的形狀。他想站起來，好把每樣東西看清楚，但他一這麼想的時候，一塊船板就在他下方裂開，就像承載著理智，保護著通往未來的路的一塊身體的重要骨頭。他的眼神緊盯著這最後的，多孔的光線。在近乎黑暗中，有些鳥飛得非常貼近自己水中的倒影，盡可能地近。

謝詞

我最要感謝的是蘇西・史勒辛格（Susie Schlesinger）、珍—休柏特・葛力歐特（Jean-Hubert Gailliot），跟法藍斯・戴維（France David）在寫作這本書的過程中，給予我的諸多協助。另外我還要感謝在舊金山與聖安瑟莫的比爾・費雪（Bill Fisher）與櫻子・費雪（Sakurako Fisher）；謝謝柏克萊大學，班克勞馥圖書館的泰瑞莎・薩拉薩（Theresa Salazar）、安東尼・布萊斯（Anthony Bliss），以及大衛・杜爾（David Duer）；謝謝奧克蘭的阿佛烈多・韋亞（Alfredo Vea）；謝謝在多倫多，多才多藝的大衛・班恩（David Ben）；謝謝在內華達市、太浩湖跟舊金山的葛藍・葛洛德（Glen Garrod）、凱特・溫尼漢（Kate Winningham）、戴夫・沃登（Dave Walden）跟珍妮絲・亞克（Janis Arch）。另外也要感謝昆西市的珊卓・康佩（Sandra Compain）；感謝多倫多「馬車房出版社」的瑞克・西蒙（Rick Simon）；感謝貝倫鎮的麥德琳・杜佛特（Madeleine Duffort）與蓓蕾特・藍塔蓋特（Paulette Latarget）；感謝德慕市的蓋爾・波迪恩（Guy Bodéan）；以及沛塔魯瑪的奧力佛・馬克（Oliver Maack）。我也要謝謝卡洛琳・李查森（Caroline Richardson）跟蘇西・史勒辛格提供關於馬的知識。謝謝羅柏・柯瑞利（Robert Creeley）跟羅伊・柯猶卡（Roy Kiyooka）。謝謝多年前的路德威克（E. F. C. Ludowyck）。謝謝凱倫・紐曼（Karen Newman）、露西・傑卡柏（Lucy Jacobs）、愛格妮絲・蒙特納（Agnes Montenay）、大衛・沃瑞爾（David Warrell）、亞麗珊卓・羅克漢（Alexandra Rockingham）、瑪麗・羅洛（Mary Lawlor），以及茱麗・麥奇尼（Julie Mancini）；謝謝建築師瓊・費南德斯（Jon Fernandez）、攝影裝置設計師道格拉斯・葛登（Douglas Gordon）、大衛・楊（David Young），與安東尼・密哈拉（Anthony Minghella），以及巴爾提克・艾韋紐（Baltic Avenue）。另外我同樣要感謝葛瑞漢・史瑞夫特（Graham Swift），謝謝他細心看護一條河；以及奧許的達羅勒斯餐廳和多倫多的噴射機燃油咖啡館。

我要謝謝可諾普夫出版社（Knopf）的凱薩琳・霍瑞根（Katherine Hourigan）、戴安娜・柯里安尼斯（Diana Coglianese）、麗蒂亞・布許勒（Lydia Buechler）跟安西亞・林吉曼（Anthea Lingeman）。謝謝安娜・哈丁（Anna Jardine）。謝謝艾倫・賴文（Ellen Levine）跟史蒂文・巴克萊（Steven Barclay）。謝謝唐亞・沛若夫（Donya Peroff）跟杜林・韋拉瑞（Tulin Valeri）。謝謝昆婷（Quintin）所做的研究，以及葛瑞芬（Griffin）、艾斯塔（Esta），跟琳達（Linda）在本書最後階段所給的評語。謝謝索尼・梅荷塔（Sonny Mehta）、麗姿・卡德爾（Liz Calder）、露意絲・丹尼斯（Louise Dennys）跟奧力佛・柯漢（Olivier Cohen）。最後，我要再次特別感謝我在多倫多的麥可柯藍與史都華出版社（McClelland & Stewart）的編輯艾倫・賽力格曼（Ellen Seligman）。

庫柏在牌桌上對自己喃喃低吟的歌詞摘錄自最初由滑頭樂團在一九七○年錄製的歌曲〈強尼太糟了〉。這首歌的作者是德瑞克・柯魯克（Derrick Crooks）、羅伊・貝克佛特（Roy Beckford），跟溫斯頓・貝利（Winston Bailey）。最後一位作者則根據資料來源不同而有不同說法，一說是德洛伊・威爾森（Delroy Wilson），另一說則是他的兄弟崔佛・威爾森（Trevor Wilson）。本書一一五頁引述的歌詞原作者是湯姆・威茲（Tom Waits），而五十二頁出現的歌詞則是來自一匙愛樂團。〈在達拉威，當我年輕時〉這首歌的作者是羅敦・溫萊特（Loudon

Wainwright）。由路皮西尼歐・羅格瑞茲（Lupicinio Rodrigues）寫的〈幫個忙〉這首歌（在第八十一頁描述了一部分）基本上幾乎是這本書的源頭。

第二八〇頁關於「薄暮中的父親」的描述，出自於馬克・崔韋爾（Marc Trivier）的《失落天堂》（*Paradise Lost*，布魯賽爾，Yves Gervaert Editeur出版，二〇〇一年，Marc Trivier版權所有），獲授權使用。書中引述的尼采原文爲：「Wir haben die Kunst, damit wir nicht an der Wahrheit zugrunde gehen.」柯慈在接受耶路撒冷獎時發表的演講中引述的，稍有不同的翻譯，引導我找到這句話。出現在第一五二頁中的麗莎・羅柏森（Lisa Robertson）的兩句詩出自於她的著作《盧梭之舟》（*Rousseau's Boat*，溫哥華，Nomados出版，二〇〇四），獲得授權使用。「文獻檔案有如烏托邦」的評語也是引述自她。「清理翻譯者的家」的說法則出現在布藍達・休曼（Brenda Hillman）的詩集《喀斯開》（*Cascadia*，Wesleyan University Press出版，二〇〇一）。引述自大仲馬的《黑色鬱金香》的句子是來自羅賓・布斯（Robin Buss）翻譯的版本（Penguin）。出現在第一五一頁，關於柯蕾特的這句「滿懷愛意選擇的文字」，是芳斯華・吉洛特（Francoise Gilot）在她的著作《馬諦斯與畢卡索》（*Matisse and Picasso*，Bantam, Doubleday，Dell Publishing Group出版，一九九〇）中所寫。有關《蘇菲的選擇》（*Sophie's Choice*）的作者的對話可能用到威廉・史戴倫（William Styron）的字句。

另外我還要感謝以下這些作品：由喬治・楚佛（Georges Truffaut）跟海倫・柯特（Helen Colt）在一九一九年合著的一本小冊子《軍中花園》（*A Military Garden*）；尤金・韋伯（Eugen Weber）的《由鄉下人到法國人：法國鄉村地區一八七〇年到一九一四年的現代化歷程》（*Peasants into Frenchmen: The Modernization of Rural*

France 1870-1914，史丹佛大學出版，一九七六），我從中獲知一些關於鬧洞房與村聚會的史實，並擷取了一些「俗諺」；貝瑞・伍德（Barry Wood）的《由瘴氣到分子》（*Miasmas to Molecules*，哥倫比亞大學出版，一九六一）；史蒂芬・詹森（Stephen Johnson）、傑若德・哈斯藍（Gerald Haslan）與羅柏・道森（Robert Dawson）合著的《大中央山谷：加州的心臟地帶》（*The Great Central Valley: California's Heartland*，加州大學出版，一九九三）；哈樂戴（J. S. Holiday）的《致富狂潮：淘金熱與加州的發跡》（*Rush for Riches: Gold Fever and the Making of California*，加州大學出版，一九九九）；羅柏特・菲普斯（Robert Phelps）蒐羅的柯蕾特文集《美麗四季》（*Belles Saisons*，Farrar, Straus & Giroux出版，一九七八）；泰德・威斯（Tad Wise）的《風之祝福》（*Blessings of the Wind*，Chronicle Books出版，二〇〇二）；瑪葉・藍吉（Marnye Langer）的《特維斯盃騎馬賽》（*The Tevis Cup*，The Lyons Press出版，二〇〇三）；羅柏・普魯斯（Robert Prus）與夏普（C. R. D. Sharper）合著的《職業老千》（*Road Hustler*，Kaufman and Greenberg出版，一九七九）。唐恩在德州撲克牌局中提到的，第一次波斯灣戰爭的一些描述引自麥克・凱利（Michael Kelly）所著的《殉教日：一場小戰爭的紀實錄》（*Martyrs' Day: Chronicle of a Small War*，藍燈書屋出版，二〇〇一）；凱利在第二次波灣戰爭中身亡。第一五〇頁出現的安妮・狄勒（Annie Dillard）所寫的字句，出自於二〇〇四年春出版的《美國學者》（*The American Scholar*）。關於「gotraskhalana」這個梵文辭彙的資料來自溫蒂・唐尼傑（Wendy Doniger）的著作《床笫詭計：性與偽裝的故事》（*The Bedtrick: Tales of Sex and Masquerade*，芝加哥大學出版，二〇〇〇）。

自處與他處之道：讀翁達傑的《分離》

許綬南（國立台南大學英文系主任）

當我在進行的時候
血液從我的手腕
來到我的心臟
而我的手指碰觸
這柔軟藍色紙的筆記
控制上下左右移動的鉛筆
以它的方式繪出我的思想［……］。（Ondaatje *The Collected Works of Billy the Kid* 72）

翁達傑早期的詩作，就已經顯示他注意到了一些平常思考所容易忽略的事物，以及他關懷社會上受到漠視的生命。雖然一些學者們認爲他早期不重視社會現象，詩作以藝術爲寫作探討的中心，從一九八七年處理加拿大移民與勞工的《一輪月亮與六顆星星》（*In the Skin of a Lion*）起，一九九六年以二次大戰爲背景的《英倫情人》（*The English Patient*），二○○○年以斯里蘭卡內戰爲背景的《菩薩凝視的島嶼》（*Anil's Ghost*），和二○○七年的《分離》（*Divisadero*），都顯示翁達傑這個加拿大文學泰斗，已經把他對藝術的了解，用來支持他有關照護生命的論述。《分離》——翁達傑以本書獲得加拿大總督獎（Governor General's Award）——處理的是對事物眞相的探索，以及這種探索跟內、外在和平的關連。而翁達傑在這本書裡，拿他對寫作的體認，用來支持他照護生命的主張。

書中所謂的「分離」，指的是跟事物維持若即若離的關係。這裡的「即」，代表的是一種與漠視或遺忘相對的關懷與尊重；而「離」，指的是時空上審視的距離。在審視事物時，這種時空上的距離，可以保護審視者，使審視者的情緒免於太大的刺激。翁達傑所謂的「分離」，是一種持續不斷，而且沒有終點的過程。如此，安娜在故事開始前的獨白，正是一個說明。安娜說道：「庫柏的故事與我姊姊人生的地域，對我而言是無止盡的。它們表示很可能，在午夜過後的深夜時分，當電話鈴聲突然響起時，我會接起電話，聽到暗示是越洋電話的嗶嗶聲和颼颼聲，而等待著他的聲音，或等待著可蕾發出的深呼吸，然後聽到她表明身分。因爲我已經讓自己脫離跟他們在一起時的我，過去的我。當我的名字叫安娜的時候。」這裡位於「分離」這條線上藉以審視事物的觀點，數目無法預知，也因爲觀點的不確定性，關懷生命的對象難以逆料，並不侷限在某幾個特定的人物之間，或某些特定的群體之上，而是可以無限擴大的。

《分離》的故事開始於美國沛塔魯瑪南方的一座農場。在這裡，住著一個鰥夫，他的親生女兒安娜，養女可蕾，養子庫柏，還有一匹馬、一隻貓等。除了安娜跟可蕾以外，農場上的其他生命，都沒有獲得這位父親的尊重，只是受到剝削、利用而已。自從安娜的父親撞見她和庫柏做愛，觸發了接下來血腥暴力的行爲以後，安娜的家庭破碎。她的父親、可蕾、庫柏，以及她自己，開始以各自不同的方式，逃避現實。僅就這四個農場上的成員來說，最大的問題，在於如何把每個人的現在跟被壓抑的過去連接起來，使自己能夠過完整的生活。這四個人在驟變後所採取的不同的生活方式，可以依據「分離」這個主題來劃分。藉由呈現這四種生活，作者既提出了他對應付生命創傷的看法，也傳達了他尊重異己的主張。

安娜的父親留在農場，每當可蕾想要跟他聊過去的時候，他都會耐不住痛苦而阻止她。庫柏逃到舊金山東北東方的太浩，把自己變得像個機器人一般，刻意不去回想過去，靠賭博維生。可蕾一週回去跟養父相聚一次，但是因爲工作上結識了韋亞，常聽他講述因爲過去參加越戰所導致的心靈創傷。除了跟他學到從別人的事蹟來了解自己所不想面對的經驗，她後來還開始向他敘說自家痛苦的過去。就這樣，可蕾雖然在空間上並沒有逃離農場，在時間上卻有了一個供她敘述、反省，迂迴探究過去的距離。安娜逃到法國，改名換姓，試圖要斷絕她跟過去的關連。她所沒料到的是，像《英倫情人》裡漢娜透過吉卜林的《小吉姆的追尋》來觀看阿爾瑪西和醃鯡魚（Kip）那樣（117），安娜從她所結識的拉斐爾身上和她所研究、撰寫的作家路辛．賽古拉的生平，重新審視她在沛塔魯瑪的過去。如此，在她跟農場的經驗之間，產生了無限的時空距離。

安娜所進行的「分離」使她跟拉斐爾建立了各自的新生，彼此間有了許多的「第一次」。艾文登（Neil Evernden）在談到梅洛龐帝（Maurice Merleau-Ponty）對感知（perception）的看法時表示，事物可以歸類，但是第一次的接觸，是獨特的，無以名之的（111）。安娜的許多「第一次」顯示了她的新生，但是她的新生又跟她的寫作分不開。翁達傑在美國國家公共廣播電臺的訪談裡表示，《分離》裡路辛的部分是安娜所撰寫的。如果路辛最後停止撰寫故事是因爲他覺得他已經透過書寫，從各方面探究過他所深愛的瑪麗—娜格，以至於她已經「在他裡面了」（273），安娜照說也是有可能可以透過書寫體悟她的過去，並從而得到相當程度的解脫。

安娜從書寫、閱讀，和拉斐爾的敘述過去所得到的，不只是幫助她學會了超越身分，她更明白了當年她的家庭爲何會出現那一場暴力衝突，也使她對生命有了不同的看法。書末她回憶到她生父曾經和一尾狐狸維持一段警戒的距離行走，卻彷彿遭到狐狸的嘲弄（275）。這種不以人爲中心的生命觀，呼應拉斐爾的父親對路辛的勸告——在路辛打算要火燒住屋周遭的雜草時，拉斐爾的父親考慮到自然界的平衡，勸阻了他。這裡的生態倫理也呼應了她早先逃離家園時，看到大自然的原野被鐵路所交叉、破壞的回憶。這種對異己生命的重視，顯示當初安娜的父親不應該使用暴力來對待他所不了解的庫柏與安娜，也譴責了書中一再作爲情節背景，蔑視異己生命的戰爭行爲。

讀者在閱讀這本小說時，可能會爲這本小說缺乏一個明確的結局感到不安。這種不安應該是作者所刻意造成的。在「湯普森的書壇瞭望」（Bill Thompson's Eye on Books）上所刊載的一則訪問裡，翁達傑表示人生沒有結局，結局的感覺要靠藝術來達成。實際上，翁達傑在《英倫情人》的結尾，也玩弄了一次類似的把戲。在該書的結尾，突然冒出一個身分不明的敘述者，表示「她〔漢娜〕是一個可惜我認識不夠而未將她護在我羽翼之下、如果作家有羽翼的話、要以我餘生來照顧她的女人」（303）。是誰在講話？當讀者執意要找出這個敘述者的身分時，就陷入跟書裡的卡納瓦吉奧相同的困境：他執迷於英國病人的身分。在《分離》這一本翁達傑用以再次挑戰各種界限的小說裡，讀者如果要求結局要明確，一樣是一種執迷。

最後，除了上面所提到的對異己生命的關懷，個人所以推薦《分離》還有一個重要的原因。曾經有同學針對這本書詢問在遇到心靈創傷時應該要怎麼做，個人勸她採取類似書中人物安娜所選擇的方法。實際上這也是翁達傑個人所使用的方法。翁達傑跟金姆（Kim Ondaatje）的婚姻到一九八一年時已經結束，他跟愛人琳達（Linda Spalding）及她前次婚姻所生的子女住在一起（Jewinski 108, 139）。一九八〇年代初期時，翁達傑的情緒相當不穩定（Spinks 11）。在自白的詩集《人間愛》（*Secular Love*）（一九八四）裡，〈錫頂〉（"Tin Roof"）這首詩呈現了詩人逃到夏威夷後的心路歷程。當詩人發現他並不能夠靠著嘗試遺忘過去來解決他的痛苦以後，決定面對他的婚姻問題（21-43）。〈錫頂〉的結尾是：

> 我曾經希望詩是胡桃

有綠色的殼
但現在是海
並且我們讓它把我們淹沒，
我們被釋放朝它飛去
被巨大的彈弓
由痛苦　孤寂　欺騙　和虛榮構成。（*Secular Love* 43）

他放棄了用詩來規範世界，接受出自世界的詩。透過寫詩所營造出來的距離，以及詩跟他所處理的內容之間的呼應，詩人逐漸了解到人跟人，以及人跟其他生命之間的關係。

如此，安娜逃離家園時所遇到的一個黑人駕駛所說的話，就變得相當重要。這位駕駛引用了狄更斯《塊肉餘生錄》的開場白：「最後我會不會是我自己人生的英雄，又或者那個位子會被任何人占據，這些書頁必定都會揭示。」（157）當那位黑人駕駛在跟安娜講這句話時，雖然她只肯講（帶有腔調的）法語，他還是只跟她說英語，顯然他已經察覺到她是在逃離某種事物，卻故意不說穿。他以迂迴的方式規勸她要走出——而不是逃避——過去，這樣她才會有新的、自己的人生，而不是被冰凍在過去。閱讀別人所寫的故事，可以幫助自己了解自己的困境，但是要走出自己的人生，還是要靠自己去寫。兩者都是必要的。

引用文獻

Evernden, Neil. *The Social Creation of Nature*. Baltimore and London: The John Hopkins UP, 1992.

Jewinski, Ed. *Michael Ondaatje: Express Yourself Beautifully*. Toronto: ECW, 1994.

Ondaatje, Michael. Interview. *Bill Thompson's Eye on Books*. <http://www.eyeonbooks.com/ search.php?q=michael+ondaatje>.

---. Interview with Scott Simon. "The Many Layers of Michael Ondaatje's *Divisadero*." National Public Radio. <http://www.npr.org/templates/ story/story.php?storyId=10556133>.

---. *Secular Love*. New York: Norton, 1984.

---. *The Collected Works of Billy the Kid*. 1970. New York: 1996.

Spinks, Lee. *Michael Ondaatje*. Manchester and New York: Manchester UP, 2009.

麥可・翁達傑。《英倫情人》。景翔譯。台北：時報出版。二〇一〇年。

大師名作坊 ⑪⑨

分離

作者—麥可・翁達傑
譯者—李淑珺
主編—嘉世強
編輯—邱淑鈴
美術設計—莊謹銘
責任企劃—黃千芳
校對—蕭淑芳、邱淑鈴、李淑珺

總編輯—林馨琴
發行人—趙政岷
出版者—時報文化出版企業股份有限公司
10803台北市和平西路三段二四〇號三樓
發行專線—（〇二）二三〇六—六八四二
讀者服務專線—〇八〇〇—二三一—七〇五
（〇二）二三〇四—七一〇三
讀者服務傳真—（〇二）二三〇四—六八五八
郵撥—一九三四四七二四時報文化出版公司
信箱—台北郵政七九～九九信箱
時報悅讀網—http://www.readingtimes.com.tw
電子郵件信箱—liter@readingtimes.com.tw
法律顧問—理律法律事務所 陳長文律師、李念祖律師
印刷—盈昌印刷有限公司
初版一刷—二〇一一年一月二十一日
初版二刷—二〇一八年七月六日
定價—新台幣二八〇元
（缺頁或破損的書，請寄回更換）

時報文化出版公司成立於一九七五年，
一九九九年股票上櫃公開發行，二〇〇八年脫離中時集團非屬旺中，
以「尊重智慧與創意的文化事業」為信念。

分離 / 麥可・翁達傑著；李淑珺譯. -- 初版. -- 臺北市：時報文化,
2011.01
面；　公分. --（大師名作坊；119）
譯自：Divisadero
ISBN 978-957-13-5321-0（平裝）

885.357　　99026084

ISBN 978-957-13-5321-0
Printed in Taiwan